# 东山顶上

周伟团——著

陕西师范大学出版总社

图书代号：WX21N1312

**图书在版编目(CIP)数据**

东山顶上／周伟团著.—西安：陕西师范大学出版总社有限公司，2021.7（2021.12 重印）

ISBN 978-7-5695-2328-7

Ⅰ.①东…　Ⅱ.①周…　Ⅲ.①长篇小说—中国—当代
Ⅳ.①I247.5

中国版本图书馆 CIP 数据核字（2021）第 137904 号

东山顶上
DONG SHAN DING SHANG

周伟团　著

| | | |
|---|---|---|
| 出 版 人 | 刘东风 | |
| 责任编辑 | 庄婧卿 | |
| 责任校对 | 刘存龙 | |
| 出版发行 | 陕西师范大学出版总社 | |
| | （西安市长安南路 199 号　邮编 710062） | |
| 网　　址 | http://www.snupg.com | |
| 印　　刷 | 西安市建明工贸有限责任公司 | |
| 开　　本 | 720mm×1020mm　1/16 | |
| 印　　张 | 18.5 | |
| 插　　页 | 2 | |
| 字　　数 | 247 千 | |
| 版　　次 | 2021 年 7 月第 1 版 | |
| 印　　次 | 2021 年 12 月第 2 次印刷 | |
| 书　　号 | ISBN 978-7-5695-2328-7 | |
| 定　　价 | 58.00 元 | |

读者购书、书店添货或发现印刷装订问题，请与本公司营销部联系、调换。
电话：（029）85307864　85303635　传真：（029）85303879

谨以此书献给中国共产党建党 100 周年和西藏和平解放 70 周年。

作为西藏和平解放后党中央在祖国内地为西藏创办的第一所高等院校，西藏民族大学历经甲子巨变，从"农奴大学"到"干部摇篮"，蕴藏着西藏巨变的密码。

——选自《从这里读懂西藏巨变密码——"农奴大学"今昔记》，新华社拉萨 2019 年 10 月 15 日电

# 序

近十年来，我多次前往西藏民族大学开展文学交流活动。尤其是 2015 年我被聘为西藏民族大学的驻校作家，前往西藏民族大学的机会更多了，因此也与文学院的老师们结下了深厚的友谊。

我出生在拉萨，生长在拉萨，求学在西藏大学，此前与西藏民族大学并无直接交往。直到我调到《西藏文学》编辑部工作，开始与西藏民族大学文学院的老师们频繁交往。西藏民族大学文学院有一批从事西藏当代文学研究的教师，他们的评论文章常在《西藏文学》刊发，可以说我们是因为文学而结缘，我们一起在为西藏文学的发展贡献着自己的力量。

西藏民族大学文学院的周伟团先生痴爱文学写作，他在创作长篇小说《校径人踪》的过程中，曾与我进行过深入交流。出于编辑的职业敏感，我发现这是一部值得期待的好作品。我感慨于周伟团先生对文化批判之深刻、人性挖掘之深入、地方民俗之熟悉。

2020 年 3 月，周伟团先生有意申报中国作家协会重点作品扶持项目，我看完项目申报书之后，发现他的选题非常有价值。6 月，中国作家协会公布了 2020 年度扶持入选重点作品名单，周伟团先生提交的长篇小说《东山顶上》赫然在列。10 月份，西藏民族大学举办我的小说集《强盗酒馆》研讨会，周伟团先生向我透露《东山顶上》的初稿已经完成，我惊诧于他的创作速度。之前，我知道周伟团先生调离文学院，赴医学部主持党务工作，他承担着繁重的行政工作，竟然还能挤出时间进行创作，他对文学的执着和定力深深地折服了我。经过沉淀修改，《东山顶上》即将出版之际，周伟团先生嘱我作序，我欣然接受了。我只能将自己阅读小说的感受表达出来，以期抛砖引玉。

《东山顶上》是一部有关和平解放以来西藏发展历程的历史题材小说。历史小说首先涉及的就是历史的问题，这包括历史时段的择选、历史材料的收集、历史哲学观等方面的问题。《东山顶上》选择的是共和国的重大历史节点，涉及近七十年西藏经济社会发展历程，周伟团先生秉承严肃的历史态度，甄选素材，力求能真实地还原历史面貌。其次，历史小说还涉及是小说的问题，历史是小说建构的基础，历史不等于小说，这已然是历史小说创作的共识。但如何从历史材料中跳脱出来，如何寻找到合适的切入点以进入历史的深水区，却是每一个历史小说创作者要深入思考的问题，此即所谓"工欲善其事，必先利其器"，这也能考验一个作家历史材料驾驭能力的高低。

周伟团先生多年来一直在西藏民族大学工作，参与整理过校史，又曾多次进藏工作、考察，熟悉西藏的革命史和社会主义发展史，他的《东山顶上》以西藏民族大学的诞生和发展为线索，考察西藏第一所高等院校在西藏历史发展过程中的重要作用，这种思考方式令人叫绝。个中原因是，周伟团是大学教育工作者，熟悉学校教育教学，再加上西藏民族大学是党中央为西藏在西藏以外创办的第一所也是唯一一所高等学府，在西藏教育史尤其是高等教育史上具有独特的价值。周伟团先生将二者统合在一起，革命与教育的关系显而易见。西藏革命是为了解放生产力和发展生产力，而教育是解放思想和发展思想的行为，这两者同生共建，合力实现了西藏的解放和发展，因此，周伟团的切入点非常精巧。另外，西藏民族大学办学地点在陕西咸阳，秦藏之间的交流是祖国其他地区和西藏地方交流的代表，藏地流传的文成公主的故事，就是秦藏交流的最佳注脚。周伟团先生设计的咸阳原上怡高远与山南格桑梅朵的爱情故事，实则就是文成公主与松赞干布的当代绪余，从此来看，《东山顶上》的民族交往、交流、交融的触角可以追溯到千年之前。

小说是讲故事的艺术，不仅要有好的故事，还要有能把故事讲好的人。周伟团先生为了讲好《东山顶上》，设计了众多的人物，涉及西藏革命和教育的各个层面，既有贵族，也有农牧奴；既有僧官，也有俗人；既有革命军人，也有叛匪游徒；既有迷途知返者，也有丧心病狂者；既有藏二代，也有回归藏胞。林林总总，编织了一幅西藏生活的清明上河图。人物的复杂多样产生了故事枝蔓的多种可能性，周伟团在每一历史段落都主次分明，让不同的人物服从他的调遣，实现他们不同的功能。因此，在情节设计方面，他可谓煞费苦心，既要突出人物鲜明的个性，也要服从大局，熨帖情节中人物的相互关联。其中，让我记忆深刻的是洛丹蜕变乃至是堕落的历程，描写得非常真切。咂摸其中意味，周伟团先生似乎要表明单纯的革命勇气无法解决日常生活中存在的细微问题，必须经过革命思想教育洗礼的革命勇气才能焕发出全新的革命斗志，才能坚持原则、坚守立场、处变不惊。

小说是人间气息的艺术再现，艺术中的人物是生活人物的艺术呈现。《东山顶上》的民俗、民风和自然景观的展现，体现了作品的人间气息。如作品中始终贯穿仓央嘉措的《在那东山顶上》，渲染全篇矢志不渝、长相厮守的爱情氛围；如怡西平先后多次回到父亲出生的村庄，受到亲人的热情款待，咸阳原上自然风光的动人、农家饭菜的简朴、爬高望远的青春气息，无一不打动人心。

从《校径人踪》到《东山顶上》，从大学生态延展至西藏历史景观，周伟团先生一直坚守着现实主义的写作立场。周伟团先生以文学的形式表达出对西藏经济社会发展的热切关注，他的文学书写彰显出中国故事西藏篇章的新探索。

次仁罗布

2021 年春分

# 目 录

# 楔 子

怡西平上的大学，是自己母亲格桑梅朵的母校，他的外甥女次仁央宗和陕西咸阳五陵原老家的几个亲戚的小孩当下正在这所大学读书，这所大学就是地处陕西咸阳的"西藏民族大学"，其前身是1957年成立的"西藏公学"，1965年更名为"西藏民族学院"，2015年又更名为"西藏民族大学"。怡西平出生和生长在母亲的家乡西藏，在父亲的家乡，也应该约定俗成地说是他的家乡——陕西咸阳，读大学。这所大学是中央为西藏在陕西咸阳创办的，他的一家三代和这所大学、和西藏、和陕西有着千丝万缕的关系。

最近，怡西平的父亲怡高远反复和他谈到西藏公学创建的过程和他母亲的一些故事，其中有很多是他第一次听闻。怡西平充满了好奇和感动，一再要求父亲讲得更详细一些。怡高远没有讲更多，却让怡西平打开书房里一个老旧的箱子。怡西平看到里边放着一摞笔记本，父亲让他有空时翻一翻。

怡高远一直有写日记的习惯，现在年岁大了，日记写得很简单。箱子里的几本笔记本是怡高远多年前的日记，怡西平从中看到了很多鲜为人知的关于西藏社会重大事件言简意赅的记录和父亲个人情感的点滴。怡西平感念在大学学习藏语文的父亲严谨的工作作风和扎实的文字功底，感慨于他对西藏公学办学过程充满感情的记录，感佩他对西藏和平解放初期和西藏发展重要事件的记录。这不仅是对历史的记录，也是对西藏发展峥嵘岁月的记录，更是对他自己爱情故事的记录。

怡西平发现，在母亲格桑梅朵的成长初期，父亲怡高远起着重要的引导作用，这也是母亲常常念叨的。父亲给予了母亲特殊的耐心和爱怜，他们互相爱恋，互相体谅，互相支持，这是栽种爱情常青树的原始基础。他们拥有的不是山盟海誓，而是春风化雨的爱；有的不是卿卿我我，而是关怀备至的情。他们的人生就是逢春化雨，遇夏看荷，在秋赏月，寒冬暖酒。

怡西平发现了一个重要细节，那就是父亲的每本日记扉页上都有一首诗：

> 在那东山顶上，
> 升起皎洁月亮。
> 年轻姑娘面容，
> 渐渐浮现心上。

反复吟诵仓央嘉措的这首诗，怡西平琢磨父亲钟爱这首诗的原因。仓央嘉措虽贵为达赖喇嘛，但是一生最大的成就却是用诗歌咏唱爱情。仓央嘉措对美好爱情的歌唱实际是对宗教束缚人性的一种宣战。至于父亲之所以在每本日记扉页写上这首诗，除了纪念父亲和母亲的爱情外，应该还有更深的隐喻。

怡高远个名字简单而直白，"高远"两个字有着同趋向的美好意思，这也许是怡西平没有见过面的爷爷奶奶对儿子最美好的寄愿，冥冥之中印证了父亲走得又高又远，离开家乡时间又久又长。怡西平的母亲叫格桑梅朵，这是藏族贫苦大众给孩子取名借喻的最美意境，那就是生为奴隶的外公外婆希望自己的女儿像平安吉祥的花朵一样，因为在当时，用神灵、法器等代表圣灵的字眼为农奴起名是不允许的。怡西平和妹妹怡西美这两个名字就更通俗易懂了，就是希望西藏平安，陕西平安；希望西藏美丽富饶，陕西美丽富饶。怡西平的档案里备注着曾用名"次旺久美"，怡西美的藏语名字叫"次旺拉姆"，兄妹俩的名字是汉族父亲和藏族母亲商量着给起的，最能表达父母内心深处的良好祝愿。

让我们随着怡西平的探究，走进西藏解放发展和与西藏公学息息相关的漫长岁月，梳理解放初期一个汉族大学生入伍进藏工作，与一个农奴出身的藏族女子相识相恋、相爱相守的爱情故事。

# 章节一　当雄初见

　　1956 年 7 月，正是西藏高原上最美的季节，念青唐古拉山的皑皑白雪向人们昭示着那里是神灵的居所，纳木措深邃湛蓝的湖水向人们诉说着那里是神仙沐浴的地方。饱含水汽的流云在山坡上游走，似乎在掩护着又好像在牵引着成群的牛羊逐草奔跑。雪山下，圣湖边，绿草延连，鲜花点缀，铺就一张无边无际的绚烂地毯。远处不时出现一道亮丽的彩虹，把草原和天际连接起来。这美如仙境的画面里突然出现了极不和谐的影子。两个目光惶恐、衣衫褴褛的姑娘脸上和着泥水，头上的发辫粘成一坨。她俩赤脚翻山，匍匐爬河，步履踉跄，腿脚明显已经不听使唤，时不时跌倒在地，喘口气后又爬起来，在拉萨通往当雄的山路上艰难前行。

　　两个姑娘一路乞讨，拣食菜根，卧石饮冰，昼夜赶路，早已疲惫不堪。年长些的身材高挑，纤细的腰身像拉萨柳一样柔韧，虽然她已经极度虚弱，却还是紧紧抓住弱小的妹妹弓腰向前，并警觉地留意着身后。年龄小的清瘦文弱，显然已经吃不消昼夜奔逃的艰辛，在姐姐牵引庇护下时不时拉裹一下身上破烂的衣衫，踉跄着挪动双脚。整整五天六夜了，她们白天顺山沟跑，夜里走大路，终于到了正在修建的当雄机场边。当看见修建飞机场的解放军时，她们已经用完了最后的力气，再也挪不动半步，企图喊出救命，却已经跌倒在地，昏死了过去。

"怡高远，怡高远！快通知军医救人！"负责机场施工的解放军副团长张大明正在巡查工地，一抬眼看见了跌倒的两个姑娘，大声喊着附近的连长怡高远救人。怡高远带人跑步过来将两个姑娘抬到工棚。军医李玉玲检查后说："这两个姑娘过于疲劳和饥渴，几乎脱水，如不是来得及时，极可能有生命危险。洛丹呀，赶紧烧点热水稀粥来。"一直在旁边帮忙的炊事员洛丹应着声跑进食堂，很快就端来了热水热粥。

怡高远和李玉玲一人抱着一个姑娘，给她俩喂热水喝。两个姑娘结着血痂的双唇翕动着，艰难地咽下半碗热水，慢慢苏醒了过来。年长些的姑娘紧紧地抱住怡高远的胳膊喊着："救救我们！救救我们！"

怡高远看到两个姑娘醒了过来，松了一口气说："不要怕，不要怕，先吃饱肚子再说。到了这里，什么都不用怕了。"

张大明和洛丹看着也都松了一口气。洛丹给她们端上热汤拌饭。年长些的姑娘这才发现自己一直在怡高远怀里躺靠着，刚才是怡高远抱着给自己喂水喝，一阵慌乱羞怯，挣扎着抬起身子，整理了一下破烂不堪的藏装衣摆，狼吞虎咽地吃了起来。

原来两个姑娘是亲姐妹，姐姐叫格桑梅朵，妹妹叫格桑德吉，她们是拉萨巴鲁府的朗生①。六天前的下午，格桑梅朵被管家旺久支应去买羊肉，回到庄园，给旺久交完差，看着即将落山的夕阳，准备去自己的棚窝里歇息一会，路过厢房时却听到妹妹格桑德吉的低泣声。

---

① 朗生：领主或代理人家中的家奴，人身完全为农奴主所有，受农奴主绝对支配，被农奴主视为"会说话的牲畜"。

格桑梅朵急急慌慌又不得不悄悄地循声推开厢房的门，映入眼帘的是少爷巴鲁云丹正骑在德吉半裸的身体上肆意妄为。巴鲁云丹这个家伙年岁不大，每天游游逛逛，喝酒赌博，不务正业，这会他显然处于醉酒状态。德吉受不住折腾，委屈无奈、疼痛难忍，发出喑哑的哭声。作为女朗生被领主或者少爷随意送人、殴打抵债或者买卖是再平常不过的事，被随时召唤去伺候也是常有的事。

最近一年，格桑梅朵经常听到哲蚌寺旁边的解放军军营里传出欢快的歌声，也看到和自己年龄差不多大的女兵有时候整齐地走步，有时候欢快地跳舞，有时候唱着悠扬的歌谣。这些女兵大部分是汉族人，竟然还有少数是藏族人。特别是那歌声不再是普世经文和对来世的期盼，却是："雄赳赳，气昂昂，跨过鸭绿江。""东方红，太阳升，中国出了个毛泽东。""毛主席和共产党，抚育我们成长，草原上升起了不落的太阳。"……听到这些歌曲格桑梅朵就觉得浑身是劲，她非常羡慕那些女兵，特别是和男人们一起穿军装的藏族女兵。好多个晚上，她悄悄地在解放军营房外听她们说话、唱歌。都说领主家有牛羊锦缎、甜茶香水、金银珠宝那是前世的功德；穷得只剩下自己影子的奴隶是前世的罪孽，必须靠继续受苦受难去赎罪。因为父母是朗生，按规定没有主人的同意是不能结婚的，他们偷偷生养了自己姐弟五个，等于给领主多生了五个奴隶。阿妈在生小弟时因为贫困和伤寒与小弟一前一后死去了，姐弟四人跟着阿爸在山南的巴鲁庄园为奴。待格桑姐妹俩稍大一点便被带到拉萨的巴鲁府做仆人，阿爸带着两个弟弟继续留在乃东县的巴鲁庄园。在格桑梅朵的记忆里，父母在自己姐弟面前说得最多的就是要认命，要靠辛苦劳作给自己和子女赎罪，期望来生转世到好人家。一样是人，阿爸阿妈心像蓝天一样纯净，像湖水一样澄澈，他们不偷、不抢、不盗、不杀、不憎、不恨，领主让干什么就干什么，却没有穿过一件像样的衣服，时常饱一顿饥一顿，吃不上饭时用野菜和葛根充饥。

看着巴鲁云丹把不到十五岁的妹妹往死里整，格桑梅朵越想越气，忍无可忍拿起了门边的抬水棍，狠狠地向巴鲁云丹打过去。正在德吉身上撒欢的巴鲁云丹后脑上着了一闷棍，头也没回一下，耷拉下脑袋趴在德吉身上一动不动了。格桑梅朵吓了一大跳，知道闯了大祸，如果领主和管家知道了，她和妹妹不死也得被剁手抽筋。格桑梅朵一个激灵，拉起吓得哆哆嗦嗦蜷曲在屋角的德吉，帮妹妹穿好衣服，抓起桌上的干肉和糌粑揣进怀里，两人趁着夜色和节日前的忙乱，不敢多想就逃离了巴鲁府。格桑梅朵知道在拉萨是藏不住的，也没有活路。她想起了前一阵伺候头人夫妇去哲蚌寺供奉时，因为自己地位低贱，被限定在山根下候着主人返回。这个时候遇到了一队女兵有说有笑地经过，看着年龄相仿的女兵个个容光焕发，心里很是羡慕，最重要的是听到她们说现在解放军带领好几千农牧民在当雄修建机场。格桑梅朵想着只要去当雄机场干活就有饭吃，就能活命。她毅然决然地拉着妹妹，踏上了前往当雄机场寻找解放军的道路。

怡高远懂藏语，加上洛丹的翻译，大家终于听清楚了格桑姐妹俩凄惨的经历，李玉玲早已落泪，紧紧地搂住了怀里的格桑德吉。

听着格桑姐妹的经历，洛丹心里非常难受。堆穷①出身的他，又一次想到了去年跟随驮队从昌都返回拉萨时的情景。当时，洛丹跟着驮满茶叶、香料、布料、玉石的牦牛和骡马驮队前行。午后的高原，经常会起风飘雨。正行进中，突然乌云压顶，狂风大作，牦牛甩头，骡马嘶鸣，驮队一片混乱。骑着高头大马的管家在最前头骂着鬼天气，更多地骂着奴才们让他们牵引好牲畜。一匹马脚下打滑惊厥，在挣扎过程中将洛丹撞倒，他一下子滑落到了河沟里。洛丹隐隐约约听到带队的管家和几个同伴喊了几声自己的名字，因为疼痛难忍，他差点昏死过去，根本没有力气张嘴说话，怎么还可能答应？令洛丹心寒

---

① 堆穷：没有或丧失差地的农奴，人身仍然依附于农奴主，地位略高于朗生。

的是，没想到带队的管家竟然骂骂咧咧地说道："真晦气！摔死了这个小奴才。"然后不管不顾地吆喝其他人赶着驮队往前走了。快要天黑的时候，洛丹挣扎着坐起身，当听到河沟上有人马通过时，他忍着疼痛大声呼叫救命，没想到遇到了路过的解放军。解放军听到呼救声，用绳索放下人来，将他救起。常年当差跑驮队的洛丹很清楚，若不是解放军将他救起，他一定会被秃鹰吃得只剩下骨头。想着身为朗生和堆穷，在领主和头人眼里还比不上一头牦牛或一只山羊，洛丹心里很不是滋味。他不由自主地说道："我原来是堆穷，解放军把我从河沟里救起，还收留了我。你们姐妹跑到这里来就对了，这里正缺人手，愿意留下来就有饭吃，有工钱，就在这和我们一起干活吧！"

洛丹心直口快，突然觉得自己好像说多了，咬住嘴唇，大眼睛愣愣地看着张大明副团长和怡高远连长，等着两位长官发话。

此前不久，拉萨的工人、农牧民、市民等各阶层人士超过三万人，身着盛装、载歌载舞，举行盛大集会，庆祝西藏自治区筹备委员会成立。随后，筹委会在拉萨、山南、江孜、日喀则、昌都、塔工、黑河、阿里地区成立了筹委会派出机构——基巧①办事处。都这个时候了，一些领主老爷、少爷还胡作非为，着实让人气愤。

修建机场的工程，因为根本没有什么先进机械，主要靠人力畜力，工作条件相当艰苦。当雄海拔高，属于牧区，参与修建机场的民工大部分是牧民，农民很少，而很多牧民不会使用铁锹铁锹，愈发显得劳动强度大了。让女人干这些土木工程类活计显然难度更大，会更吃力。

张大明说："怡连长，你和李医生、洛丹征求一下格桑姐妹意见，如果她们愿意留下来就留下吧，看着给安排个合适工作。"

当洛丹把张大明副团长的话用藏语说给格桑姐妹后，格桑梅朵立刻拉着妹妹跪下向张大明磕头，边磕头边说："我知道解放军是金珠

---

① 基巧：相当于专署级办事处。

玛米，只要能留下我们姐妹有口饭吃，只要不再让我们回拉萨，不回巴鲁府，我们什么苦都能吃，什么活都能干!"

张大明赶紧扶起梅朵姐妹说："这里是解放军管理的地方，没有什么菩萨和头人，以后见到任何人都不用磕头，愿意就留下来吧。你们也看得见，这里有很多农牧民和解放军在一起干活。"

怡高远的连队，担负着团部和机场周边的警戒任务，听到副团长让他给格桑姐妹安排工作，先还愣神，一看张副团长说完就离开了，他和李玉玲商量了一下说道："刚才你们见到的是我们的张大明副团长，我叫怡高远，负责警戒工作。你们姐妹俩身子都很虚弱，姐姐梅朵就和洛丹到炊事班一起工作吧，妹妹年纪也小，不适合干重体力活，让李医生带着，好好养养身体，学着做医务护理吧。"

格桑梅朵姐妹俩惊讶地听到怡高远用藏语给自己安排工作，她俩远望着热火朝天的机场工地，弓腰吐舌，流下了感激的泪水。

在工地边跌倒的时候，格桑梅朵迷迷糊糊中听到有人在大声喊"怡高远、怡高远"。得知刚才给自己喂水喝的，那个穿着军装、浓眉大眼、英姿勃勃、会说藏语的解放军军官就是怡高远时，她把这三个字深深地印在了脑海里。

西藏高原上的夏季，时而晴空万里，烈日如烤；时而狂风怒吼，暴雨如注；时而冰雹骤至，冷如寒冬。真是万里高原人烟稀，春夏秋冬一朝夕。

在西藏施工只能等到每年5月土地解冻开始，10月一上冻就又该停工了。当雄机场的修建就是上级要求争取在10月封冻前完成。只有不到半年的可施工时间却还要时不时遭遇冰雹、雨雪等严酷天气的干扰，机场修建任务紧急繁重。参加修建当雄机场的部队是一个团外加一个工兵营，有近五千名解放军战士，加上西藏各宗、谿卡①选派

---

① 宗、谿卡：相当于县、乡。

的五千多名藏族民工，上万人一起劳动。好在农牧民跟着部队战士很快学会了施工技巧，工程进展顺利。

格桑梅朵姐妹最早发现并让她们感触良多的是解放军与旧西藏的军人、头人的巨大区别。

当雄机场的施工和其他省份机场建设差别很大，劳动简单却异常艰苦。大家以铁锹、十字镐、箩筐、扁担、铁锤、撬杠、石碾等原始工具，挖土包，填沟壑，平整土地；挖开跑道地基后，把渣土运走，然后拉来鹅卵石和其他石料，抡动石锤砸碎，一层一层把跑道填平，然后在上面灌土浆。根据西藏高原上的建筑要求，没有水泥，就要用熬好的米浆与土浆混合才能保证跑道的坚固。但因为条件限制，人吃饱饭都是很大的问题，更别说拿出米谷来熬浆灌跑道了，于是为了保证跑道韧度，只能靠人力在水池中把土浆踩踏和好，再用人力挑到跑道上灌在每层鹅卵石和碎石上，然后几十人拉着十多吨重的石碾把跑道一层一层压实、碾平。

解放军从机场修建伊始，就十分关心民工的生活，耐心传授施工技术，为民工发放工钱。发放工钱对于无偿为领主支差的农奴来说是破天荒的事，民工开始接到白花花的银圆时，感动得热泪盈眶，很多民工也担心因为自己属于领主，回到庄园和差地后，他们的工钱就会被领主和代理人收走。为了让民工得到实惠，部队变换方式发放工钱，一部分发钱，一部分发实物，这样头人和领主就不好全部盘剥走民工的收入。机场建设指挥部在战士和民工中举行劳动竞赛，开展爱国主义教育。在解放军官兵带领下，藏族民工的劳动积极性不断提高，对共产党和解放军有了全新的认识，爱好团结的种子在他们心中生根发芽。很多民工很快就达到了劳动定额，有的还超额完成了任务，给自己增加了收入。有人肩膀压肿了，有人双脚磨泡了，有人手上划出一道道血口，有人累得腰酸腿痛，却没有一个人叫苦叫累。工作艰苦时广播会播放斗志昂扬的革命歌曲，到了休息时间，部队文工团就会自编自演文娱节目，缓解大家的疲劳。

格桑姐妹从来没有见过这样的场面，她们和参加施工的民工被部队官兵的友善勤劳感染，经常在解放军文艺兵表演完节目后手拉手跳起锅庄，表达欢快的心情。格桑梅朵喜欢拉着妹妹和部队文艺队员一起给大家表演歌舞，特别是姐妹俩的歌伴舞几乎成了每天的固定节目，她们将汉语和藏语结合起来演唱，优美的舞姿和天籁般的声音给大家带来了美妙的精神享受，赢得了解放军战士和民工由衷的赞叹。

　　格桑梅朵白天积极参与到做饭和给大家鼓劲的文艺演出中去，晚上和妹妹、洛丹一伙年轻人跟着李玉玲、怡高远学说普通话。特别是洛丹经常带着格桑姐妹缠着怡高远给他们讲解放军进军西藏的故事，讲他们从来没有见过听过的西藏以外的新鲜事。他们对解放军、共产党的认识由原来表面的粗浅逐渐走向深入细微。

　　新中国成立后，中共中央西南局先期组织十八军从康藏线进藏，随后西北局也开始组织干部队伍从青藏线进藏，除担负保障和平解放西藏协议落实等任务外，还要保护十世班禅返回西藏。西北局在调集了一批政治素质高、经验丰富的干部后，决定再招收一批有志于从事边疆工作的知识青年，特别希望招录懂藏语和有医科技术的学生参军。号召"热爱祖国的优秀儿女们，即刻行动起来"，"迅速解放西藏，拯救藏族同胞，驱逐帝国主义势力出西藏，巩固国防，为建设新的西藏而奋斗！"西安、兰州各大学校的学生纷纷报名参军要求去解放西藏。报名参军的学生中，有兰州大学边疆语文系藏文组的全体毕业生，他们像宝贝一样被各部门抢着招录，怡高远就是其中之一。

　　怡高远是陕西人，家在渭河北岸咸阳五陵原上，古汉语底子很好，在学习语言方面有天赋，但当时学习外语条件不成熟，十六岁高中毕业后，怡高远被兰州大学新开的边疆语文系顺利录取，学习少数民族语言。李玉玲是西安姑娘，毕业于西安医学院，受有进步思想的父母影响，在部队急招医学专业毕业生时毫不犹豫地报名，加入了进军西藏的解放军队伍。美女医科大学生参军加入进藏部队，成为轰动一时的新闻，鼓励了一大批优秀学子报名入伍。

怡高远和李玉玲这批进步青年加入人民解放军，是抱着美好的理想和信念要去解放西藏受苦受难的农牧民，推动西藏地区的发展，他们大学一毕业就被直接吸收到进藏部队。这些年轻人虽然有着高昂的革命豪情，但远远低估了进藏过程的艰苦与艰险。那个时代，能穿上军装几乎是所有年轻人的梦想，穿了军装没有打过仗的军人那又是非常遗憾的！所以怡高远他们那批一起入伍的大学生个个豪情万丈，更期望能打上几仗，他们都成了进藏部队中的积极分子，以解放西藏人民为己任，和大家一起紧张地筹备着进军西藏的各项工作。有的同志奔赴北京、天津、上海采购进藏装备物资；有的同志在甘肃、青海、宁夏三省购买骡、马、牛、骆驼；有的同志风尘仆仆于甘青线上运输进藏物资；文工队员赶着排练文艺节目；青年男男女女清晨练习爬山，下午练习骑马。同时，所有人员都认真学习党的民族政策和宗教政策……

1951 年 8 月，西北局进藏部队改称"十八军独立支队"。进藏途中险情不断，高寒缺氧的恶劣条件使得部队每前进一程都阻碍重重，时有伤亡。这些伤亡不是来自敌人，而是来自严酷的自然环境。作为支队的保卫科长，张大明很清楚在进藏征途中，从西宁到拉萨，在十多个高山险峻处都有人员牺牲。每有一个战友或随行人员倒下，都会给大家心里留下久久的伤痛。死亡随时会降临到每个人的头上，大家用钢铁一般的意志和大无畏的精神支撑着向拉萨进发。

进藏路上严酷的生存环境比面临的敌我矛盾更为凶险。身为军医的李玉玲在抢救伤员工作中发挥了无可替代的重要作用，终因劳累过度、高寒缺氧、体力不支，发烧病倒了。部队首长命令张大明不用再负责领导的警卫工作，全权负责照顾李玉玲医生，绝对不许发生意外。这下可急坏了保卫科长张大明。年轻漂亮的李玉玲一直是进藏部队战士的偶像，大家都想和她接近，可是现在突然病倒了，这照顾她是责无旁贷，但是怎么照顾可是天大的难事。原本坚强的李玉玲身体变得非常虚弱，张大明要照顾她是深不得浅不得。虽说他将自己的战马让给李玉玲骑，但是在马背上颠簸的李玉玲呕吐不止，根本就坐不住。出于无奈，张大明只好在马背上抱着李玉玲前行。张大明记着李玉玲给她自己配制的药和剂量，不断顿地喂服。最重要的是在最难熬的晚上，他必须要保证李玉玲的取暖。大风经常刮得帐篷东倒西歪，冷风直往里灌，怕出意外，张大明用被子裹紧李玉玲，然后他披着军大衣隔着被子抱着李玉玲休息。

李玉玲气息微弱地说："张科长，你看每天都有同志倒下，我还不知道能不能撑到拉萨，你也别太辛苦，好好睡觉，你可不敢累垮了！"

"不要说丧气话，你行的，你只是感冒和劳累过度，只要坚持吃药，不再受凉，一定会好起来的！我结实着呢，你别担心我。"

"你的职责是保卫领导，这样一天到晚只照顾我一个，不合适，还是把我送回女兵帐篷里去吧！"

"你烧糊涂了，不是只照顾你，是你生病了需要照顾。我们保卫科就是要保护所有指战员的安全。照顾你可是首长交给我的重要任务，你好了才能更好地给生病的战友治病，你的责任重大，你必须好起来，很多伤病员可都等着你呢！"张大明给李玉玲打气鼓劲。

"但愿我能挺住，但愿我能坚持到拉萨，你不要这样把我裹得像粽子一样，我喘不过气来。"

"嗯嗯。"张大明赶紧松开了手，还不忘给李玉玲掖紧被子。李玉玲喘着气伸出了手，拉了一把张大明，有气无力地将头枕在张大明胳膊上，正说着话就昏昏沉沉睡着了。张大明看着李玉玲苍白而光洁明净的脸庞，看着她虚弱的样子，一阵心酸，犹豫着将她搂在了怀里，想尽可能多地给她一些温暖。李玉玲昏睡着，她的呼吸轻轻地吹到张大明的耳根，因为发烧她的体温很明显地传给了张大明。怀抱温热的柔若无骨的李玉玲，张大明突生出一股爱怜之情和英雄豪气，心想这样严酷的环境本就不该让李玉玲这样柔弱的女同志来，他暗暗发誓一定要照顾好李玉玲，安全将她带到拉萨。看着李玉玲因为发烧白皙的脸庞变得赤红，张大明打开药箱，拿出酒精，用棉签蘸着轻轻擦拭着李玉玲的额头和手心。李玉玲迷迷糊糊里看着张大明细心忙碌的身影，感激地睡着了。

在药物治疗和张大明的悉心照料下，三天后，奇迹发生了，李玉玲退烧了。

一路上，张大明处事忙而不乱，对李玉玲和生病的战友给予无微不至的关怀，这一切让李玉玲不仅看到了高大勇猛、机智敏锐的保卫科长的果敢坚毅，更体会到了他的细致细心。李玉玲知道有几个一起入伍的男学生一直也在关心自己，那种暗示已经非常明显，在翻越几处高山大岭时，有的人自己都喘不上气来，还要帮助她背药箱。美丽傲娇的李玉玲对那几个示好的同学战友非常感激，但是从来没有产生过男女之情那种感觉。无论是行军中工作时，还是休整的间隙，李玉玲都会不自觉地想着笑着用目光寻找张大明的身影。她发现自己如果一天看不见张大明就会慌乱，就会着急，就会难以入眠。李玉玲常常问自己，这是不是就是爱情？爱情不知不觉来到了自己的心里吗？李玉玲退烧后，顾不上休息，就背着药箱给生病的战友检查、治疗、送药。张大明被这个看似文静文弱，实则倔强坚强、医术娴熟的美丽姑娘深深吸引。在带领保卫科战士做好对首长的保卫任务外，一有空就去医护班看望李玉玲成了他的习惯。两颗年轻的心在艰难困苦的进军西藏征途中越走越近，擦出了爱情火花。

在与严酷自然环境抗争下，在对袭扰之敌的反击中，部队终于到达了拉萨。班禅到达拉萨后受到僧俗信众的热烈欢迎，在与达赖会晤后，被护送到日喀则，在扎什伦布寺举行了盛大的弘法活动。班禅配合西藏工委和人民解放军真正开始参与对日喀则地区的管理。张大明顺利完成任务后，晋升为团职干部，负责西藏工委的安保工作。相对稳定的工作环境，给他和在机关从事医务工作的李玉玲提供了经常见面的机会，两个人的感情密切而稳定。经组织批准，张大明和李玉玲组建了家庭。其后张大明带部队开赴当雄修建机场，组织上把李玉玲派到机场工地负责医务工作。

怡高远入伍五年多，在兰州大学一起入伍进藏的同学岳汉山等大多进了机关，做了翻译和行政文书工作，因为部队的战略性质，也很需要文化干部和翻译人员。怡高远性格开朗，积极上进，但却一直没有离开部队。在经历一场又一场惊涛骇浪般的战斗后，怡高远已经从一个文弱书生成长为智慧勇敢、坚强结实的带兵连长。

自从在机场工地边将格桑梅朵姐妹救起并安排了工作后，怡高远又多了一份工作，那就是不厌其烦地用藏语和普通话交替给洛丹、格桑姐妹讲故事，提升他们的普通话会话能力。两个月无忧无虑、激情充沛的工作生活下来，格桑梅朵姐妹菜黄色夹杂惨白的脸庞变得红润，格桑梅朵穿着一身李玉玲送给她的洗得干干净净的军装，高挑的身材散发着成熟少女特有的气息和漂亮姑娘独有的韵味。德吉胖了一些，好像也长高了，变成了一个白皙干净的小仙女。

因为连续几天的大雨，基本修建完成的飞机跑道被雨水冲毁了一段，这让怡高远和战友们非常焦急。雨过天晴后，他们制定了修复计划，战士们和民工分成六个班次，四小时一倒班，二十四小时不停歇，在有限的场地上实行轮流作业，一定要在最短的时间内完成对跑道的抢修。到了晚上，工地上燃起的上百株火把，和漫天的繁星连成一片，似乎拉近了远处的群山，形成奇特壮观的场面。炊事班的任务就重多了，每天得多做三顿饭，要确保晚上三班施工人员的伙食。格桑梅朵建议炊事班长带领一组年龄大的人干白班，自己和几个年轻人搞协助。晚上年龄大的都去休息，她带一组年轻人继续干晚班。连续三天下来，因为白天得不到很好的休息，格桑梅朵和这些年轻人在准备好饭菜，看着施工人员吃饭时，就会不知不觉靠着灶台睡着了。怡高远发现后，既感动又心疼，当他打算从连队里抽出十个战士到炊事班协助格桑梅朵她们做饭时，因担心影响机场警戒任务，格桑梅朵和同伴商议后坚决不同意，几个人硬是坚持了下来。

经过一周的奋战，飞机跑道抢修完成，大家围着篝火跳起了欢快的锅庄进行庆祝。火把映照着每个人兴奋的脸庞，格桑梅朵随着韵律和大家一起舞动，劳累的身躯似乎轻松了许多。跳舞过程中，她的眼睛一直在寻找那个熟悉的身影，可是跳了几圈也没有发现怡高远，心里一阵失落，默默离开人群向宿舍走去。听着远处大家欢快的歌声和踢踏声，仰望着头顶的明月，她轻轻地哼唱起：

在那东山顶上，
升起皎洁月亮。
年轻姑娘面容，
渐渐浮现心上。
啦咿呀啦嗦啊。

黄昏去会情人，
黎明大雪飞扬。
莫说瞒与不瞒，
脚印留在雪上。
啦咿呀啦嗦啊。

白日干活不累，
黑夜躺着不眠。
哥拉心中浮现，
是否阿妹容颜。
啦咿呀啦嗦啊。

刚刚忙完的怡高远，听到附近传来的悠远纯净的天籁之音，熟悉的音色，甜美的歌喉犹如磁场一样吸引着他循声追去。他远远就看见了明亮的月光下形单影只娇小玲珑的格桑梅朵。这时候的格桑梅朵虽然疲惫，但是身心松弛，她唱着歌谣，一会儿仰望明月，一会儿蹦跳着踢走一颗石子。看着她失落而顽皮的样子，怡高远本来想上前去，陪着她走一走，聊一聊，还是犹豫着停了下来。他被格桑梅朵仙女般的空灵美丽打动，痴痴地站在那里，就那么望着，回味着她的美妙歌声，目送她走进了宿舍，心里都是欢喜。最近，怡高远越来越关注格桑姐妹，特别是关注姐姐格桑梅朵。他发现格桑梅朵不仅坚强勇敢，还是一个美丽大方、多才多艺的姑娘，更是一个聪颖好学、博闻强记的女孩。这一曲《在那东山顶上》，深深地嵌在了怡高远的心里。

高原的初夏，因为气温升腾，水汽凝结太快经常会大雪纷飞，仲夏之后到秋天倒是雨水相对较多的时节。常常过午，一场大雨会洗净天空，阳光穿透湛蓝湛蓝的天空，还没有落尽的雨滴在远山和近草间搭起美丽的彩虹。格桑梅朵每每在下雨的时候凝神思索，看到美丽的彩虹时情不自禁地落泪。当雄机场不到三个月的生活，使她觉得自己从地狱走到了天堂。在格桑梅朵姐妹的成长过程中，除过父母外，没有人对她们好好说过一句顺耳的话，从来都是呼来喝去，任人欺凌。在她们的生命里，只知道挨打是应该的，干活是应该的，磕头作揖是应该的，哪里会想到有人会给自己好脸色。现在姐妹俩不用再担心稍不留神身后抽来的皮鞭，还可以和大家一起欣赏蓝天白云、彩虹雪山、飞流奔瀑、草地羊群。解放军军官对她们和颜悦色，不仅救了她们，还给她们喂水喝、端饭吃，平时还耐心地教学说汉话。这种不是亲人胜似亲人的关怀，让格桑梅朵感觉好像是在做梦，特别是最近夜里总梦见怡高远，睡醒后她害羞而激动、甜蜜而纠结、自卑而向往，对怡高远连长有了一种说不出的依恋。

# 章节二　培训风波

　　1956 年 9 月，修建机场的任务完成后，参与修建机场的大部队和绝大多数农牧民分批撤离，只留下一个连队守护机场。部队撤离前在参与修建机场的农牧民中选拔了一批藏族青年，准备将他们充实到拉萨和几个地区的一些单位。洛丹、巴桑次仁、格桑梅朵、格桑德吉等都被选中。在安排他们进新工作单位之前，举行了一个简单的培训。

　　培训会场设在简易的候机厅。候机厅是在原来的一个大工棚基础上改造成的，方木梁柱构架起宽阔的空间。柱子之间用方石垒墙，木板隔出窗户，厚实的木板屋顶用泥巴黏合并用长毛草覆盖，整个大厅显得结实而温暖。大厅正前方用木板搭起一个高台，高台上架起一大张木板，木板上铺着绿色帆布，显得极其庄重，这就是讲台了。讲台后摆放着两把凳子，一百多名藏族青年在讲台前整齐地席地而坐，安静地等待着培训开始。

　　张大明、怡高远身着戎装，庄重威仪地走到讲台前。张大明首先讲话："西藏工委和西藏自治区筹委会对选拔优秀藏族青年进入筹委会机关、各工厂和各地区基巧办事处工作非常重视，今天的这个培训会后，你们有些人将会直接参加工作，有些人还要先进入拉萨干部学校进行培训。总之，在座的都是在修建机场这个大工地、大学校历练过的，大家一定感受到了解放军与旧西藏政府军队的不同，也知道了劳动就应该拿到报酬。我首先祝贺大家率先拥有国家工作人员的新身份！"张大明讲到这里，底下响起了热烈的掌声，经久不息，所有农牧民青年脸上洋溢着少有的兴奋神情。"怡高远连长是我们进藏部队中为数不多的大学生军官，说通俗一点就是有大学问的先生，他的藏语说得很棒，现在请他给大家做学习辅导。"张大明话音未落，大家自觉地鼓掌欢迎。

怡高远用藏语从帝国主义势力进入西藏开始，历数了西藏人民群众所受的压迫，介绍了1950年解放军进入西藏的缘由与过程，讲述了昌都地区第一届人民代表大会的情况及其选举产生的"中华人民共和国昌都地区人民解放委员会"试行人民自我治理给广大农牧民带来的好处。特别强调了西藏地方政府派代表团去北京见到了毛主席，在友好协商的基础上于1951年5月签订《中央人民政府和西藏地方政府关于和平解放西藏办法的协议》的过程，说明中国共产党领导的中国人民进藏部队是来解放受苦受难的西藏人民，维护民族团结，巩固祖国统一，保护僧俗人民利益，保证和平解放西藏协议实行的。

这批年轻的农牧民，在修建机场的过程中已经觉醒，随着怡高远的讲解，再对比自己几年来的生活变化，流下了热泪，时不时地热烈鼓掌。

张大明最后对大家说："农牧民自愿到工厂、工地来工作的都欢迎，自治区筹委会会不断从藏族青年中选拔人才到拉萨到各地区、各宗豁和各机关单位里去工作。工作嘛有搞管理的，有搞技术的，这一次选拔你们从事的工作具体有驾驶员、建筑工、木匠、兽医、护理员等不同的工种。你们这批被选拔上的农牧民可以解除和领主的依附关系，西藏的管理和建设以后主要靠你们这些人来完成。你们要一边工作，一边学习，只有掌握了管理知识和建设需要的技能技巧，才能担起这副重担。"

大家听得很仔细，但是对"工厂""学习""管理西藏""建设西藏"这些词语及意思还似懂非懂。这是他们第一次听解放军军官详细讲述党中央、毛主席派部队到西藏的目的，他们听懂了解放军就是来解救和自己一样可怜的贫苦农牧民的，就是要让农牧民过上好日子。特别重要的是，他们听清楚了，只要干上这份新工作，不仅会有工钱，他们还可以和原来的领主解除依附关系，就自由了，自己的工钱可以自己支配了，可以养活自己的家人了，这是最最重要的。长时间的共同劳动、耳濡目染，他们早就看清楚共产党领导的部队不像旧西藏政府和旧西藏军队白吃白拿、到处抢掠。报告会结束后，这些年轻人兴高采烈，纷纷表示不愿意再回到原来的领主身边去，不要再回到原来的领主庄园去，都希望留下来跟着解放军继续干。

怡高远笑哈哈地说："你们愿意跟着部队干是好事情，可是机场修建任务已经完成，你们不能再留在这里了。"

听了怡高远这几句话，洛丹急了，紧张异常地说道："怡连长，不是说好让我参军么？去年你们路过救了我的命，我就开始穿军装，我不仅会做饭，和大家一起干活，也学会了打枪，我不走！"

格桑梅朵更是急了，拉着李玉玲的手，不停地摇晃乞求着："我和德吉也要加入解放军，我带德吉跑了五天六夜来找你们，就是想加入解放军。我们再也不回巴鲁府和巴鲁庄园了，我们再也不想见原来的领主老爷！解放军不要我们，我和德吉只能去乞讨。"

格桑德吉一听要离开解放军，竟然抱着李玉玲"哇"的一声哭了起来。几个月来的规律生活，不仅能吃饱饭，大家伙互相关心，互相帮助，一起劳动，一起学习，一起休息，还发工钱，这是格桑德吉做梦都向往的生活。现在这么好的工作和生活突然要结束了，自己的明天就可能没有着落了，说什么也是难以接受的。

其他年轻人也是七嘴八舌，纷纷表示不愿意离开解放军。怡高远哈哈大笑着说："不要哭，不要急，听我慢慢讲嘛！平时在工作之余，教你们识字，前边给你们讲了不少解放军的纪律和使命，更多地给你们讲了如何翻身做主人。你们也看到了共产党、解放军与旧西藏地方政府的区别。你们不愿意离开解放军是好事，但也不能都参军呀。年龄太大的农牧民，拿了工钱都回去了，留下你们就是要听听你们的意见，按照你们每个人的特长和一些单位的需要确定不同的人去不同的单位，干不同的工作。现在拉萨几个工厂和单位都很缺人，很需要你们这样能干的青年。你们这伙年轻人，表现都不错，如果你们没有什么意见，就把你们都介绍过去。当然有想回家的不勉强。大家还要知道，仅仅让你们这些人参加工作是远远不够的，你们要学会真正做自己以后生活的主，不能认为只有跟着我们的部队才安全，你们要不断学习了解自治区筹委会的政策，学习专业技术和文化知识，把听到的看到的讲给更多和你们一样的兄弟姐妹、父老乡亲，再把学到的技术用到工作中去，改变旧西藏、建设新西藏。"

"太好了，太好了，能到拉萨那么好的地方工作简直太好了！"年轻人欢呼起来，"我们这些人哪里有什么家，如果进不了解放军安排的工作单位，回去还得再给领主老爷和寺庙做牛做马。"

"我和德吉不回拉萨，我们是逃出来的！在来当雄的路上，管家旺久还带人骑马追我们，我们东躲西藏逃出来。你让我们去拉萨，领主一定会把我们抓回去，我们就没命了！"格桑梅朵已经顾不得许多，跑过去摇着怡高远的胳膊，着急地大声说。

"这个不用怕，你们去做工的工厂是西藏工委和自治区筹备委员会管理的，谁也不敢把你们怎么样，放心吧。"怡高远继续说，"让你们去拉萨的工厂和单位工作，不仅像这里一样会管饭，有工资，就是有工钱，条件也比这里好多了。你们不仅要工作，还要进培训班学习呢。要学习更多的知识和技术，只有学好了本领，才能更好地工作，才能改善你们的生活。还有一个好消息，就是我们的李玉玲李军医也要调到拉萨去，她就要去给你们这些学员上文化课和医务课。"

听清楚到拉萨做工是在自治区筹委会管理的厂子和单位，看着大家欢呼雀跃，格桑梅朵悬着的心才落了地，她愣怔地注视着怡高远，张了张嘴咬住嘴唇欲言又止。怡高远注视着格桑梅朵问："梅朵呀，你对安排的工作有什么不满意吗？"

"怡连长，是不是我们离开机场，到了新工作单位就见不到你了，你就吃不上我做的'猫耳朵'了？我还是想留下来呢！"格桑梅朵憋红着脸说。战士们哈哈大笑着起哄："我们都爱吃格桑梅朵做的'猫耳朵'，怡连长，那就把梅朵留下吧！"

实际上，怡高远心里很舍不得格桑梅朵走，听了格桑梅朵的话，听着大家起哄，他心里暖暖的美美的，定了定神说："我一有机会就会去看大家的，我们一定还会见面的！请放心！"迎着怡高远关切的目光，格桑梅朵露出了灿烂的笑容。

格桑德吉紧紧地抱住李玉玲用汉语磕磕巴巴地说："李医生，您走到哪里，我就跟到哪里，您一定要带上我！"

看着德吉破涕为笑，大家都哈哈大笑起来。

因为部队翻译工作的需要，加之洛丹的机灵，他被留下来，成了一名真正的解放军战士，而且还佩上了枪。送李玉玲和他们这批人去拉萨报到时，洛丹一身簇新的黄军装，皮带上佩戴着盒子枪，神气极了。梅朵、德吉、更果果，特别是巴桑次仁，一帮小伙子羡慕得眼珠子都要挂到洛丹身上了。

巴桑次仁是跟随部队好几年的运输队队长，他与洛丹一样会说普通话，平时有着和解放军指战员一样的待遇，这次安排他配合李玉玲带领这些年轻人去拉萨到新单位报到，就是希望他发挥管理才能，带好头，与这些年轻人共同进步，培养出一批优秀的藏族青年职工。格桑梅朵作为副队长配合巴桑次仁协助管理十几个姑娘。

怡高远带着洛丹和一个排的战士护送李玉玲和新入职的人员去拉萨报到，完成护送任务后，还要去给部队购买补给并尽快返回。格桑梅朵看着怡高远有些恋恋不舍，怡高远从黄色军用挎包里拿出两盒饼干和两包牛肉干，微笑着递给她："这是我的一点心意，送给你、德吉和几个小姑娘吃。我们还会见面的，你在拉萨好好参加培训。"

"真的吗？真的还会见到你吗？"格桑梅朵没有想到怡高远会给自己和姐妹们买礼物，但是她更期望还能见到怡连长，急切地问到。

"放心，一定会的，相信我。我来拉萨公干时就会来看望你和大家。"怡高远轻轻拍了一下梅朵肩膀，肯定地说。

格桑梅朵把饼干和牛肉干抱在胸前，在那供给紧张的时期，这可不是普通的吃食，这是内心深处不自觉的情，是滚烫的关爱。格桑梅朵的大眼睛湿润了，她转过脸去，耸着肩膀，泪珠夺眶而出。怡高远一时手足无措，不知道怎么安慰她。这时洛丹竟然拉住小德吉的手，吻了一下手背，转身跳上了军车。李玉玲走过来搂着格桑梅朵的肩膀笑着喊道："回去告诉张大明，就说我让你俩常来看望我们哦！记着路上小心点！"

格桑梅朵回过头，愣愣地看着怡高远他们军车开走的方向。车子早都没了影子，她还是愣愣地看着。梅朵姑娘的心里是一万个舍不得，可是又能说什么做什么呢？自己现在有了工作，为了干好工作还被派来学习，这样的机会真的是做梦都没有梦到过的。必须感谢怡连长，感谢李军医，感谢张副团长，感谢这些共产党派来的金珠玛米。车子走远了，远处的布达拉宫却越来越清晰地出现在梅朵眼前。在拉萨做了七年奴仆，格桑梅朵从来没有走近过布达拉宫，布达拉宫对自己来说一直是神秘莫测的、是灰暗阴森的、是高不可攀的。不知道为什么，今天的布达拉宫看起来那么清晰明亮、光彩照人、宏伟温婉。

看着有些痴痴呆呆的格桑梅朵，李玉玲知道这个漂亮姑娘的心思，又不好捅破，拉着她和德吉的手一起走进学校。

在李玉玲带她们来拉萨的路上，怡高远和洛丹才告诉大家李军医是张副团长的夫人。大家大眼瞪小眼，有好多人惊讶地好长时间张着嘴巴，似乎不会合拢一般。在一起时间不算短，一起务工的这些年轻人竟然没有人知道这层关系。令他们没有想到的是共产党的官员可以夫妻两个人一起工作，同时更令他们没有想到的是共产党的官太太还要上班，甚至共产党的官员两口子都没有官老爷官太太的架子。格桑德吉想着这几个月来她拉着李军医的手散步、学习，李军医手把手地教她打针、包扎伤病员，等等，再想想领主老爷和太太高高在上凶恶的样子，这心里边对共产党和共产党的干部又多了一些了解，对解放军又多了一份向往，对李玉玲更多了一层敬意。

巴桑次仁带的小伙子被分成三组，一组被安排在汽车队，一组被安排在建筑工作队，一组被安排在畜牧兽医工作队。格桑梅朵姐妹和更果果等十多个姑娘被安排到军地预备卫生队。因为冬季施工间歇期和新进人员培训需要，他们被直接送到西藏干部学校的冬训班学习，有的学习驾驶技术，有的学习建筑技术，还有的学习木工，有的进了畜牧兽医训练班学习，女孩子到西藏干部学校的医务培训班学习。这些农奴出身的年轻人，发现和自己一起培训学习的有不少拉萨政府机关里的干部和贵族子弟，既出乎意料，又忐忑不安，更多的还是身份转换后的兴奋。


西藏自治区筹备委员会成立后，各项工作的开展需要大量的干部职工，面临的局面是根本就没有多少人手可以用，更缺少藏族等少数民族的干部。筹委会各处室在拉萨开办行业培训班，各基巧办事处就地开办培训班，培训本行业本地区干部和吸收新学员进行集训，培训结束后量才分配工作。一时间各种培训班共吸收机关干部、基层工作人员和新学员上万人。为了统一干部培训管理工作，西藏工委和自治区筹备委员会在原"西藏军区干部学校"的基础上，成立"西藏干部学校"，对拉萨的各种培训班（除青训班外）进行合并，统一协调管理干部学员和新入职工作人员的培训。

西藏干部学校的办公室、宿舍、教室、食堂修葺一新，整个校舍用石头围砌了起来，安装了高大的铁栅栏门，使其成为一个像模像样的教学场所。汽车和马车都可以进出学校，但是必须有证件。

一天课后，格桑梅朵、格桑德吉和更果果几个女学员唱唱跳跳地准备去食堂吃饭，却和从另一个教室里出来的巴鲁云丹碰了一个照面。格桑德吉一看到巴鲁云丹就怯怯地向姐姐和更果果她们身后躲，但是已经来不及了，双方都看到了对方。格桑梅朵拉着德吉匆忙向前走去，走到好远后回头张望了一下，没料到巴鲁云丹一直站在原地就没有动，久久地盯着她们这个方向。

格桑梅朵觉得肯定会出事，必须把今天碰见巴鲁云丹的事告诉李玉玲老师。她顾不上吃饭就火急火燎地去找李玉玲。李玉玲查看了学员名单了解情况。原来筹委会为了做好对西藏上层人士的统战工作，在各机关招录工作人员时录取了一批贵族子弟，巴鲁云丹有一定文化基础，此前被招录到筹委会下属单位工作，为了加强对他们的政治教育和专业教习，安排他们进干部学校进行轮训，格桑梅朵她们同期的培训班里就有巴鲁云丹。

在西藏干部学校，像巴鲁云丹这样的贵族子弟不在少数。他们倚仗原来有一点文化基础，瞧不起一起学习的农牧民子弟，他们上学上班一般都有仆人骑马护送或马车接送，无时无刻不在耍威风，故意显摆自己的优越。一些开明贵族子弟还好，而一部分贵族子弟内心抵触新的政治制度，他们恶习不改，在学校里根本就不学习，甚至纠集成团伙经常喝酒斗殴，调戏女学员，更有甚者有时候会和教官对着干，破坏干部学校的正常培训工作。慑于学校保卫科有一个排的战士负责学校治安，教官大多是部队调来的军人，培训班里也有从部队转业的干部，他们才不敢过于放肆，可是背地里一些人从没有停止对干部培训工作的破坏。

关于巴鲁云丹和格桑梅朵姐妹的恩怨，李玉玲向培训部主任西绕旺多进行了反映，希望得到关注。西绕旺多了解情况后，专门找巴鲁云丹谈话，敲警钟，要求必须遵守干部学校的纪律，不允许威胁格桑梅朵姐妹。巴鲁云丹嘴上答应不会生事，其实心里根本就咽不下被奴才打伤打昏这口气。

自从巴鲁云丹发现了格桑姐妹在干部学校后，他这心里就像猫抓猫挖一样从没消停过。你说他恨格桑姐妹吧,那是真恨。单就家奴逃跑就是重罪,何况还打昏了主子后逃走,那就是罪上加罪。可是这巴鲁云丹这几天怎么就恨不起来了,他心里痒痒的是没想到原来就秀气迷人的格桑德吉比原来更漂亮了。小半年时间过去了,格桑德吉不仅长高了,也胖了一些,比原来健康红润了许多,一身整整齐齐的旧军装,任凭走到哪里都是一个可人的大姑娘了。巴鲁云丹在巴鲁府可没少欺凌年轻的女家奴,也经常和几个贵族女孩约会,可是他独独惦记的却是秀丽小巧的格桑德吉。德吉虽然年龄小,可是却有着别的女人没有的好处。巴鲁云丹经常给几个狐朋狗友吹嘘格桑德吉的奇妙,说得那几个家伙心里按捺不住都想去找德吉,有人也背着他骚扰过德吉,有人甚至提出来要从他手里把德吉买走。在卖还是不卖德吉这件事上,巴鲁云丹的态度异常坚决,那就是坚决不同意,拿十头牦牛都不换。本来嘛,很多小家奴用一头牦牛也可以交换,用两只羊也可以交换,有时候老爷或少爷赌博输了也可以拿他们抵账。见到格桑姐妹后的这几天,巴鲁云丹睡梦里都是格桑德吉白皙的柔若无骨的身子、两只小白兔一样柔软跃动的胸脯和她身上那奇异的新鲜羊奶一样的味道。曾经在格桑德吉身上所获得的快感经常像电流一样不自觉地在他身体里流转,让他一会热血沸腾,一会冷汗淋漓。打昏自己的一定是德吉的姐姐梅朵,把她们必须抓回府上去,梅朵必须重重治罪,德吉得留在自己房里伺候。巴鲁云丹越想越急,急的并不是怎么处置梅朵,而是怎么才能尽快地再得到德吉。

一周多的时间过去了,风平浪静,格桑梅朵姐妹才稍稍安下心来。可就在这时候,巴鲁云丹还是找上门来了。她们哪里会想到,这一周时间里,巴鲁云丹和管家旺久一直在密谋着怎么抓她们姐妹回去。

刮了一个冬天的寒风,基本没有下过雪,让人们预感会是一个干冬湿年,有利于春耕春播。孰料周六午后,本来还有点热量的太阳在越刮越紧的狂风裹挟下,慢慢变得赤白无光,一会竟然没了踪影。天色越来越暗，突然间大雪肆无忌惮地下了起来。棉絮一样的雪花在劲风里打着旋儿，野性十足地钻进人们的衣领，占领所有的缝隙，好像要吞噬整个拉萨城。很短的时间里，无论是巍峨的贵族府邸还是低矮的贫民窝棚，无论是远处的山峰还是近处的河流，无论是高大的枯树还是丛生的灌木，都在一片白茫茫中显不出什么了。格桑德吉姐妹和更果果下课后走出教室，迎着大雪急匆匆地向宿舍跑去，却被巴鲁云丹和管家旺久带人堵到了教室里。

巴鲁云丹斜倚在一张桌子上，拿出精致的银质鼻烟壶，在指甲上磕了磕，将金色的粉末放在鼻子下轻轻地吸着，陶醉而漫不经心地说："梅朵、德吉，你们两个奴才以为跑了就没事了，老实交代是谁打昏我的，不说今天可有你们好看的!"

格桑梅朵挡在德吉前面，心脏都快要跳出来了，躲是躲不过了，她想起了张大明副团长的讲话，想起了怡高远连长多次给自己讲的道理，仰起头来，毫无惧色地说道："是我打的，有什么事冲我来。你欺辱德吉，欺负我们还少吗？还不够吗？"

巴鲁云丹看着出落得越来越漂亮的梅朵、德吉姐妹，阴阳怪气地冲着她们旁边的更果果和另外几个女学员喊道："这里不关你们的事，赶紧走开，要不和她们姐妹俩一起留下来伺候本少爷!"

更果果一看形势不妙，叮嘱其他女同学照顾格桑姐妹，自己从几个家丁中间挤出教室，撒腿去找李玉玲。因为是周六，李玉玲没有课，外出进行其他公干了。这可把更果果急坏了，情急之中她赶紧跑到男学员宿舍去喊在机场一起干活的朋友巴桑次仁。

这边旺久吆喝着："梅朵和德吉你俩听好了，你们清楚奴才打主子是什么罪。今天你们乖乖跟少爷和我们回去，回去了那还好说些；不然绑了你们回去，就剥了你们的皮蒙鼓!"

格桑梅朵心里清楚，一旦回到巴鲁府，就等于重进地狱。她镇定下来，不亢不卑地说道："我和德吉现在是公职学员了，是自治区筹委会、解放军送我们来学习的，再也不是朗生了，你们不能把我们带回去，要回去也得征得学校领导和老师的同意。"

巴鲁云丹哈哈大笑道："你们也配当公职人员，奴才走到天尽头也是奴才。今天如果乖乖地随本少爷回去，你俩一起磕头作揖地把本少爷伺候舒服了，我还可以饶你们一命，否则，等我搞清楚你梅朵是哪只手打的我，就先剁了哪只手！如果是两只手一起打的，就把你的两只手都给剁下来！"说着走上前去，伸手托起德吉的下巴仔细端详着，恨不得马上就把她拉进怀里。

"云丹少爷，你今天又没有喝酒，这么凶干什么？你想逼死我们吗？你再这样我就死给你看！"没想到一向胆小怕事的格桑德吉突然大声喊了起来。

巴鲁云丹吃惊地看着德吉，退后一步，心里一阵柔软，毕竟是带着下人来捉拿格桑姐妹的，终归又不甘示弱，他大大咧咧地踱着步子，坐上一张桌子，将矛头指向格桑梅朵，对着管家旺久一伙问道："旺久，你说按照律法，按照巴鲁府的规矩，该怎么办呢？"

旺久听着主子的话，早就明白了意思，点头哈腰地说道："少爷，那我就按照规矩办了。"

如果被抓住带回巴鲁府，那就只能任人宰割，横竖都是受人欺凌，不能再给张大明副团长、怡高远连长丢人，要学会和不公抗争，要学会保护自己。想到这里，格桑梅朵毫无惧色，她将妹妹德吉护在身后，鼓足勇气大声说道："现在不比从前了，别以为你们还可以胡作非为，我和德吉已经是公家的人了，你们没有权力再管我们，死都可以，但休想再让我们进巴鲁府做奴才！"

巴鲁云丹装作什么都没听见的样子，继续磕着鼻烟，斜视着格桑梅朵姐妹。旺久从腰间抽出皮鞭扑上去对着格桑梅朵劈头盖脸就抽了两下。瞬时，格桑梅朵的脸颊上出现了一个血红的十字，泛白的旧军装也露出了棉絮。从小在皮鞭下长大的她忍住疼痛，毫不畏惧，紧紧护住妹妹。旺久一看姐妹俩还不顺从，又举起了皮鞭，这时候他的手腕似乎被铁钳夹住一样生疼，不由地手一松，皮鞭掉在了地上。

"我看谁在这里撒野？"一声断喝，巴桑次仁差一点捏碎旺久的手腕。

原来是巴桑次仁听更果果说了情况，大喊一声："兄弟们，跟我去救人！"带着一帮男学员就跑了过来。看到格桑梅朵被打，旺久还想继续行凶，他划拉开几个家丁，一个箭步冲上去就抓住了旺久的手腕。

巴桑次仁方脸阔目，高大威猛，是典型的康巴汉子，站在矮小的旺久面前，犹如铁塔一般。他是昌都失地的差巴①，因为妻子生病借了高利贷，还不起高利贷被领主侵占了财产赶出了差地，妻子治疗不及时死掉了。他在昌都无法生存，乞讨路上遇见了进藏部队，被吸收到运送物资的民工队伍。他在经历了失去亲人、失去土地、走投无路的情况下被收留，几年来一直随军干着各种杂务，也长了不少见识。在运输队和机场工地上都充当着小领队的角色，这次被优先安排到自治区机关车队工作，已然是职工身份。听到巴鲁云丹带人跑到学校打学员，非常气愤，带着机场一起参加培训的学员跑过来救人。

巴鲁云丹和旺久一伙回头一看，才发觉教室里外已经黑压压聚集了一大群学员，很多人冒着大风狂雪，怒目圆睁，大声喊着：

"滚出学校去，不许打学员。"

"把这几个混蛋抓起来，狠狠揍他们一顿！"

在大家的愤怒声中，有人冲上去就要打旺久和巴鲁云丹。巴鲁云丹没有想到自己整治自家的奴仆，还会有这么多人来帮她们，他毕竟是在政府部门工作，也知道一些新的政策和规矩，只是不甘心被女奴隶打昏，才带着管家和护院队的人来收拾格桑姐妹，最主要的是想把德吉带回府去。他倒没有参与破坏培训工作的想法，原来一撮贵族学员经常拉他要一起搞破坏活动，他还是拒绝的。巴鲁云丹看到心中一

---

① 差巴：意为"负担赋役的人"。人身依附于农奴主，以农奴主分予少量的份地或准予使用草场放牧而被束缚于农奴主的领地上，不准迁徙、逃跑。世代向主人支应各种徭役、实物和货币等负担。地位略高于堆穷。

向看不起的穷鬼们这么团结，一下子搞了大动静，眼看着情势不妙，旺久只带了四个家丁，今天想把德吉带回府肯定是不行了，若真打起来也是寡不敌众，于是叫嚣道："你们这些穷鬼还想翻天不成？我今天不和你们理论，自有噶厦①出面，看我后边怎么收拾这两个贱奴才。"说完，带着旺久几个推搡着想从学员堆里挤出去。眼看他们要溜走，学员们觉得应该抓住巴鲁云丹让学校处理，有人继续喊着要追打，巴桑次仁摆摆手说："让他们滚！跑了喇嘛跑不了庙，我们去找西绕旺多主任和李玉玲教员理论。"虽是在劝大家，巴桑次仁还是气不过，对着从自己眼前准备溜走的旺久屁股就是一脚，那家伙一个狗吃屎，在雪地上滑出好远，爬起来头也不敢回，跑着追主子去了。大伙看着他们的狼狈相，哈哈大笑。

更果果拉着格桑梅朵的手，心疼地帮梅朵擦拭脸上的伤口，整理衣服，一起去医务室上药包扎。格桑德吉拉着姐姐的手，一路哭着说："阿佳，对不起，都是因为我害得你挨打。都怪我！"

"挨这点打算什么？我根本就没有害怕。现在有共产党和解放军给我们撑腰，大家拧成一股绳，再也不用怕什么领主和少爷了。你们也都看见了，那几个坏蛋看到我们人多心齐，灰溜溜地逃跑了！我想学校不会轻易饶过他们的。"梅朵拉着德吉和更果果的手，勇敢地笑着说。几个姐妹觉得格桑梅朵说得有理，不住地点着头，疾步向医务室走去。

话说当时格桑梅朵一棍子打昏少爷巴鲁云丹，带着妹妹逃离巴鲁府后，巴鲁顿珠老爷就没有放弃捉拿她们。他派出几路人马到处搜寻，怎么也想不到这姐妹俩会逃到当雄，还加入修建机场的民工队伍，又被招到拉萨的军地卫生队。按理说偌大一个巴鲁家族，死一

---

① 噶厦：藏语音译。"噶"系命令之意，"厦"系房屋。意为发号施令的房宅，即旧西藏地方政府最高政权机关。

个、少两个朗生和死一头牛、丢两只羊是一样的，本来也可以不找的。这打了主子，还逃走了，对于一个领主来说可是奇耻大辱，若是传出去会被其他领主笑掉大牙，更会严重影响巴鲁府的名声。巴鲁老爷一边派人寻找捉拿格桑梅朵姐妹；一边封了护院和家丁的嘴，发话谁敢将这件事传出去，就剥了他的皮，割了他的舌头。可是几路人马找了一个多月也没有结果，巴鲁老爷快要气疯了，把管家旺久狠狠地抽了几皮鞭，自己还得了一场病。当巴鲁老爷听说原来的两个女家奴竟然和自己的儿子都在干部学校进行培训时，再也坐不住了，涌上心头的耻辱感一阵一阵地袭扰着他。

巴鲁老爷对通行了几百年的《十三法典》《十六法典》非常熟悉：奴才"不能与贤贵相争"，"民反者均犯法"，"不受主人约束者逮捕之，百姓碰撞长官者逮捕之"，"下等下级人奴隶妇女命价为一根草绳"。打死一个上等人如王子、活佛，要赔偿价金与尸体的重量等同，仆人反抗主人而使主人受伤严重，要砍掉仆人的手或脚。这打昏了主子的奴才应该处以死刑，最少也要刹掉一只手。这样的奴才怎么还能被安排到政府里边的单位端着饭碗，怎么还会和自家儿子一起在一个学校培训？简直是白天看月亮，晚上见太阳，反了天！巴鲁老爷大叫着："真是要变天吗？给我套车，我要去见噶伦①！"

当时西藏自治区筹备委员会领导噶厦、班禅堪布会议厅委员会、昌都地区人民解放委员会管理西藏事务，噶伦在相当多的农奴主心目中仍然是最主要的官员，他们从来没有想过要去听命于西藏工委和西藏自治区筹委会，更担心搞什么民主改革，因此有什么事都会寻求噶厦的庇护。

巴鲁老爷冬天住在拉萨巴鲁府，夏天住在山南的巴鲁庄园，一贯地寻欢作乐、作威作福，哪里会料到西藏社会在悄然发生着巨大变

---

① 噶伦：旧西藏地方政府的主事官员，从清朝惯例属于正三品，一般四人，一个僧官，三个俗官。

化。巴鲁老爷急急火火、怒气冲冲去求见噶伦。当时噶厦里当值的噶伦是进步人士，同时受中央政府和旧西藏政府认可，和巴鲁老爷也很熟悉。巴鲁老爷说了自己来噶厦的缘由，希望噶伦为他和儿子做主，严惩逃跑的家奴。

干部学校培训部主任西绕旺多已经调查清楚巴鲁云丹带人抽打格桑梅朵事件的来龙去脉，报告送到了筹委会和噶厦。当值噶伦对贵族子弟殴打农牧民学员非常气愤，这巴鲁云丹是政府职员，分明是目无法纪、知法犯法。加之部分贵族在干部学校不服管理，阻挠干部学校的日常培训工作，让自治区筹委会觉得必须严格整治干部学校的培训纪律，对不适合进行培训的学员或机关干部必须清理淘汰。

听巴鲁老爷一顿添油加醋地胡说八道后，当值噶伦强压住火气说："格桑梅朵两姐妹虽然原来是你庄园和府上的朗生，现在可是自治区筹委会所属单位的医护人员，已经不比从前了。作为头人，要学会爱护和保护自己的仆人，支持她们参加工作，她们有出息了也会感恩你这个主人。再也不能说打就打，说买卖就买卖，说杀就杀。你家云丹少爷也应该清楚学校的纪律，能进入干部学校的每一个学员都是新政府的人了，谁也不能再随便打骂。再说你家那个云丹少爷整天和一群狐朋狗友混迹一起，纵情声色，不务正业。这次又带下人殴打女学员，已经引起了干部学校广大学员的强烈不满。干部学校的学员要政府给他们一个说法，西藏工委也很重视这件事，要求严肃处理。你想一想，如果你家少爷不学无术，后边还怎么在政府任职？筹委会根据每个人在学校的表现安排工作，云丹干不了，他原来的岗位就只好给别人了，也可能要让给农牧民来干，也许就是你府上原来的奴才来干。而且这次你家云丹少爷必须受到惩戒，不要以为他自己没动手打人，惩罚下头的管家和随从就能服众！"

"什么，打了自家的奴才还要处罚主子？再说本身这俩奴才是打了主子逃跑的呀！怎么也得受到严惩？难道这真是要变天吗？"巴鲁老爷越听越害怕，越听越生气，掩饰不住激动对着噶伦喊起来。

"巴鲁拉，不是变天不变天的问题，是怎么变的问题。是要让我们怎么把西藏更好地管理起来的问题。是怎么让咱们的年轻人走出西藏看看，看看外面的世界有多大，看看我们中国其他地方的人们生活得有多好！"

巴鲁老爷本来是想找噶伦来给自己撑腰出气的，没想到又受到了一顿教训，慑于噶伦的威严，他只好低着头拱手退出。

在江孜地区，头人鞭打朗生学员致残事件更是激起了民愤。旺杰平措原来是江孜头人本根却珠家的朗生，自幼聪颖，在放牧时就能对老年人口口相传的藏族经典《格萨尔》史诗熟记于心，出口成章。他被自治区筹委会和江孜地方政府选拔为青年工作人员，到培训班学习后，很快就成了政府的得力文书。旺杰平措参加工作后，不能支应头人本根却珠的差事，本根却珠以旺杰平措没有给他家支差，影响了他家收成，在其回家时，本根却珠指使家奴将旺杰平措吊起来，把自家奴隶全部召集起来，当着朗生和堆穷的面，和老婆格登用皮鞭毒打旺杰平措，打昏了以后再用凉水泼醒，泼醒后继续毒打。为了防止旺杰平措逃跑，给其戴上了脚镣，更不允许他再外出工作。旺杰平措遭受长时间的毒打和饥饿后身体虚弱，彻底残废。本根却珠夫妇毒打旺杰平措就是杀鸡给猴看，企图吓唬其他农奴，警告他们不要参加工作，不然没有好下场。这一事件本身就是一部分农奴主对西藏自治区筹委会一系列政策的直接挑衅。本根却珠毒打旺杰平措事件发生后，江孜、拉萨及其他地方的机关干部和学员非常气愤，纷纷通过各种渠道进行声讨和反对，要求严惩罪犯。江孜地方基巧级办事处对这件事情进行了调查，提出了处理意见并将处理结果报自治区筹委会，但是广大干部和学员根本不满意。江孜干部学员也走进基巧级办事处讨说法。这引起了西藏自治区筹委会的高度重视，派出专门调查组赴江孜重新进行调查。

随后不久，西藏自治区筹备委员会宣布了《关于重判本根却珠毒打学员旺杰平措案件的决定》。本根却珠对旺杰平措献哈达道歉、赔偿医药费用外，被判处拘役四个月，其妻格登被判处拘役两个月。

本根却珠毒打旺杰平措事件平息后，西藏自治区筹备委员会做出了一个重大决定：今后西藏地区的地方政府、班禅堪布会议厅委员会和昌都地区人民解放委员会所属的各宗、谿和各主管头人，不得对西藏参加国家机关工作的人员、学员、学生继续摊派各种人役；凡这些人员所担负的人役免去后，不得转而摊派给他们的家属支应；对已经参加或今后参加工作的工作人员或学习的干部、学员、学生，各界人士都应积极予以支持和协助，决不允许直接或间接地加以迫害。

这是西藏历史上第一次头人打了仆人被判刑，被处罚。上万名农奴出身的工作人员和学员彻底获得了自由，他们的欢呼声随着翱翔在蓝天的雄鹰响彻西藏高原上空。

根据国家的这一新决定，很快，西藏干部学校取消了巴鲁云丹和一批贵族子弟的培训资格，并勒令巴鲁云丹和管家旺久向格桑梅朵献哈达赔礼道歉、赔偿医药费，将旺久拘役一个月。这让格桑梅朵姐妹开心激动不已。

# 章节三　筹建公学

在格桑梅朵姐妹和巴桑次仁他们热切盼望新生活的时候，西藏各项工作突然开始"大收缩"。原来西藏农奴主反动上层借助周边省份一个藏族自治州在民主改革中出现的问题兴风作浪，甚至发生了多起武装袭击解放军营地和车队的事件。中央对西藏工作发出了"六年不改"的指示。

西藏各项工作开始"大收缩"。西藏工委采取紧急措施，对人员、机构、财政等各项事业"大下马"。撤并机构好说，汉族干部内调好说，可是新参加工作的上万名农牧民干部职工、学员如果一下子都精简回去，势必会影响共产党在农牧民心中的地位，也会给西藏反动上层制造分裂留下口实。令张大明和怡高远没有想到的是，听说全区工作人员减员额达四万多人，全西藏保留下的汉族干部不足四千人。这两个数字都是惊人的，一个是裁撤的人员过多，一个是留下的汉族干部太少，他们总觉得里面潜伏着危机与凶险。

上万名藏族干部、学员面临着被遣散回家的命运，这个家是很难回去的。很多学员是农奴，本来就没有家，回去就意味着继续做奴隶，还有可能会遭遇被领主或头人折磨、毒打、买卖甚至致死。

对于"大收缩"政策，西藏上层反动势力非常兴奋，认为这是他们与共产党斗争得到的理想结果，是一个巨大的胜利。他们暗中勾连，蠢蠢欲动，寻求一切机会企图制造混乱，妄想恢复和永远保留自己原有的社会地位。反动上层放出风声，散布各种谣言，蛊惑人心。他们经常通过贵族子弟在农牧民干部职工和学员里传递一种信息：是差巴、堆穷和朗生的命，就要认命；不是要跟共产党吗，现在共产党抛弃了你们，还不是得乖乖地回到原来的领主身边继续做奴才？在西藏千百年来，只有佛爷说了算，贫寒困苦是前世的罪孽，只有用今世的戒恶、服从、劳作、受苦才可能赎罪，期待来世佛爷宽恕你们。

西藏形势扑朔迷离，暗流涌动，从原来的上层人心不稳急剧转变成农牧民干部职工和学员人心不稳，刚刚看到曙光的农牧民干部学员更是一脸茫然。

格桑梅朵姐妹和巴桑次仁他们听到有可能被遣散回家时，非常伤心。对他们来说，哪里还有家，离开了单位和培训学校，他们只会沦为奴隶或者乞丐，等待着他们的一定是地狱一样的生活。格桑梅朵心里波澜翻涌："领主老爷们总用来世欺骗农奴，来世在哪里？来世那个虚无缥缈的世界遥不可及。已经跟随共产党、解放军工作一年了，难道又要回到过去，到底该不该信命？"一起从机场来到拉萨的工友聚在一起，大家有的垂头丧气，有的焦虑不安，有的想不通嘟嘟囔囔，希望巴桑次仁和格桑梅朵这两个小组长给大家想想办法，出出主意，到底应该怎么办。

格桑梅朵说："我们跟着解放军修建机场，进行培训后安排了新的工作，本来在新的岗位上大家干得都挺起劲儿，也做了不少工作，出了不少成绩。如果让我们再回到原来的领主家去当奴才，我们不可能有好日子，能有活路就算不错了。应该说我们早已经是无家可归的人了。我觉得张副团长、怡连长、李医生是不会不管我们的，我和巴桑次仁代表大家去找李玉玲医生，让她给张副团长说，给我们指条出路。"

"对，大家先不要慌乱，也不要怠工，不要给我们工友丢脸，下午下班后我和梅朵就去找李玉玲医生，她一定会帮我们想办法的！"巴桑次仁也非常焦急但很镇定。

听了格桑梅朵和巴桑次仁的话，大家都知道李医生的老公就是张副团长，张副团长现在是军区的部门领导，一定有办法的。大家互相点着头，都回到各自单位去了，期待着格桑梅朵和巴桑次仁能带来好消息。

格桑梅朵和巴桑次仁下班以后，急急火火来找李玉玲，让他们没有想到的是在李医生家里见到了怡高远。他们与李玉玲医生打过招呼后，巴桑次仁开心地握住怡高远的手不停摇晃着，舍不得松开。格桑梅朵站在一旁看着怡高远有点手足无措。怡高远笑嘻嘻地对着格桑梅朵说：

"怎么不认识我了？只认得李医生呀！"

"哪有呀！怕是你怡连长早把我们忘记了！"格桑梅朵有点惊喜、有点埋怨、有点撒娇地说。

"你这可是冤枉怡连长了，怡连长今天可是为了你们的事来找我和张大明商量的，如果忘记了你们，他会这么焦急吗？"李玉玲笑着说。

"啊，怎么你也是来找李医生说我们这些民工的事？"格桑梅朵定定地看着怡高远棱角分明的国字脸，一双剑眉下炯炯有神的眼睛，一点都不想移开目光。

"什么民工，你们现在是西藏工委和筹委会管理的职工，不是民工了。"怡高远提醒着格桑梅朵，招呼巴桑次仁坐下说话。这时候，格桑梅朵才不好意思地笑了起来，露出迷人的酒窝，拉住李玉玲的手说：

"李医生，张副团长不在家吗？我和巴桑是受机场工友之托来找你们的，你看现在到处都在说要搞'大收缩'，一些单位都停工了，解散了工人。我和德吉与巴鲁家族彻底决裂了，根本就没有地方可去。难道我们学了技能还得丢下现在的工作，再去乞讨吗？我们不怕吃苦，可是我们绝对不想再过牛马不如的日子了!"

"是呀，是呀。不论是让我们当兵，还是干其他活计，都没有问题，只是不能就这样把我们遣散了!"巴桑次仁焦急地补充。

"不着急，不着急，李玉玲医生会带着你们去更好的地方学习的!"怡高远笑着给他们说着宽心话。

格桑梅朵和巴桑次仁满腹狐疑，一会看着李玉玲，一会看着怡高远，不知道等待自己的是怎样的命运安排。李玉玲给他们倒上水，坐下来说：

"我也是最近才听张大明说的。西藏工委在执行'大收缩'政策的同时，怎么会丢下和平解放以来培养的你们这些藏族干部职工和优秀学员不管？如果'大收缩'使散布在西藏各地的上万名藏族农牧民青年干部、学员失去学习和工作的机会，那就太可惜了，对以后的工作也不利。中央召开专门会议，采纳了西藏工委的意见，决定让西藏在祖国内地办学，为西藏建设培养所需要的人才。中央书记处书记在会议上强调'藏族学员凡愿来内地学习的，人数不限，不愿来的，一个也不强迫。西藏自己在内地办学。几千人回内地学习，这是西藏一大革命，有其深远的历史意义'。西藏工委已经决定在陕西、甘肃或者四川等省份找地方筹建西藏干部学校和西藏团校，从部队和地方选调一批比较适合学校工作的干部参加建校工作。我也要被派到内地去教书啦。"

"你真的会带我们去内地读书吗？"格桑梅朵急切地问。

"我看张大明说的意思，机场工地选拔的你们这一批学员思想进步，明辨是非，还主动给西藏工委写信要求早日进行民主改革，原则上只要自己愿意，就可以到内地去学习。"听到李玉玲的回答，格桑梅朵和巴桑次仁激动不已，高兴地跳了起来，不停说着："太好了!太好了!"

突然，格桑梅朵转过身看着怡高远问道："怡连长，你不也是大学生么，怎么不到内地干部学校去教我们？"

"当然想去了，可是，我总觉得西藏更需要我留下来。你们在内地学习一年两载就会回来，我还是在这里等你们吧！"怡高远轻描淡写地说。其实他何尝不想回到内地去，毕竟内地自然环境好，生活舒适。可是他知道自己是带着解放西藏、建设西藏的理想来的，不能在没有完成任务前离开西藏。

格桑梅朵点着头，若有所思地望着怡高远。在她的内心里，怡高远的选择一定是有道理的。何况怡连长为了机场工友的出路，主动来找李医生商议，这真是让人欣慰和感激。

1957 年 7 月，中央批准西藏在内地筹办的干部学校正式定名为"西藏公学"。这是仿效当年的陕北公学给学校起的校名。白云峰、汤化陶分别被任命为西藏公学筹建委员会正、副主任和临时党委书记、副书记，全面负责西藏公学的筹备工作。西藏团工委干部丁心、牛锦华被任命为"西藏团校"副校长。白云峰、汤化陶、牛锦华很快分率几路人马，奔赴青海、甘肃、四川、陕西等地考察寻找校址。

怡高远接到了一个新的任务，就是带队护送六百多名农牧民学员去内地学习。接受这个任务，怡高远心情愉悦，因为他获悉格桑梅朵姐妹和巴桑次仁他们那一批从机场选拔的学员这一次大部分都被选送到内地干部学校学习，这一路上一批老朋友又可以好好相聚。特别是有了与格桑梅朵更多接触机会，让他很兴奋。

此前，西藏工委已经选拔了上千名有一定文化基础的干部职工和学员分别到北京的中央民族学院、成都的西南民族学院和兰州的西北民族学院的预科学习。当确定西藏要在内地开办西藏公学和西藏团校后，一场声势浩大的藏族学员赴内地学习的大幕正式拉开。

各地区和机关首先从工作人员里选拔推荐西藏公学和西藏团校学

员，另外积极动员鼓励上层人士将自己的孩子也送到内地去学习。当雄机场竣工后被安排到拉萨各单位，随后又到干部学校培训的大部分学员一起被安排去内地学习。这让格桑梅朵、格桑德吉、巴桑次仁、更果果他们快活了好一阵子。

和他们不一样的是一些贵族家的少爷和小姐，在西藏工委、西藏自治区筹委会动员上层人士每家最好选一个孩子去内地读书时，很多家庭把孩子藏了起来，发现躲不过去后，有的领主竟然让仆人的孩子顶替自己的孩子去内地读书。坚参就是顶替领主家少爷的，和巴桑次仁分到了一个车上，显露出的农牧民子弟的质朴踏实，使他很快与巴桑次仁几个人成了好朋友。

这批学员里还有一批在旧西藏政府工作的贵族子弟，巴鲁云丹就是；也有开明上层人士积极要求把自己的孩子送去内地学习的，桑果嘉美就是；还有一些寺庙里的小喇嘛受新政策影响，受新文化熏陶，对内地充满渴望，对知识充满渴求，要求解放军带他们去内地学习，伦珠师兄弟就是。

根据学员的地区、年龄、性别等，这些学员乘军用卡车分批次以不同的时间向内地集结。谁也不清楚即将面临怎样的境遇和学习环境，有人心怀鬼胎，有人观望徘徊，更多像格桑梅朵姐妹这些农奴出身的人则对能去内地学习充满了渴望，这也是他们彻底摆脱奴隶身份的最好机会。

学员车队离开拉萨时，每辆解放牌汽车车头上都绑着一个大红花。布达拉官广场上，上百辆军车整装待发，喜气洋洋。西藏工委领导发表简短的讲话后，军区文工团敲锣打鼓，上千军民一起欢送这批学员去内地学习。

与欢庆气氛不和谐的是，少数不明就里的农奴，因为自己的孩子顶替老爷的孩子去内地学习，他们对内地一点都不了解，总以为孩子是去受苦受罪，说不准一辈子再也见不了面，不然老爷家的孩子怎么不去？领主老爷压根不会给他们说一句实话，更多是对他们的欺骗和瞒哄。最让他们伤心的是他们还不能去送自己的孩子，他们只能躲在墙角偷偷地抹眼泪。

长龙一样的车队浩浩荡荡地出发了，在拉萨的长街上扬起一路灰尘。远处一些人对送这批年轻人去内地学习指指点点，瞎议论着：

"这些人会被运到内地卖掉的。"

"这些孩子再也回不来了，他们是被派去给汉人做奴仆。"

"这些人违背佛祖意愿去内地读书。"

各种说辞、各种风言风语不一而足。一些受人蛊惑的女人取下自己的围裙，男人脱掉外套对着汽车抖动，嘴里吐着唾沫，发出难听的咒语。

更让人气愤的是，汽车经过罗布林卡时，一队僧人背对车队，弓腰拍打自己的屁股，嘴里说着脏话。他们完全没有了出家人安静和善的本色。

这是有人在暗地组织僧俗群众反对将藏族青年送到内地去读书。也正是因为掌握了这些信息，西藏工委和自治区筹委会才安排了盛大的欢送学员出发仪式。要用这种荣光来震慑西藏反动上层的敌对，用这种荣光打消送子女去内地学习的家长的顾虑，用这种荣光鼓励农牧民子女高高兴兴去内地学习。

分批向甘肃山丹、兰州，四川雅安、成都集结的教员和学员超过了三千人，学员在学校筹委会人员带领下陆续向内地行进，在还没有确定下来办学地址的情况下，与行军作战非常相似。这也是西藏办学既艰难又特殊的例证。

以藏族农牧民为主的大批学员跟随干部、教员一边寻找办学场所，一边参观内地壮丽的生活生产场景，一边择地休整学习。这一路上走走停停，学员们饱览了祖国的大好河山，看到了不同省份人民群众热火朝天进行社会主义建设的局面，开阔了眼界，未到学校，思想就受到了巨大震撼。

最初西藏公学选址在河西走廊原甘肃省山丹县辖区的一个炮兵师的营房。这里宿舍、教室、食堂、卫生设施比较齐全，炮兵师转移了驻地，考虑到不需要新建教舍，所以西藏工委决定在山丹办学。

怡高远带领战友护送六百多名学员浩浩荡荡沿着新修的青藏公路向山丹进发。这批学员里有在拉萨地区选拔的五百余名学员；途经黑河时，与在黑河选拔的一百多名藏族、回族学员汇合后一起继续前行。带队的是西藏工委组织部的徐西进处长，李玉玲、岳汉山是副队长。让格桑梅朵姐妹、巴桑次仁、更果果一拨在机场的工友学员既意外又兴奋的是，大家发现怡高远是这次护送大家去内地的车队负责人。洛丹跟随怡高远一起执行任务。老朋友们重新相聚在一起，还要一起去内地。见面后，大家激动地跳着唱着拥抱着。

作为西安医学院毕业的大学生，李玉玲怀揣革命理想，入党、入伍、进藏，一路走来，她无怨无悔。艰辛的进藏过程和西藏的艰苦环境，加之随部队转战各地，张大明和李玉玲一直是聚少离多，升任副团长后更是经常带部队去完成各种艰难任务、啃各种"硬骨头"，他们一直没有要小孩。修建当雄机场时，李玉玲作为随军医生，两个人才得以较长时间的相聚。当雄机场工程结束后，李玉玲调到拉萨担任干部学校教员。张大明随后也调到拉萨工作，升任西藏军区政治部生产组织部副部长。李玉玲有在干部学校从教经历，有部队锻炼的管理经验，有扎实的医学知识和实际治疗经验，让她到西藏公学从事教育管理和医科教学是很好的人选。

岳汉山和怡高远是兰州大学的同学，他的藏语水平很高。在"大收缩"背景下，和怡高远一样抱有建设西藏情怀的岳汉山，没有选择调回老家四川工作，而是选择去筹建西藏公学，希望继续为建设西藏做出贡献。

实际上，从机场工地到黑河驻军，怡高远已经升任为副营长，随部队驻防黑河。上次在李玉玲家里见面时，自己不提，李玉玲也没有对格桑梅朵和巴桑次仁他们说明。

张大明特意将怡高远调派作为护送学员车队的负责人，其一，考虑怡高远是大学毕业，藏语好，可以协助管理这批学员；其二，鉴于李玉玲怀有身孕，怡高远和原来修建机场的那批学员熟络，有利于稳定队伍并照顾李玉玲；其三，怡高远是陕西人，在兰州读的大学，对西北地区熟悉，对于学员队伍一路行进和学校选址都能起到重要作用。

绷着帆布棚的几十辆军车，运送教员、干部、学员行至青海省长江源沱沱河地段时，沱沱河上的简易大桥被上涨的河水冲毁，行进受阻。

沱沱河大桥是慕生忠将军带领进藏部队于1954年修成的，这几年来为人员进藏出藏，为给西藏运送各种物资起到了不可替代的作用。水毁大桥，两岸的人员受阻，要渡河的人员、车辆越积越多。如果不能及时渡过沱沱河，学员队伍很快就会面临断粮的危险。干部、学员的口粮是按照距离和定量配置的，多耽误一天，就会减少一天的补给。沱沱河边，零零星星散住着一些牧民，他们赶着牛羊到夏季牧场，随时都会撤离，能增加补给的可能性很小。再说即便是赶到护路的兵站，也不可能一下子补充七八百人所需的口粮，更别说河的两岸已经聚集了上千人员和几百辆车子。

"上了昆仑山，进了鬼门关；到了沱沱河，不知死与活"，民谚佐证了当地环境的艰难凶险。沱沱河的名称源自蒙古语，意为"平静的河"，沱沱河一般水静缓流。可是这平静的大河却突然不平静了，几天前暴涨的河水铺天盖地而来，冲毁了大桥。虽说洪水已经退去，但是没有桥梁的大河，汽车是根本无法通过的。怡高远和徐西进、李玉玲、岳汉山都很着急，他们心里清楚，如果不设法尽快渡河，会面临更多的麻烦和危险。不能坐以待毙，必须设法通知青藏公路指挥部尽快抢通大桥。

负责修筑和护理青藏公路的将军闻讯后带领抢修人员第一时间赶

到。面对冰冷刺骨的河水，再看一千多人和上百辆亟待通行的汽车长龙，望着河对岸要给部队送补给的车队，大家都清楚，只有尽快抢通桥梁，才能解决问题。领头的将军一声令下，抱着石头第一个跳入河水中修筑桥墩。将军带来的抢修队都是当年快速修建青藏公路的老人手，大家随着将军抱石头、扛木料纷纷跃进河滩。

看到护路官兵跳进河水中修筑加高桥墩，怡高远觉得自己带的队伍不能袖手旁观。他叮嘱徐西进队长和洛丹带一个班的战士巡逻，保护学员、车队和物资，自己带着护送队大部分军人也加入抢修大桥的队列。巴桑次仁、格桑梅朵这些在当雄机场参加过施工的学员也跟着加入施工队伍。有他们的带动，除过一些从寺庙里选拔的年龄很小的僧尼出身的学员与贵族出身不会劳动的学员外，其他学员和两岸的军民都加入抢修沱沱河大桥的队列中，大家用手抬、用肩扛，先搬运石头加高桥墩，再接着一段一段架设木料。修建桥梁的人手一下子多了几倍。

虽然是夏季，海拔4000多米的沱沱河水仍然冰凉刺骨，正是解放军指战员以革命者的大无畏精神，鼓励和带动两岸军民和上千名军人学员在短短的几天时间里硬是垒起了一座水从石头缝隙里流过的"长江第一坝"。这简易的水坝不仅能行人，还可以保证汽车通行。格桑梅朵姐妹也罢，巴桑次仁也罢，黑河来的喇嘛学员伦珠师兄弟也罢，都受到深深的震撼。他们第一次看到这么艰苦而热烈的施工场面，第一次见到不顾个人生死前仆后继跃进冰水里修路的解放军战士，第一次知道有这么多人为了他人和工作不顾个人的安危。

修建机场工程结束后，格桑梅朵以为自己再也见不到怡高远了。前段时间在李玉玲老师家相遇，现在怡高远又要护送自己和同学们去内地，又一次和日思夜想的小伙子相遇，她认为这是菩萨在眷顾自己，把心上人送到了自己面前。

从一开始，格桑梅朵就和德吉、更果果坐上了洛丹驾驶的汽车，怡高远就在这辆车的副驾驶上。只要车队休息，格桑梅朵就带领女学员给大家做饭，还经常与女学员给怡高远、洛丹等解放军战士洗衣服。要走几千里地去内地学习，还不知道具体到什么地方，她一路上都在听着怡高远讲述沿途每一个地方不同的风土人情和美丽传说，越听越爱听，越听越着迷，越听越欢喜。

抢修沱沱河桥梁时，怡高远被河水冲落的木料撞伤了头部，手臂也多处划伤，血流不止。李玉玲怀有身孕行动不便，格桑德吉紧张地帮怡高远消炎包扎，格桑梅朵紧紧抱着他，不停地呼喊着，担心他昏过去。将怡高远从河里搀扶到岸上耽误了一些时间，因为失血过多，冰水刺激，怡高远还是昏迷了，这下可急坏了大家。李玉玲知道着急没有用，她按着怡高远的脉搏让大家不要紧张，催促洛丹赶紧去熬小米粥。

格桑梅朵抱着怡高远，慢慢地、一勺一勺地给他喂小米粥，在他胸口按摩，让他一点一点咽下去。一个多小时后，怡高远终于睁开了眼睛，大家这才松了一口气。

当怡高远看到自己被格桑梅朵抱着时，露出了不自然的笑容。因为没有力气，又闭上了眼睛。也许他更希望梅朵一直这样抱着自己，不要松开。

在给怡高远喂完小米粥后，李玉玲知道格桑梅朵一下午忙前忙后，一定也很累了，说道："梅朵啦，把怡营长放下，让他平躺着。你也休息一下，这里安排洛丹他们值守。"

"不，河水太凉，怡营长的身子到现在还是冰的，高原上的夜里非常冷，我这样抱着他，他能暖和一点。再说他头上有伤，这样也会舒服一点。"格桑梅朵倔强地说。

李玉玲早就看出来梅朵对怡高远的情义。怡高远因为一直在部队，和女孩子接触的机会很少。部队进藏后，很多战士因为长期在西藏，和藏族姑娘结婚的不少。格桑梅朵漂亮能干，吃苦耐劳，他们两人一年前就在机场认识，一起劳动、一起表演很是般配。现在格桑梅朵又要去内地读书，随着文化素养的提高，他们会有更多的共同语言。想到这里，李玉玲笑着走到梅朵身边，给她披好大衣说："那你也注意保暖。就让德吉和洛丹在这里帮你照应，我们先去休息了。"

李玉玲带着其他人离开后，洛丹和德吉都累了一天，一人裹了一条被子，倒头在帐篷里的垫子上就睡着了。

格桑梅朵一点睡意都没有。怡高远受伤后，她直接急哭了。一年前的这个时候，在当雄机场的工棚里，怡高远就是这样抱着她给喂的水。现在能这样抱着照顾怡高远，她有一种说不出的幸福感，她觉得这一定是天意，是菩萨在暗中帮助她，是菩萨安排两个人这样相见、相遇、相互照顾！

在这个大军用帐篷的一角，铺着干净的氆氇，一个面色白皙的小男孩披着棉大衣，裹着羊毛被，安静地看着发生的一切。等大家都离开了帐篷，洛丹和德吉都睡着了，他轻轻地走到格桑梅朵跟前，右手掌里放着一粒金色药丸："阿佳拉，我这里有药，很有用的，你给怡营长喂服一下。"

格桑梅朵这才反应过来，这是黑河寺庙里的小喇嘛伦珠，受怡高远和黑河驻军的影响，他非常向往去内地学习文化知识。因为身份特殊，又刚刚十四岁，属于重点保护对象，所以一直和怡高远、洛丹住一个帐篷。他的两个师兄和其他学员一起吃住行进。实际伦珠一点也不娇情，因为是贵族出身，家里一直给寺庙里提供昂贵的供奉，使他得以在黑河寺庙里受到尊重和较高礼遇，寺庙的活佛直接担任他的老师。每天打坐念经学习使得伦珠从小清修，练就了沉静的性格和沉稳的处事方式。刚才大家慌乱一团，他就没有发出任何声响，而是双手合十默默为怡营长祈福。这时候才拿出来珍贵的药丸让怡高远服用。

"这个有用吗？"格桑梅朵疑惑地问道。

"这是我的活佛师父给我的，让我随身带着，对跌打损伤、元气恢复很有用。"伦珠看着梅朵，"我有一次翻山摔伤非常严重，也流血快昏过去，吃了两粒伤势明显减轻，服用七天后身体就彻底恢复了。"

格桑梅朵知道伦珠的身份，朗生出身的她对活佛、喇嘛有着天生的敬畏，赶紧接过药丸，给怡高远喂服下去，并不断小声说："谢谢伦珠喇嘛！谢谢伦珠佛爷！"

"阿佳以后不能再叫我喇嘛，更不能叫我佛爷。我现在和阿佳一样是要去内地读书学文化的，我们就是同学了，我今年十四岁，比你小几岁呢，你以后就叫我伦珠或者伦珠弟弟。"说完微笑着走到自己铺位，安静地躺下休息。

格桑梅朵觉得真是太神奇了，自从遇到怡高远和李玉玲这些金珠玛米以后，感觉遇见的好人越来越多，就连喇嘛也对自己这么客气。真是神灵再现，看到了穷苦奴隶的可怜，不再让受罪了。这是不是应验了"花石山上有雪山，白雪上边还有天"？

格桑梅朵二十岁了，在藏区已经是大姑娘了，也是该唱着情歌和意中人一起去放羊，一起去挑水，一起去劈柴，享受美好的爱情生活，再去组建自己小家庭了。可是因为朗生出身，完全没有自由，更不敢轻易接触男性奴隶。平时住在牛粪垒墙、树枝盖顶的破屋里，过着牛羊不如的生活。祖祖辈辈流传着"农奴身上三把刀，差多、租重、利钱高；农奴面前三条路，逃荒、为奴和乞讨"的谚语，使她放弃了对所有美好的向往。身体越发育，噩梦就距离她越近。胸部的汹涌和拉萨柳一样婀娜的身材早就引起了少爷、管家们的注意，他们不怀好意的目光和挑逗时常让她惶恐不安。为了不受关注，她故意穿得邋里邋遢，长时间不洗脸，把少女特有的爱美之心深深埋藏起来。

现在不同了，格桑梅朵每天衣服干净整洁，头发乌黑发亮，笑得阳光灿烂，工作学习精神抖擞。李玉玲老师和怡高远营长的友善、关怀使她又恢复了少女的妩媚娇柔以及爱美的本真、怀春的天性。在修筑机场的时候，无论是起床后，还是上班前，她都想第一眼看见怡高远，如果能和他一起劳动，她感觉浑身每个毛孔好像都长了眼睛，关注怡高远已经变成了一种自然自觉。这种经常浑身散发的难以名状的冲动，到深夜更是喷薄欲出地催醒自己。她知道自己爱上了怡营长。每每想到这些美好和幸福的时候，她又会觉得自己没有资格去爱，只好把这种思恋深深地埋在心底。美好的思恋和丑陋的自卑时常折磨着她，格桑梅朵不知道应该怎样面对。

怡高远夜里醒来，发现自己靠在格桑梅朵的怀里。想起了白天受伤的经过，发觉格桑梅朵右手揽抱着他肩膀靠着被子睡着了，左手搭在他的腿上，乌黑的长发垂下来轻轻落在他的脸颊上，少女特有的气息随着细微的呼吸传递到他的鼻间，他甚至清清楚楚地感觉到了格桑梅朵胸部的柔软和规律的心跳。这让他突然全身灼热、心跳加速。想着自己一晚上都是这样靠着梅朵，她一定很辛苦。感动、怜惜促使他期望挪动一下身子，让梅朵好好休息一会，头晕和全身无力又让他只能放弃，却不由自主地握住了格桑梅朵修长绵软的小手，继续靠着她又睡着了。

清晨，习惯于早起的格桑梅朵醒来后，还没有睁开眼睛，就实实在在感受到了左手被怡高远紧紧抓握着，一股温暖的感觉好像电流般从手指传递到发丝和脚踝。她没有挣脱，清晨高原特有的寒意根本算不了什么，全身的热流让她受用不已。梅朵腾出右手裹紧大衣，为怡高远披紧被子，轻轻掠起自己的秀发，借着熹微的晨光静静地凝视着怡高远俊朗坚毅的面庞，听着他均匀的呼吸，甚至期望颔首去触碰他那棱角分明的嘴唇，一阵害羞让格桑梅朵还是硬生生止住了。朝思暮想的男人就这样真实地躺在自己的怀里，这是最幸福的时刻。格桑梅朵微闭双眼，感受全身血液流转，她期望帐篷外再晚一点热闹嘈杂，她希望这美好的时刻能延续得更久。

三江源的夏季夜晚常常会下雨。早晨，阳光穿过低垂游走的云朵放射出灿烂的光芒，拉长帐篷的影子，摇曳着草尖上的露珠和五颜六色的格桑花，扯出无数条彩色的丝线，把大草甸织就成绚烂的地毯。受伤后的怡高远不宜用力咀嚼，随军所带干粮和干肉等坚硬食物他根本无法食用，加之失血太多，需要加强营养，补充能量，恢复体力。格桑梅朵祈望怡高远的伤情早日痊愈，她呼吸着早晨清冽的空气，带着一些干粮去附近的牧民帐篷里换新鲜羊奶。

帐篷外阳光明媚，帐篷内却显得潮湿阴冷。格桑梅朵点燃牛粪火炉，煮羊奶给怡高远喝。为了不让怡高远着凉，格桑梅朵和伦珠在附近草甸上捡了一筐牛粪，轮流看护火炉，不让熄灭。伦珠在火炉烟筒的拐角处撒上香草，蒸腾起来的芳香烟雾弥漫开来，帐篷里温暖了许多。在高原上，受伤后不能一直昏睡，这样随时都会有生命危险。格桑梅朵扶着怡高远躺好，坐在他旁边，蘸一点酥油，轻轻地按摩着他的太阳穴，想让他尽快清醒。怡高远身上伤口虽多，好在是皮外伤，没有伤筋动骨，连续几天喝鲜羊奶，加上伦珠每天夜里给的藏药秘丸，体力恢复得很快。形势不允许自己怠慢，也不允许自己矫情，革命军人应有的坚毅促使怡高远很快又加入抢修桥梁的队伍中。

到了7月底，在甘肃省的山丹县集结了一千八百多名以藏族为主，包括回族、汉族等多民族学员，教员和学员在县城边空置的营房里开始了教学活动。在这里形成了西藏公学的雏形。

万事开头难，西藏公学在山丹办学并不顺利。学校放映了一部苏联电影《教育的诗篇》，竟然引起了学员对学校名称的质疑。《教育的诗篇》这部电影里所描述的工学即高尔基工学团是苏联建国初期收容因为战争导致的大批流浪孤儿的学校，在那里很多孩子因为没有得到教育曾是小偷、流氓。西藏公学的学员大多是文盲，主要也是不懂汉字，只听读音，误将"公学"与"工学"联系起来，认为自己不是小偷流氓、怎么能进"工学"教育改造？他们感觉"西藏公学"的校名不好，并向学校筹委会集体反映建议更改校名。学员们提出来更改校名，不仅仅是因为文化程度低对字面意思的歧义，还由于有西藏个别反动上层派来的老师和学员在煽风点火。学校筹委会鉴于要求改校名的人数较多，给上级建议能否将学校改称"西藏学院"或"西藏人民学院"。西藏工委如实给中央进行了汇报。

中央接到西藏工委电报后，回电西藏工委：关于藏族学员对学校名称的意见问题，中央认为，如果采用学院的名称，则与培养对象绝大部分是文盲的情况不相适应，而且容易产生在学校设备和生活待遇方面向内地学院看齐的心理。因此，采用"西藏公学"的名称是比较适当的。因"公学"和"工学"音同而产生的误解，可以拿抗战时期我党创办的陕北公学和全国解放以来各地创办的民族公学在培养干部事业上的作用来解释，说明这个名称不仅没有丝毫坏的意思，而且具有相当的进步意义。

西藏工委接到中央电告后即通知学校仍以"西藏公学"的名称为宜，不必在这个问题上展开讨论。西藏在内地办学，中央书记处专门研究拿出方案并出面协调办学地址和校舍，就学校的校名问题都给予了认真详细的解释，必须看到中央对西藏在内地举办干部学校的重视，也在办学之初就遏制了西藏反动上层破坏的苗头。

山丹是河西走廊上的一个小县，气候干燥，物产匮乏，原来的炮兵营房建在县城郊外的荒滩上，周边特别荒凉，师生学习生活条件都很艰苦。将西藏农牧民组织到内地学习培训，本身就有让学员通过感受内地先进生产力、大好河山、丰饶物产、民族团结，从而学成回藏工作、建设更好西藏的意图。在这自然环境恶劣的山丹县办学，教员和学生都不是很理解，思想波动较大，反应强烈，显然达不到预期效果。特别是山丹的炮兵营房结构不像学校，面积也不足，改造的难度太大，改造投资也无着落，不能满足西藏公学办学的需要。西藏工委了解到山丹办学的具体情况后，同意由筹建学校的临时党委在周边和临近省份重新选择校址。

西藏团校第一批学员最初集中在兰州大众饭店，因无合适校舍，9月又陆续开始向陕西宝鸡虢镇开拔。在虢镇临时租借中央四机部一所技校的校舍。该校占地面积百余亩，有一座教学办公大楼，单体就可容纳五百余人进行教学活动。学校还有一个实习工厂，经加工改造也可用于教员和学员住宿。这所学校南邻渭河，北靠陇海铁路，东距虢镇火车站十里，西到宝鸡市二十里，交通方便，建筑面积六千多平方米。院内食堂、宿舍俱全。四周沃野千里、阡陌纵横，美丽富饶。西藏团校的干部、教师、学生大都来自西藏共青团系统，各民族学员和教职工觉得在这里兴办西藏团校是比较合适的。

随着在山丹办学受阻，听说在陕西的西藏团校办学环境不错，西藏公学的学员开始分批向陕西转移。可是在宝鸡虢镇的西藏团校校区怎么也不可能再容纳西藏公学的几千名学员和教员。

西藏公学的学员和教员陆陆续续到达陕西的宝鸡市、虢镇，西安八五三厂、陕西省总工会、徐家湾校区等地。没有固定校舍的学员大多滞留在西安，几千名从西藏来的以藏族为主的民族学员，处于流动状态寄居在西安，在西安的大街上、旅馆里居无定所，学无场地，陕西地方和学校方面都很着急，因此确定固定校址成为当务之急。

学校筹委会发现小雁塔附近的原陕西省中级党校旧址条件较好且空置不用，学校筹委会负责人一边给陕西省主管部门提出借用，一边就让学员先自行搬进去居住。陕西、甘肃、四川几个省委都收到了中央关于支持西藏在内地办学的指示，西安市方面一看西藏学员自行搬进了小雁塔旁边的中级党校，已经没有商量的余地，只好默认。就这样，小雁塔校区先后搬进去一千三百多名西藏学员。西藏公学的各处室也都设在了小雁塔校区，仿效陕西高校内设机构自行设立了校部、政治处、教务处、总务处等管理部门，加强了对学员的教育管理。

考虑为了充分利用有限的师资力量，西藏工委决定西藏公学和西藏团校合二为一进行管理。虢镇的团校容纳不了西藏公学的学员，西藏公学的小雁塔校区连公学的学员都容纳不下，更别说让团校搬过来了。校址一直没有确定下来，西藏学员分散在宝鸡虢镇和西安小雁塔附近、徐家湾等处，正常教学和培训活动很难开展。

在陕西找到合适的西藏公学和西藏团校校址成为迫切任务。白云峰通过西北局老领导引荐，和汤化陶到西安南郊的常宁宫陕西省委办公地去拜访陕西省委领导。说明来意后，省委书记告诉他们，小雁塔校区本来是已经安排了其他用途，西藏来的师生占就占了，中央那么支持西藏，陕西省也必须支持。那个小雁塔校区不够用，西北工学院要从咸阳迁到西安，咸阳的旧校址他们不用了，陕西想要，高教部不给，西藏特殊，看看能不能找中央要来办学！

白云峰、汤化陶一听，连忙道谢。他们出了陕西省委直奔咸阳去了解情况，赶到西北工学院校址时，见到了该校留守负责人，听取了详细介绍，巡看了教学大楼、宿舍楼、食堂、操场等，非常满意。两人即刻将物色校址的情况写了一个详细报告，报西藏工委和在北京的张经武①同志，极力建议中央将西北工学院的咸阳校址划拨给西藏办学。西藏工委即给高教部行文，没想到收到的回复是不同意。白云峰和汤化陶非常失望，两人商定兵分两路，由白云峰带人去四川继续寻找校址，汤化陶去北京当面给张经武汇报学校选校址情况。

白云峰带队到四川先后考察了川北阆中县、成都郊区、璧山县、歌乐山、北碚、马场子等以军营为主的多种场所。总体感觉都不能和西北工学院的咸阳校址比，也都不太适合办学校。白云峰不断和在北京的汤化陶联系，一起给张经武同志做工作，建议还是再次请求中央批准将西北工学院咸阳校址划给西藏办学。张经武了解西藏的情况，对西藏在内地办学的重要意义非常清楚。他多次给刘伯承、邓小平、黄克诚等领导汇报并协调有关部门。最终，中央决定将西北工学院咸阳校址无条件交给西藏在内地办学。

1957 年 10 月 17 日，中共中央给西藏工委、高教部党组、陕西省委发电并转白云峰，同意将西北工学院咸阳校址全部划拨给西藏工委作为西藏公学和西藏团校的校址，希望西北工学院尽快搬迁腾出，以便西藏公学和西藏团校能早日开展教学工作。

1958 年 3 月西藏团校也由宝鸡整体迁到咸阳校本部。西藏公学、西藏团校共有教职员工九百多人，学员三千四百多人。西藏公学的创

---

① 时任中央人民政府驻藏代表、中共西藏工作委员会书记、中华人民共和国主席办公厅主任。

办和四千多名师生在学校校址还未确定的情况下就向内地集结，这不能不说是个传奇。不同批次，不同的教员与学员队伍，在四川、甘肃、陕西多地留下了优美、朴实的传奇故事。

长期在西藏宣传战线工作的汤化陶副校长不仅政策性强，书法功底也颇为深厚，而且又懂藏语。他挥毫泼墨，写下了"西藏公学"四个遒劲有力的大字，还书写了藏文校名。雕刻有汉藏双语校名的牌匾取代西北工学院牌匾挂在了咸阳市文汇路街道学校大门口，成了一道亮丽的风景线。全国除西藏外，其他地方很少有汉文和藏文同时制作的校名或牌匾。一时间，几千名学员和咸阳市民都会找机会在西藏公学大门口来合影留念，这种带有特殊地域色彩和文化色彩的照片在咸阳和西藏很是流行，成为赠送亲戚朋友的珍贵礼物。

在这一时期，怡高远护送六百多名学员赶到山丹后不久，就接到了新的任务，护送学员的车队被安排直接参与继续护送在山丹的学员分批向陕西转移。在转运完山丹到陕西的学员后，很快又接到了将分散在陕西的学员分批接转到咸阳市原西北工学院校址的指令。他们不敢有丝毫怠慢，开足马力转运学员。因为等待他们的另一个任务是必须在青藏公路上冻前运回部队的补给物资。

# 章节四　咸阳惜别

　　怡高远带领的车队在西藏公学党委的安排下，配合学校后勤车队与时间赛跑，在11月初，将教员、学员全部安全转送到了地处陕西省咸阳市文汇路的新校区。怡高远和战友抓紧采购面粉、大米、小米、清油等部队供给物资，还要储备汽油、柴油等战备物资。护送学员的汽车要满载物资尽快返回西藏。眼看着就到了11月中旬，咸阳树叶金黄，月季怒放，但是青藏高原早已是草枯沙露，遍地苍茫。车队必须在青藏线彻底上冻前返回拉萨，不然就会面临许多意想不到的艰难险阻。车队白天补给物资，晚上就停放在学校的操场上。怡高远和战友们也住在学生宿舍。

　　回到陕西马不停蹄地工作，也没顾得上回家看望父母，怡高远给家人捎话说他进藏前会回家待一天、住一宿，和老人好好拉拉话。

　　回家的那一天，怡高远起了个大早。他从西藏公学出发，背着背包，徒步而行，时而疾走，时而小跑，沿着熟悉的道路向老家怡魏村奔去。他太熟悉这条路了，高中两年时间，第一年在周陵中学就读，第二年是在距离西北工学院东一里地的咸阳中学就读的。每周两趟的回家背馍就是这样一路小跑着的。冬天里的关中农村，道路两边的树枝上半黄不红的树叶在寒风里飘飘荡荡，一时半会还不甘心掉下来，似乎在等待狂风与暴雪的洗礼。高高的柿子树上七零八落地挂着几个火红的柿子，引来雀鸟叽叽喳喳地盘旋啄食。道路两边是一眼望不到头的绿油油的麦田，麦苗趴在地里，为来年春天发力拔节抽穗攒着劲儿。

很快，怡高远就看见了村口的大槐树。远远地，他看见老父亲手把着长长的烟斗，吞云吐雾，在村口转悠。那一定是老人家掐算着他回家的时间，在村口等着呢。他哪里知道这几天老人家思儿心切，天天在村口转悠着四处张望。怡高远眼睛湿润了，跑上前去，拉着父亲走进家门。

一进家门，怡高远发现哥哥和姐夫在堂屋一个铁包泥糊的柴火炉子上熬着茶，他们边烤火边聊天。泥糊的炉膛里塞着干透的树枝，火力强劲，炉膛上架着一个铁丝盘，铁丝盘上是烧得乌黑的铝制茶缸，熬出酽茶后分倒在每个人面前的搪瓷缸子里。怡高远放下背包，拿出一包大雁塔香烟敬给老父亲、姐夫和哥哥。老人家接过他递过来的香烟，在鼻子下闻了闻，塞进长把烟锅嘴里，点着火，吧嗒吧嗒满意地吐着烟气。知道他这几天就要进藏，姐夫姐姐带着外甥女外甥昨天就过来住了。这会母亲和姐姐、嫂子正在厨房忙活着饭菜，怡高远从包里拿出水果糖，给跑过来的外甥女和侄女一人一把，拉着大的，抱着小的，走进厨房和母亲、嫂子、姐姐打招呼。

不一会，当村支书的二叔带着婶子，隔壁几家邻居带着孩子都过来看望。怡高远赶紧把包里的水果糖都拿出来分给小孩吃，给每一个进门的长辈、成人发着香烟。最让大人小孩惊奇的是怡高远打开的几包牦牛肉干。当时，别说是牛肉，连猪肉人们都很少能吃到。大家嘻嘻哈哈手撕着，嘴嚼着，夸赞着这来自雪域高原的牦牛肉。老父亲看着亲戚邻里羡慕的样子，眯着眼睛一个劲儿地提醒大家多吃点。

到了吃饭的时候，邻里们都打着招呼散去，老父亲背着手将邻里送出家门。等他回转身正准备进门时，却听到一个人冷不丁地说："你说高远这娃娃都做到营长这个级别，算是个军官了，在咱们这里就和乡长一个级别，还没有定下个媳妇，你说他还要进藏去，这是图了个啥？"

另一个人接着话："你说的也是，老怡头也为这事揪心呢！这到西藏一走就是几年，谁知道还能不能回来呀！"这话一下戳到了老爷子的心窝。

在农村，怡高远同龄人的孩子早都满地跑了。哥哥虽然只大他三岁，女儿都上小学了，过两年生个胖小子是不成问题的。怡高远大学毕业那一年从兰州当兵去了西藏，这一走就是六年。到了这个年龄，个人的终身大事不能再拖了。一定要借他这次回来给他定一门亲。老爷子心里盘算着。

老爷子和二叔盘腿坐在炕边，吧嗒吧嗒抽着烟不吭气。怡高远和姐夫、哥哥就在地上的火炉边熬茶。怡高远觉得屋里的气氛突然有些不对劲，笑着说：

"二叔，你和我爸咋都不说话了，净知道抽烟了？"

"哎，你知道我们在着急啥？高远呀，你已经是营长了，这在咱们村也是数一数二不小的军官了，一过年你就二十六岁了，在咱这原上十里八乡的二十岁早都结婚抱孩子了。你一走就是六年多，大学上了不说，当了兵去解放西藏，我们知道你有志向，也都支持，全家跟着你光荣。可是西藏是啥地方，你比我们心里清楚，那边落后着呢。说远一点，咱这陕西和西藏是有缘分的，说土一点，咱是西藏人的舅家哩。从咱陕西嫁到西藏的文成公主可是藏王的老婆，车拉马跑三个多月才到。我们估摸你在西藏那边一定吃了不少苦，你看你原来一个白白净净的后生，现在皮糙黑瘦的，我们看了都心疼。再说你总不能不找媳妇吧，趁着这次回来，就定一门亲。"坐在老父亲旁边的二叔打开了话匣子。

"二爸，我知道你和我爸、我妈的心思。在西藏待了几年，是吃了不少苦，但是很锻炼人，我没有瘦，黑是黑了些，但是更结实了不是？"怡高远笑嘻嘻地说，"至于婚姻大事，你们也不用操心，在西藏当兵的比我年龄大的人多了，很多都没有结婚呢！"

"比也不能和没结婚的比，总有结婚的吧！我听你姐和你姐夫说了，他们平陵村村长的姑娘郑文丽是高中毕业生，二十一岁，长得挺水灵，在周陵镇上教书呢。听你姐说了你的条件，人家女娃愿意跟你，最好明天两家人见个面把这门亲定下来！"老父亲不紧不慢地说着实际早就考虑妥当了的话。

"这女娃娃我们都见过，真不错，也是一个有上进心的孩子。高远呀，你就明天见个面吧！"怡高远的母亲用围裙擦着手，站在了门口。

"妈，你快别忙活了，坐下来歇一会。给你们说实话，我有了自己中意的女孩子，她就在西藏公学读书呢！等我们确定了关系，我就会把她给你们带回来！"

"啊，你这是要娶个藏族女人当媳妇呀？"几个亲人都是一惊，几乎是异口同声地发问。

"爸、妈、二爸、哥、姐夫，你们不要着急。我都是营级干部了，自然知道轻重。你们不是说我们陕西和西藏有缘吗？真是有缘呢！我认识一个藏族姑娘，她不仅心地善良，而且长得特别漂亮，你们见了她一定会喜欢的！"

"你说你当了兵，提干了，还要娶个藏族媳妇，会不会被人笑话？"母亲不知可否地问了一句。

"其实，在西藏很多战友和当地藏族姑娘成了家，生的孩子既漂亮又聪明，这个你们不要担心。如果你们愿意，我就把她给你们带回来看看！"怡高远心里牵念着格桑梅朵，可是他还没有表白，这样说只是不想让家人逼自己和郑文丽见面。

怡高远的二爸是村支书，经常听广播看报纸，知道国家提倡民族平等，不同民族之间通婚不稀奇。他接过怡高远的话说："我们不反对你找藏族姑娘，你最好让我们见见这个女娃娃。"

"这个没问题，你看她能从西藏被选拔到咱陕西来读书，能不优秀吗？"怡高远一听赶紧打着圆场，"不过她刚从西藏来咸阳学习，普通话说得不是很好，等她学习一段时间，我一定让你们见见她。我领导的爱人是我的战友，现在是西藏公学的教师，她叫李玉玲，等一段时间我让她带着那个藏族姑娘来看你们怎么样？"

看怡高远说得有板有眼，想着未来的儿媳妇就在咸阳读书，还要来家里看望大家。老人的心里还是得到了安慰。怡高远毕竟已经是军官了，有自己的主意。一家人围着火炉高高兴兴地开始吃饭。怡高远从包里掏出了两瓶太白酒，老爷子几个咂着嘴香香地喝了起来。姐姐和老母亲不停打问着藏族姑娘的名字、身高、长相。怡高远照着格桑梅朵的样子一一回答着，听得一家人嘻嘻哈哈都很开心。实际老母亲和姐姐听到他刚才的话，已经悄悄合计着：西藏公学离家不远，人家女娃娃不好意思先来家里，应该先去学校看望她。

怡高远心里装着格桑梅朵，早就把她当作了梦中情人。让怡高远没有料到的是他和战友们进藏后，母亲和姐姐在春节前去西藏公学看望了格桑梅朵。

第二天一早，老母亲摸黑起来烧火做饭，熬煮怡高远打小就喜欢吃的大糁子。陕西关中的大糁子是把苞谷豆湿水脱皮后浑圆的苞谷粒直接加水慢火熬制，就上腌制的雪里蕻，味道鲜美，营养丰富，是陕西关中人一年四季都喜欢的吃食。大糁子属于粗粮，但是产量高，糖分高，也是关中农民熬过一次又一次饥荒的主要口粮。

怡高远早晨一睁开眼，就闻到了熬好的大糁子和雪里蕻的香味。他好几年才回一趟家，对父母基本没有尽孝，回到家父母家人还把他当小孩一样疼爱，这让他止不住一阵心酸。吃过早饭，一家人送怡高远出门，一起走着都舍不得回去。眼看离村子越来越远，怡高远拉住爸妈的手，劝说哥嫂、姐姐、姐夫回去，他自己往前跑了几步再回过头来，看见父母、亲人还都站着没有动，朝阳里拉着长长的影子。怡高远一阵心酸，对着家人双膝跪下，磕了一个头，热泪长流，拾起身向咸阳奔去。

怡高远返回学校，将父母家人催自己订婚，很难拒绝，没有办法，只好说格桑梅朵是自己对象的事告诉了李玉玲。李玉玲哈哈大笑："我知道你放不下格桑梅朵，你干脆把她带回老家去让老人家见见，凭我们梅朵的温和善良、身材脸蛋，老人保准喜欢！"

"你快别取笑我了，我喜欢梅朵，可不代表梅朵喜欢我。再说了，梅朵刚刚稳定下来要读书，我不能因为这事影响她。"

"那你也得想办法给梅朵表白一下，让梅朵知道你的心意呀！你不怕那么多男学员追求她呀？"

"梅朵经历了太多的苦难，她上进心很强，不会轻易答应谁的追求，爱情对她来说很珍贵，我会多和她联系并鼓励她安心学习。"

"好吧，我会关心她的进步，帮你把梅朵照看好，你走前，我们和原来在机场工地的几个老朋友，还有你的老同学岳汉山一起吃顿饭吧！"

李玉玲作为教员和学校教学一部负责人，到西安后不久，顺利产下一个男婴，她的母亲一直在学校帮带孩子，而她自己很快就投入到学校的管理和教学工作中。得知怡高远带着队伍已经完成任务，不能在咸阳久留，李玉玲与岳汉山商量要给怡高远饯行。李玉玲建议到她宿舍一起吃顿饭，同时还邀请了洛丹、格桑梅朵姐妹、巴桑次仁、更果果。

虽说当时教员和学生都安置下来了，但即便是老师也大多不具备在家做饭的条件，基本上与学员一起在食堂吃饭。李玉玲在家里凉拌了几个菜，其他饭菜都是从学校食堂里买。她带着格桑梅朵姐妹提前去食堂，买了一大堆吃食带到宿舍，把一个小方桌摆得满满当当。大家一人一个小方凳围坐一起。

李玉玲正准备招呼大家吃饭，怡高远从怀里拿出一个细长瓶，竟然是一瓶太白酒。怡高远拍了一下老同学岳汉山的肩膀嘻嘻笑着说：

"我是这次护送队队长，没承想本来一个月就可以完成的任务一下子跑了四个多月。总算完成了任务，你们几个学员以后一定要听岳汉山老师和李玉玲老师的话，做出个表率给我们看。大家也都看到了李玉玲老师和张部长的宝贝儿子张一飞，我们是不是该好好庆贺一下呀？"

洛丹和巴桑次仁听后高兴得眼睛都眯成了一条线，笑眯眯地盯着酒瓶。李玉玲也很开心："是该好好庆贺一下，这一路上多亏了高远带的队伍照应，大家才能安全抵达咸阳。现在高远他们要返回西藏，真是有点舍不得。我要喂孩子，不能喝酒，汉山你和高远陪着几个学员喝一点吧。"

洛丹从怡高远手里拿过酒瓶，毫不客气地给每个人面前的搪瓷缸子里倒上酒。怡高远示意洛丹给女孩子不要倒酒，洛丹装作没有看见。李玉玲以水代酒和大家碰杯，男同志都一下子喝了一大口。格桑梅朵几个女孩子从来没有喝过烈性白酒，看男同志喝了，不知深浅地也每人喝了一大口。没想到白酒又辣又呛，一口下去嗓子眼好像要冒烟一样，几个女孩子咂吧着嘴直摇头。格桑梅朵嗔怪洛丹："洛丹啦，刚才怡营长说不要给我们几个女孩子倒酒，你不听，明明是故意整我们，得罚你！"德吉和更果果也都呼应着要罚洛丹。

"怡营长和李医生、岳老师说了要庆祝一下嘛，你们不喝一口，好像不够意思吧！"洛丹嘿嘿笑着，强词夺理。

格桑梅朵还想和他理论，怡高远赶紧解围："女孩子不能喝就别喝了，梅朵把你的酒倒给我，德吉和更果果的都倒给洛丹，让洛丹替你们喝。"

没承想巴桑次仁一把抢过更果果的缸子，把酒倒在了自己的缸子里。大家看了哈哈大笑。腼腆的德吉怯生生地把缸子里的酒倒给了岳汉山老师，急得洛丹抓耳挠腮。

吃完饭后，李玉玲把自己给张大明买的两身衣服和咸阳当地名小吃蓼花糖、琼锅糖与锅盔馍装了一个箱子交给怡高远和洛丹，叮嘱道："这咸阳到拉萨两千多公里，只能带这些去除水分的能长时间存放的干货。你们一定要交到张大明手里，告诉他学校环境很好，我在这里很适应，他有空了可以给学校打电话，我会给他写信，让他放心。"

怡高远一边答应着，一边对格桑梅朵说："梅朵啊，李医生现在有了孩子，你和德吉、更果果劳动学习结束一定要多来陪李老师，帮老师照看孩子。"格桑梅朵一听怡高远给她交代任务，而且是这么好的任务，学着部队战士的样子，站直身子，敬礼答道："保证完成任务，请首长放心!"惹得大家哈哈大笑。

一顿饭吃得无拘无束、欢快自在，进一步加深了在当雄机场战斗过的战友们的感情。吃完饭后，大家一起去校园里散步。格桑梅朵边走边给怡高远介绍学校的教室、宿舍、食堂，一楼一馆、一路一桥、一草一木都非常熟悉，俨然一副老学生的模样。不知不觉中格桑梅朵和怡高远发现只剩下他们两个人了。不是他俩过于投入、走得太快，也不是大家去了别的地方，怡高远知道这一定是李玉玲故意让大家留给他俩单独交流的机会。

格桑梅朵穿着介于旗袍和内地裙装结合样式的藏装，束腰显胯，苗条婀娜。她大眼澄澈、羞涩宁静，时不时一笑，露出洁白的牙齿。怡高远认真看着青春逼人的格桑梅朵，耐心并带着欣赏的心情听着她普通话夹杂藏语的解说。格桑梅朵怎么也没有料到，怡高远是陕西人，他的家就在距离学校二十里地的咸阳五陵原上。听着怡高远对她讲述陕西的风土人情和关中平原的传说与富饶，引发了格桑梅朵的无数遐想，非常希望怡高远能带她去老家看一看。格桑梅朵又突然想到如果去了就要见到怡高远的父母家人，而她应该以什么身份去呢？想着想着，她害羞地低下了头。

走到部队战士住宿楼前，怡高远与格桑梅朵握手道别，用藏语流利地说道："梅朵啊，你安心学习，如果还有来陕西运粮或者回老家探亲的机会，我一定会到学校来看你。你也许很快会回到西藏工作。

绣加<sup>①</sup>！好好学习，我在西藏等你！回去后我会给你写信的！"

格桑梅朵听着怡高远的话，痴了一样，完全忘记了两个人的手一直握着。"赶紧回去睡觉吧！"当她听到怡高远这句话时才灵醒过来。"我记住了，我等你，你等我！"说完她像云朵一样轻轻向前飘去。

与怡高远在西藏公学的校园漫步聊天，是格桑梅朵第一次和一个异性独处交流，是她第一次和一个大学生军官散步。还没有恋爱概念的格桑梅朵心底犹如潮水涌动，她觉得这是最幸福的时光，也会是最美好的记忆。

怡高远带领车队返藏出发前，令他和指战员没有想到的是，车队前聚集了好多送别的人，不仅有西藏公学的领导，还有咸阳地方的党政军民代表，更有他们接送转运的西藏公学的学员代表。

在举行完庄重的送别仪式后，怡高远准备上车时，突然一个身材高挑、着装庄重、容颜秀丽的女子走上前来大声说：

"高远哥，你也许不记得我了，我叫郑文丽，我哥郑文学和你是中学同学，你到我家吃住过，和我哥玩得黑天昏地。我哥在你家因为下雨住过一周时间，我爸跑了好几天才在你家找到他。你投笔从戎到西藏去建功立业，我们都非常仰慕，你不用躲着我，我今天来送你，希望你了解我，也许我会去西藏找你！"

大大方方地说完话，郑文丽从身后背包里抽出一条火红色的围巾直接就给怡高远围在脖子上。这下子百十号兵娃子呱唧呱唧地鼓掌欢呼。怡高远当然记得郑文丽，昨天和她哥郑文学及几个老同学见面了，谈到自己已经决心在西藏长期干下去的想法。看来老同学的意见这位妹妹并没有听进去。

这个时候，站在他对面的格桑梅朵脸色苍白，就差眼泪流出来了，拿着准备献给怡高远哈达的手直哆嗦。

---

① 加油。

李玉玲对她说："梅朵，现在是该你献哈达的时候，不要顾及太多，怡高远是不是你的哥拉，得看你有没有心意！"

格桑梅朵在李玉玲鼓励的目光下，在德吉和更果果的推搡下，大踏步地走到怡高远面前，将洁白的哈达挂到他脖子上，在他的胸前打成结说：

"怡营长，我的高远哥拉，从你救助我和德吉开始，我就认定你是我一生的护法，今天我把洁白的哈达献给哥拉，就是把我的心交给你，希望能留下你的一点点心芽！我没有刚才那个姐姐漂亮，没有她优秀，但是我的心一直记挂在你的身上。"

说完这几句话，格桑梅朵强忍住泪水准备离开，怡高远一把拉住她的手说："梅朵，我选择留在西藏，一方面是理想促发，一方面是有一个不能忘却的牵挂。离别如同风儿一样，它能吹灭烛光，也能把小火苗吹得更旺，浅薄的感情总会淡漠，真正的思恋不会忘却。记住我的话，我在西藏等你！"

这时候，怡高远周围的战友再次嘻嘻哈哈地鼓掌。任凭掌声雷动，任凭大家起哄祝贺，格桑梅朵的脑子一片空白，她慌里慌张地跑到李玉玲身边，抬起头向郑文丽望去，这时候，只见郑文丽满眼雾气地望着她。


时间过得飞快，在同学们逐渐适应学校集体生活的时候，中华民族的传统节日春节来临了。在格桑梅朵和同学们的心目中，只有藏历新年，没有过春节的概念。即便是在西藏过藏历新年，也都是领主和头人的节日，身为农奴只有日夜辛劳的份儿。

学校对同学们在内地过第一个春节非常重视。除夕当天，学校将准备好的"切玛"①，放在学生食堂大门口。同学们看到切玛时，非

---

① 木质五谷斗，外面绘有彩色花纹图案，里面一半装炒熟的麦粒和蚕豆，一半装糌粑和人参果，上面插青稞穗，再点缀一些小块酥油。"切玛"标志过去一年的好收成，预祝新的一年风调雨顺，人畜兴旺，五谷丰收。

常兴奋，知道今天一定是个重要节日。进入食堂后，当看见热气腾腾的饺子和熬制好的古突①时，大家发出了欢呼声。在西藏时，只有在藏历新年和重大节日时才可以吃到一点古突，那也得靠领主和寺庙的施舍。而现在，学校为大家准备得非常充足，还有大多数人此前根本没有吃过的大肉水饺。

春节当天，学校举行了角力、投掷、拔河、射箭等传统比赛。虽然不能和亲人一起迎接新年，学员们却吃上了味道鲜美的饺子和古突，参加了带有藏民族特色的迎春活动，也领略了陕西各族群众共庆中华民族最大的节日春节的盛况，深切感受到新年来临时从未有过的欢欣。

格桑梅朵和老师同学们欢度春节前，收到了一份珍贵的礼物——一件崭新的碎花对襟棉袄和一双红绒布鞋。

原来，眼看着就要过年了，怡高远的妈妈一直惦记着要去见一见儿子说的藏族姑娘格桑梅朵。老人家觉得一个藏族女娃娃跑这么远来咸阳读书，是很不容易的，大过年的应该去看一看，给她送件新衣服。给晚辈做新衣是陕西人过年的一个习惯。李玉玲曾到怡高远的老家送过信和物品，和老人家熟悉，也和老人家唠过怡高远喜欢的格桑梅朵。当李玉玲笑哈哈地告诉老人家格桑梅朵和自己一般高，比自己还要漂亮时，老人心里乐开了花。老人不敢奢望怡高远喜欢的格桑梅朵像李玉玲一样漂亮，但料想也不会差到哪里去，再说，起码搞清楚了格桑梅朵的身高。心意绵长的老人家带着女儿去镇上的商店扯了花布和红绒布，精心制作了一件棉袄和一双棉鞋。带着自家烙的锅盔馍，腌制的雪里蕻，赶年前到了学校。老人家和女儿把馍和菜交给李玉玲，说想见见格桑梅朵，给她做了新衣服。李玉玲拉着老人家的手，眼睛一下就湿润了。

---

① 用牛羊肉、萝卜、面团及其他佐料做成的带汤食品，又叫"猫耳朵"，相当于内地的麻食。

李玉玲理解老人家的心情，也记着战友怡高远的嘱咐。她安顿老人家在屋子坐好，叫来了格桑梅朵。格桑梅朵听说有人来看望她时，非常惊讶。她忐忑不安地进屋后，看见慈祥的老人和温和的大姐，更是不知所措。老人家拉起格桑梅朵的手，仔细地端详着，高兴得合不拢嘴。李玉玲笑着说："梅朵呀，这是怡高远营长的妈妈和姐姐，知道要过年了，给你送新棉袄和新鞋子来了。"

格桑梅朵接过大姐递过来的新棉袄和新鞋子，眼泪在眼眶里打转转，她强忍住泪水，流露出难以掩饰的喜悦。这是她平生第一次收到的礼物，是非常贵重的礼物，是充满亲情和爱意的礼物。联想起怡高远对自己的关心和李玉玲老师不时提起怡高远家的一些情况，没想到怡高远的家人这么关心和惦记自己，格桑梅朵心情久久不能平静。她激动地说："谢谢大妈和大姐的关心，有机会我会和李老师去看望你们！"老人家高兴地说："咱们家距离学校不远，以后星期天就来玩，来家里吃饭！"

格桑梅朵答应着，深深地给老人鞠了一个躬，抱着新衣服跑回了宿舍。身后传来了老人家和李玉玲欢快的笑声。

# 章节五 特殊典礼

地处关中平原的咸阳是历史文化名城，这里地势平坦，四季分明，物产丰富，交通便捷，民风淳朴，人杰地灵。西藏高原山大沟深，有冬无夏，春秋相连，有肉无菜，有奶缺米，交通闭塞。一地繁荣富庶，一地萧条贫瘠。西藏公学最终确定在咸阳办学，又有现成的完整校舍不能不说是一件幸事和天大的喜事。

西藏公学的新校区占地一千多亩，一、二、三、四教学大楼都是解放后新建的。特别是第三、第四教学楼楼高五层，在当时属于咸阳市的最高建筑。另外四幢学生宿舍楼和学生食堂各具特色，教职工的宿舍按照字号分区，从一字区到十字区分布在校园四周。秋天是关中平原最美的季节，玉米、高粱丰收，瓜果成熟，校园里飘荡的桂花香味引领着群芳争艳，高大的乔木树叶有的金黄、有的火红，低矮的灌木在道路旁拱卫大树，配合月季花吐翠吸尘，西藏公学的校园美如花园。

1958年9月15日，西藏公学、西藏团校举行了隆重的开学典礼。这一天，对于所有不同民族、不同年龄、不同性别、不同文化层次、不同出身的学员和教职员工来说都是一个终生难忘的日子。西藏公学的学员从 1957 年春就陆续向内地几个省份集结，学员们边集结边学习。人们习惯于将 1958 年 9 月 15 日作为西藏公学成立纪念日，主要是这个时候分散在多个省份的学员全部到达了陕西咸阳校区，开始正规的培训学习。这是来之不易的开学典礼，这是别开生面的开学典礼，这是经历了一年多边选址、边建设、边育人迎来的一个带有总结性质的开学典礼，这是一个全国绝无仅有的跨境几千里异地办学的学校的第一个开学典礼。

学校自上而下对举办第一次开学典礼都非常重视。师生员工衣着整洁，精神焕发，积极主动地进行全校卫生大扫除，干干净净迎庆典，精精神神庆开学。

来自西藏工委、西藏自治区筹委会、陕西省民委、咸阳市委、昌都解放委员会的领导，云南、四川、青海、甘肃等省份兄弟民族院校、中央公安学院、西北工业大学等单位选派的代表以及学校领导出席了大会。开学典礼上对一年多来学校的筹建工作进行了总结，对在学校筹建过程中表现优秀的教员和学员进行了表彰奖励，给每个受表彰的师生颁发了荣誉证书，佩戴了大红花。

四千多名师生喜气洋洋，参加了大会。会场前排就座的是胸前挂着大红花的徐西进、李玉玲、格桑梅朵、巴桑次仁等近百名社会主义建设积极分子。

当天下午，全校师生员工数千人齐聚在广场上，举行了盛大的文艺会演。各民族学员身着盛装，载歌载舞，这是学校开办以来第一次大型庆祝活动，其重要性不言而喻。一千多名学员与老师手挽手跳起了盛大的锅庄。舞台上，学员代表分别用藏语和普通话演唱了《毛主席派人来》，将庆祝活动推向了高潮。台上台下超过四千人齐声合唱，红旗如浪，歌声如潮，西藏公学成了喜庆的海洋、欢乐的世界。

大型庆祝活动持续到傍晚，晚饭后很多班级又自行组织同学们举行了小范围的庆祝活动和人生理想恳谈会。

回到宿舍休息后，人生的巨大起伏使格桑梅朵陷入了深深的思考。自己从小就过着和牛羊一样的生活，二十岁以前就没有吃过饱饭，刚刚能拿起皮鞭就要去给领主放羊，再大一点就被派到拉萨的巴鲁府做奴仆。巴鲁府高大坚固，主人一家人住在院子中央朝阳的碉楼里。碉楼盖在高高的石台上，分上下两层，一层是佛堂和领主的会客厅与卧室，二层是小姐和少爷的住房。碉楼的后边有两排厢房和几个偏院，一排是管家和贴身仆人住的，一排是客房、厨房和酒窖。偏院主要安顿那些不定期来府上做客的贵族亲戚。每个偏院都有门、路和主院相通连。碉楼里有铺床的、擦地的、哄孩子的、伺候佛堂的，外边有喂马的、背水的、磨青稞的、做糌粑的、干各种杂役的各等级奴隶。后院里最北边的简易两层木板房，上边用于护院们住宿，下边是领主的牲口圈。格桑梅朵有打扫每间房子卫生的责任，却没有住在任何一间房子的资格，晚上只能和十几个朗生一起分别蜷缩在牛羊圈的青稞草堆里。这碉楼里里外外几十号奴仆，格桑梅朵和妹妹就是做杂役的最不起眼的奴才，平日里要去府外背水，进院子就得喂马，进屋子就得擦地，主人叫干什么就干什么，即便是主人想打想骂都得随时伺候着。作为朗生没有任何自由，任人驱使，任人践踏，任人宰割，任人买卖，任人转送，比牛羊不同的只是自己会说话，能给主人做出更多的贡献。如果不是受哲蚌寺旁边军营里解放军的启发，她是万万不会生出救妹妹的念头，更别说打领主少爷了。不过没有这个激烈的过程，她也绝对不会带着妹妹逃离庄园。

因为反抗了，解放军收留了自己，共产党给了自己工作和学习的机会，这两年来曲折的工作和求学经历，让格桑梅朵慢慢懂得了什么是自由，什么是人格，什么是平等，什么是尊严。原来欺凌奴役自己的领主家的少爷现在和自己在一个学校读书。现在的读书学习和在拉萨的培训班有着本质的区别。巴鲁云丹再也不敢趾高气扬，相反格桑梅朵自己被评选为积极分子在四千多人的大会场戴红花，被表扬，被鼓掌，被羡慕，巴鲁云丹那一批贵族出身的少爷小姐还被号召向自己学习。巴鲁云丹几次在学校里碰见自己和德吉都是礼貌地招手致意，不再是敌视和蔑视。西藏工委的领导、西藏自治区筹委会的领导、学校的领导，那里边有比巴鲁老爷官职高出好几个台阶的大人物给自己颁奖。这是何等的荣光？自己一定要向李玉玲老师、怡高远营长这样的人好好学习，一定要如同洛丹他们一样变得越来越有用，争取早日回到西藏去，解救自己的弟弟，解救自己的阿爸。两个弟弟比德吉还小，一定和阿爸一起还在受苦、受累、受罪、受欺凌，一定还住在牲口圈旁边的草窝子。格桑梅朵越想越伤心，越想越激动，不禁泪流满面，暗暗发誓一定要永远听共产党的话，不能辜负学校的培养；一定要学好本领，带好弟弟妹妹，做好人，做善事；一定要回到西藏，去帮助更多的农奴过上好日子。

对于格桑梅朵来说，这个时候最思念的还有一个人，那就是在机场工地边救护她和妹妹，又把她们护送到甘肃山丹，又送到陕西咸阳的怡高远。她多么希望怡高远能看到自己今天在学校戴大红花的样子啊。她更怀念送别怡高远离开咸阳时的场面，她记着怡高远说的每一句话。转眼就快一年的时间了，这期间她收到过怡高远的一封信，信是在元旦写的，但是她拿到手的时候已经是三月底了。信是和张大明副部长写给李玉玲老师的信一起让给西藏部队运送物资的军人捎到学校的。人生的第一封信她一直当作宝贝一样收藏着。虽然这封信的内容她自己都能背下来了，但只要有空闲，她还会拿出来一遍又一遍地看，看那遒劲的字体、工整的布局、满纸的情意：

梅朵姑娘：

一切都好吧！

我带着满载的车队离开咸阳，经过十多天的奔驰已经到达拉萨。所运物资及时缓解了军区和工委的战备与生活所需。

在返回西藏的路上，在青海境内，在羊八井附近，车队遇到了叛乱分子的几次袭扰，我们早有准备，那些家伙不堪一击，有的被我们消灭了，有的溃败而逃。这说明西藏虽然解放了，但还不太平。之所以把你们送到陕西学习，就是因为现在西藏还不能放下一张安静的课桌。我觉得我们进藏部队的任务还很重，前期撤出的部队有些多了，你们这批学员应该看到了祖国的博大，看到了祖国多民族团结幸福的生活，你们应该尽快回到西藏参加建设和管理。

唐朝时，文成公主从我的老家陕西出发，跋山涉水到达拉萨，嫁给了西藏的赞普松赞干布，这说明陕西和西藏早就有了割舍不断的情缘。在我们陕西人来说，陕西是西藏人的舅舅家，你想一想外甥和舅舅该有多亲切？那时候交通不便，进出西藏一次要经年的时间，而现在我们修建了青藏公路，川藏公路，还有飞机场。坐汽车很快，以后大家慢慢还可以坐飞机，和古时候比较，我们要在陕西和西藏之间来往实际很方便了。

每一个人的一生都会有很多故事，我在你的故乡西藏工作，你却在我的故乡陕西咸阳读书，你说这是不是缘分！

我的家就在距离西藏公学二十里地的五陵原上。因为时间紧，学校有规定，送到你们后没有带你去我的老家看看，这是一件很遗憾的事。等我下次回咸阳一定带你去我的老家。我的父母勤劳善良，哥哥嫂嫂、姐姐姐夫温和质朴，他们一定会喜欢你这个美丽善良的藏族姑娘。

我相信你的能力，欣赏你的毅力，你在学校好好读书劳动，争取早日回到西藏，我们一起工作。

我不仅想有机会回到咸阳，带你去我的老家；又希望你早日能回到西藏工作。这说来说去的，只有一个意思，就是想早一点见到你。

替我问德吉、巴桑次仁、更果果、伦珠好！

祝愿你扎西德勒！

敬礼

怡高远

1958 年元旦

学校实行规范化管理后，经老师提名，同学们选举，格桑梅朵担任了班长，协助老师管理班级事务。参与管理工作后，她深切地感受到学校良好的学习环境是毛主席带领共产党给大家创造的。她对共产党的认识不再模糊，她已经清楚共产党是带领贫困大众奔向新生活的组织，是服务西藏人民大众的组织。她知道共产党、毛主席才是贫苦大众的太阳，什么官家、头人、领主、活佛从来没有为贫苦大众着想过。两年来的一切都历历在目，她对共产党人最直接的认识就是从怡高远身上了解的，怡高远是共产党员，就说明共产党一定是品行最好的人才可以加入的组织，自己也要像怡高远一样申请加入中国共产党。来内地学习已经一年多时间了，自己识字不少，已经能流利地说普通话了。必须让怡高远知道自己在学校的表现，必须让怡高远知道自己在学校取得的成绩。格桑梅朵决定给怡高远写回信，要一笔一画、工工整整地写：

怡营长：

您好！

我更想叫您高远哥拉！

收到您的来信，我很高兴，几个晚上都没有睡着。您的这封信是我长到二十一岁收到的第一封信，我原来也不知道写信是干什么。现在通过书信这种方式使我知道了几千里外有个哥拉在关心我、鼓励我，心里别提有多高兴了！

来到西藏公学已经快一年了，今年 9 月 15 日，学校举办了盛大的开学典礼，我很光荣地被评选为"社会主义建设积极分子"，很多人都很羡慕，我却觉得自己没有做出什么突出成绩，与您和李玉玲老师相比，我太差了。

我从小就没有听过一句温暖的话，觉得自己天生就是奴才，欢喜都是别人的，连悲哀都轮不到自己。是您救了我和德吉的命，是您和解放军给了我活路。我现在才知道人有各种各样的活法，命不是天生的，是可以改变的。共产党和解放军让我从奴才变成了一个学员，还给我安排工作。对我们这些农奴来说，共产党比佛爷和菩萨好多了。我阿爸阿妈那么信任佛爷和菩萨，总说佛爷会发善心，菩萨会显灵来救护穷人，原来佛爷和菩萨的光环只会照到头人们的身上。都说佛爷和菩萨救苦救难，不知道他们是不是睡着了，难道他们睡着了？他们会一直睡不醒吗？他们为什么就把那么多供奉信奉他们的穷人都忘记了呢？

高远哥拉，在修建机场的时候，我一眼就能在人群里看到您；有时候不用看，都能感觉到您在什么地方。您救了我的命，我干活不能给您丢人，干什么我都是满身的力气。在学校里，一闲下来，我就会想起您，想您就像感冒打喷嚏那么自然，嘿嘿！

高远哥拉，我很适应现在的学习生活，劳动课我最喜欢，一点都不累，还能学会很多技能。文化课学着吃力，但是我不怕。我懂"知识如同戈壁的泉，挖得越深越香甜"，我会好好学习的。

原来您和李玉玲老师教我的汉语拼音可以让我找到我要写的每一个字。不怕您笑话，这封信我写了好几天。原来一些字不会写，我用拼音代替，后来一个一个地问，一个一个地查，学会了汉字再改过来。这封信我抄了好几遍，您不要嫌弃我的字难看。

高远哥拉，很多女同学问我给谁写信，问是不是给我爱的人写信，我一下子就会脸热心跳，更不敢回答她们！我每天都在思念您，盼着早一点回到西藏和您一起工作，向您不断学习！可是我总觉得我太差、配不上您，我会继续努力，您等我！

思念您的：梅朵
1958 年 9 月 30 日

收到格桑梅朵的回信，怡高远非常高兴。他知道这是他心心念念的姑娘人生中第一次写信。这是一个良好的开端，是一次淬炼的过程，更是两颗心共振的体现。怡高远不仅从格桑梅朵的来信知道了她在西藏公学学到了很多知识和技能，更明白了中央为西藏在陕西创办这所学校的伟大意义。怡高远从读信的兴奋中慢慢平静下来，他非常希望有去陕西为部队补充供给的机会，有去看望格桑梅朵和家人的机会。

在西藏公学办学之初，缺少教员，特别缺少懂藏汉双语的教员。旧西藏地方政府反动上层争夺学校领导权失败后，默许一些贵族知识分子到学校去任教，索隆仁钦就是代表。索隆仁钦出身贵族，有到印度读书的经历，懂英文、藏文和汉文。学校更多地吸收了来自军队的知识分子，最典型的是福水中和岳汉山等。福水中是原国民党的军官，在国民党军队战败后，他深明大义，加入中国人民解放军，后随十八军进藏，担任过军区领导的藏语翻译。他们这些人被学校寄予厚望。

岳汉山这类教员是我党培养的干部，而索隆仁钦、福水中这些人的背景比较复杂，他们就成了西藏反动上层拉拢的重点对象，反动上层期望他们在学校带头进行破坏活动，扰乱教学秩序。这使得学校从办学之初就有了不稳定因素。

怡高远藏语水平高，在"大收缩"和西藏公学办学之初，他是最有机会内调或到西藏公学任教的。当时西藏的条件艰苦，环境恶劣，安全没有保障，怡高远放弃回到家乡工作的机会，毅然决然选择继续留在西藏，这需要超凡的勇气和胆识。

怡高远的选择，是对报名参军进藏初衷的坚持，是对西藏这块东方圣地的挚爱，这也和这片圣地上生养的一个美丽神奇的女子有关。怡高远清楚只有留在西藏才可能等到格桑梅朵。

# 章节六　教育之歌

西藏公学的第一届学员以农牧民、朗生、堆穷、城市贫民为主，只有少数是贵族、大差巴、自由职业者、干部、旧职员、商人、手工业者。所以学校被戏称是"农奴大学"。学员来内地前大部分是不识字的文盲，有个别识字的，也仅仅是懂一点简单的汉语或藏语，能用汉字写书信、文稿的就更没有了。

开学典礼举行前一年多的时间里，学员分散在各地，系统学习的机会很少，边走边学，边参观边练口语，许多人还没有过识字关。学校不具备按照一般大学教学模式开展教学活动的条件，还得从小学教学内容教起，但面对的又都是成人，其教育的特殊性和难度显而易见。

西藏公学和拉萨干部学校里的教育活动截然不同。以前大家知道有共产党、解放军，想加入解放军、共产党不知道途径。西藏公学清清楚楚地给学员们讲什么是共产党，什么是共青团，解放军是什么样的武装队伍，以及共产党和共青团的组织规定。崭新的学校学习生活和过往的生活劳作有着巨大差别。学校按照统一教材逐步实行半工半读的教育活动。在全国各行各业"鼓足干劲、力争上游、多快好省地建设社会主义"总路线指引下，全校师生群情激昂，广大学生更是掀起了识字高潮，班与班、组与组、个人与个人展开竞赛，你追我赶，形成了浓厚的学习风气。

在西藏公学，教员既是文化课老师，又是生活老师。学生们文化基础差，还有藏汉语言上的差异，文化教学"土法上马，一个顶俩"。

格桑梅朵记忆最深刻的是老师们自创的灵活多样的教学方法。从中央民族学院毕业进藏实习和参与西藏公学、西藏团校建设的汉藏语都懂的双语教师，主要有韩兰勋、范亚平、王联芬、张家秀、邓卫群、文国根、李玉玺等。他们受过正规的少数民族语言训练，特别是专门学习过藏语，是学校的第一批专业课老师。他们所有的文化教学活动都以适应学生的接受习惯来开展。

李玉玲结合自身在西藏工作的经验和与藏族农牧民打交道的切身感受指导其他老师："我进藏工作六年多，发现藏民族是一个语言天赋极高的民族，特别是音乐和舞蹈天赋很高，他们能走路就会跳舞，会说话就会唱歌。所以我们一定要抓住这个特点来搞教学活动。"老师们心领神会，在学习跳舞和歌谣中教大家识字学习，取得了意想不到的效果。

西藏公学第一批学员，来内地之前，几乎从来没有接触过文化课，基本是一张白纸。他们吃苦耐劳、学习刻苦，接受能力强，进步很快。在进行拼音教学时，学生反映，不论是辅音还是元音，因为没独立的意思不好记。那时学校正放映电影《柳堡的故事》，其中的插曲《九九艳阳天》，学生只看过一遍就记住了。这启发了教师，应该用形象、生动、直观、娱乐、有趣、灵活的教学方法。老师把文化课内容编成歌谣来教，把拼音字母套在歌曲中，仅用了一个晚自习的时间，同学们就记住了。

对于格桑梅朵、巴桑次仁、罗布顿珠这些农奴出身的学员来说，原来的生活无大喜常有大悲，无快乐常有痛楚，无温饱常有饥寒。在山坡草甸放牧，狂风暴雨夹杂着冰雹袭来时，根本没有地方躲闪，也就不再躲闪，麻木地任由冰雹雨点子弹一样击打在身上；在田垄里收割青稞时，头顶的太阳像燃烧的大火，晒得人头疼欲裂，也不敢停歇；从河里挑水时，任凭你肩膀磨掉了皮，脚板都是血泡，水缸没有满绝对不能慢下脚步。没有干完活，停歇就等于催促领主和管家的皮鞭在身体上爬行，留下一道道粗壮的血印。作为奴隶，他们甚至羡慕庄园外嬉戏打闹的野狗，羡慕那卧在青稞草垛上闭目养神的狸猫，羡慕那在树梢草丛中飞翔的小鸟，羡慕任何一个会动的、会跑的、会爬的、会飞的动物。羡慕归羡慕，却还没有过改变命运的想法，更没有死去的念头。天生的贱命无法逃避，苦难的生活就得延续，死掉给土地都不能增加养分，只会让秃鹫吸光骨髓。在艰难的岁月里苟延残喘就是他们生活的全部。

西藏公学的老师与学员同吃、同住、同劳动，师生朝夕相处，像家人一样，关系越来越融洽，感情越来越深厚，理解越来越透彻。老师们从教学生洗澡、刷牙、洗衣服、叠被子开始，让学生们慢慢适应生活，提高自理能力。更重要的是进了共产党的学校，跟着解放军一路走来，他们才知道原来还有把自己当作亲人和朋友的官家与军人，人完全可以换一种活法，人和动物有着本质区别，会说话，就不能当牲口，劳动了就要被承认。

格桑梅朵深切地感受到，老师给予他们无微不至的关爱远比亲人给的还要多。学校教育中政治教育课占一半，生产劳动和文化教育课占一半。教育与生产劳动相结合，培养学员自食其力的能力和以劳动为荣的意识。

在西藏公学，学员才知道劳动原来也会给人带来快乐。劳动课对于格桑梅朵他们来说是再轻松不过的了，劳动不仅很快乐，还能学到生产生活的技术技巧。学习文化课虽有些吃力，但是只要努力就有进步。

学员们最喜欢的是政治课，老师耐心细致地讲，同学们全神贯注地听，古今对比，今昔对比，个人生活境遇的前后对比，师生一起讨论"谁养活谁"，忆苦、诉苦，才慢慢弄明白了自己遭罪的原因，才搞清楚了官家、贵族、寺庙根本不把农奴当人看，才知道了什么是阶级压迫，才知道了黑暗、残酷、野蛮的农奴制是世界上最落后残暴的统治制度。

经历了上学路上几个省的辗转，学员们看到内地省份劳动人民的幸福生活，终于明白了"天下劳动人民是一家，民族不同阶级亲"的道理。大家听到了很多以前闻所未闻的事情，改变着思维方式，明白了应该怎样去生活。太多的"才知道"需要每个学员慢慢领会、揣摩、思考。

对于巴鲁云丹、桑果嘉美这些少数的贵族子弟和原来的政府职员来说，恰恰相反。因为有一定的文化基础，他们学习文化课较快，觉得很轻松。当在政治课上听到自己家族是三大领主，是要被打倒和改造的对象时，恐惧、不安、焦躁和抵触交织在一起，心绪起起伏伏，波动很大。特别是对于劳动课他们更是抵触。原来养尊处优，衣来伸手，饭来张口，现在要和原来的农奴一起下地干活，进厂上工，细皮嫩肉的手首先就不配合，不是这里磨破流血，就是那里磕磕绊绊，掉皮红肿属于经常现象，他们不觉得这是锻炼而是折磨。思想政治课在慢慢改变他们的观念，他们很惊讶原来和牲口一样的农奴竟然也能学会写字和计算，在劳动课上比自己这些贵族管家出身的干得更好，原有的优越感慢慢消减，心底的不服变成了折服，但是心灵深处的不甘让他们备受熬煎。


格桑梅朵他们班的养猪场就建在学校北门外毕原路以北的塔尔坡院子。这个院子里有房屋，有窑洞。当时学校还未建立教研室，教师工作教学都是随着班级管理一起走，受部主任和班主任统一领导。李玉玲是部主任，兼任格桑梅朵他们班的班主任，也就自然兼任了养猪场场长。李玉玲在学校与养猪场两头跑，有时当学生已经进入了梦乡，她还忙着回不到学校。即使九十点回校了，时常连晚饭都顾不上吃，还要召集开会研究和布置第二天的教学和工作任务。李玉玲把学员当作自己的孩子看待，甚至在很多时候因为工作顾不上自己的孩子，把孩子放在邻居或同事家里。王联芬等很多老师经常和李玉玲一起商讨，切磋管理学生、教育学生的心得，他们就像是一团火，浑身有使不完的劲儿，他们从不计较个人得失，一直处于忘我的工作状态，带动着自己的班级向前进。

李玉玲、王联芬等老师的严谨正直、无私奉献深深感染着影响着激励着格桑梅朵。过去在黎卡里，在领主府上干得再多，都是迫不得已，许多时候是挨着皮鞭干活。无论干得多、干得少，无论怎样辛苦，都是吃不饱、穿不暖。现在不同了，吃的穿的住的都由国家免费提供，还有这么多这么好的老师为了教他们知识，顾不上照顾自己的孩子和家人。同学们如同部队官兵一样自觉性都非常高地参与到学习和各种劳动中。因为在教学、出勤、纪律及各种集体比赛中，事事都走在别的班级前头，李玉玲老师带的班级一直是学校的模范班级，作为班长的格桑梅朵一直是社会主义建设积极分子。

模范班级中，模范学生自然不少。


现在让我们说一说孤儿出身的多布杰吧。同学们习惯叫他"毛拉"。"毛拉"藏语的意思是老婆婆。为什么大家会把一个青年小伙子叫"老婆婆"呢？故事就要从他一进公学讲起。多布杰原来是孤儿，靠在黑河乞讨为生，是怡高远带领的解放军收留了他，安排他在黑河部队炊事班烧火。之所以安排这么个岗位，一是他的年龄太小，站起来还没有步枪高；二是为了解决他的吃饭问题，毕竟炊事班的人伙食好歹都有保证。在各地区选拔藏族青年职工到内地培训时，怡高远带领的驻扎黑河部队推荐了多布杰。多布杰和伦珠一个孤儿、一个小喇嘛都是怡高远一起护送到咸阳西藏公学里学习的黑河人，两个不同出身的男孩子变成了同学和好朋友。

多布杰一加入西藏公学的学员群体，就如同他在部队一样，从没有闲下来的时候。原来饥一顿、饱一顿，晚上睡狗窝的日子使他非常珍惜在部队帮灶的时光，只要是力所能及的活他都抢着干。现在有了被派到内地学习的机会，他就更加珍惜。凡是班上的事，无论大小，他都操着心。打扫卫生，收交作业，发放生活用品，他都积极参加；星期六，全校打扫环境卫生，他总是第一个扛起大扫帚走在队伍的前头，收工后又帮老师进行检查。

作为孤儿，多布杰没有家的感觉，现在他把班级当作自己的家，把学校当作自己的家，把老师当作自己最亲的人，他主动当起了这个家的"毛拉"。他号召同学们利用课余时间捡废旧杂物，把卖的钱补充班费；他星期天到各班教室里去主动修理破旧桌椅；只要有同学生病，他一定会端水送饭，从不嫌累。他这种高度自觉的素质与学习成绩兼优的表现，着实影响和带动了不少同学。特别是去班级窑洞养猪场劳动的时候，不怕脏、不怕累，表现得更为突出。上完文化课，他就守在猪圈，不是一遍一遍地打扫猪圈，就是按时喂猪食，还仔细观察猪的动态。哪头快生了，哪头没精神了，他都记录在册。由于小病能得到及时医治，他们班的养猪场每头猪都能长得膘肥体壮，受到学校的肯定和表扬。

多布杰几年如一日，不论是集体的事，还是公益的事，他都积极主动自觉去干，把帮助别人变成自己的分内之事，把关心集体变成了自觉行动，有时还爱唠叨一些不遵守纪律的同学几句，真像是一个家里爱管事的老奶奶。"毛拉"其实是昵称，是大家发自内心对他的爱称。李玉玲老师还专门为他拍了一张在养猪场喂猪时的照片，这张照片成了多布杰最美好的纪念和学校发展史的见证。


伦珠到西藏公学读书，本身就是一个奇迹。

伦珠出生在黑河的贵族家庭，因为父亲对佛教的尊崇，他六岁时被送进了寺庙，跟随大师学习经法，变成了一个小喇嘛。从进寺庙开始他就受到严格的佛法训练，每日读经参禅，整整八年，从未间断。如果不是解放军部队追击一股破坏机场的匪徒而进驻寺院，伦珠一个小喇嘛是不会变成共产党干部学校的学员的。因为这股匪徒势力相对强大，不断对当雄机场进行袭扰破坏，被屡屡击败后仍然反复在机场周边挑衅。上级要求怡高远带领部队对其进行追剿，要彻底消灭这股反动武装。当解放军追击匪徒到黑河时，为了感化活佛一起劝导僧众一心向善，部队租住在寺庙的空房里。

在小伦珠的印象里，受到的教化或是听到的传言里，解放军那可是青面獠牙、心狠手辣、杀人如麻。解放军战士住进寺庙后，他和师兄弟都非常害怕。想一想他们是军人，手里有枪，只好远远地躲着。可是所有的传说都经不住眼睛里看到的东西推敲，距离近了，看到的印象就随着自己的眼眸流进了血脉。驻扎在寺庙里的解放军衣帽整齐、待人客气、从不用枪指着人说话。更让他们称奇的是，这些解放军战士住在寺庙里，从不动寺庙的一柴一草，不喝寺庙里的一茶一粥，反倒帮助寺院清扫庭院、劈柴挑水。这些解放军给伦珠和他的师兄弟带来了全新的观念，吸引着很多年轻的僧人主动来接近。一个人对新生事物的接受总是从好奇和敬畏开始的，拒绝新事物就是拒绝不断前进的社会，就是拒绝自己心灵的进步，就是拒绝自身的成长。这些对从小熟读经文、聪颖敏锐的伦珠来说是不可能的，他慢慢有了走出寺院、认识世界、丰富自我的意识。当怡高远问伦珠愿不愿意去西藏外边的地方念书时，年少的伦珠面对和蔼可亲的解放军营长，他内心深处对广阔世界的向往，对新生活的渴望，对青灯黄卷的厌倦，使他毫不犹豫地答应了。就这样伦珠和两个师兄脱去了僧衣，穿上了常服，离开了寺庙，走出了西藏，与几百名藏族、回族青年走上了去内地读书的道路。他们要到内地去读和经堂里不一样的书。

能让伦珠和两个师兄决绝地脱掉僧衣，穿上常服，是怡高远他们驻防当雄机场和黑河统战工作的一大成果。伦珠对自己离开经堂走进学堂的选择充满了自豪和骄傲。对他触动最大的是过沱沱河时看到的那一幕幕惊心动魄的场景。因为年龄小没有参与抢修大桥，但是他看到了解放军战士跃入河水中的果敢，看到了解放军战士置个人安危于度外的情操，看到了解放军战士负伤后轻伤不下火线的坚毅。有着这样铁一般意志的队伍谁能够战胜呢？他们不就是真正的活菩萨吗？他们不就是人们口口相传、念念不忘的金珠玛米吗？

在抢救怡高远时，等夜深了、安静了，伦珠拿出寺院主持大师送给自己专治跌打损伤和各种癔症的藏药秘丸，让怡高远吃下去。连续三天都是在夜晚安静下来后，他才拿出药丸。在他的心念里，牢记着师父说过的藏药要在静夜里服用才会产生良好的功效。这让格桑梅朵惊奇了很长一段时间。在藏药秘丸和格桑梅朵换来的羊奶滋养下，怡高远恢复得很快，没有几天，就又回到了大桥抢修的战场。

到了西藏公学，伦珠依然保持着在寺院养成的干净安静的习惯。他永远面带笑容，好像从来没有烦恼一样。因为在寺院学习经文多年，在掌握汉语拼音以后，学习对他来说就没有了一点压力，反过来他经常辅导帮助其他同学。伦珠性格温和，学习成绩好，各种活动都跟着大家在一起，从不因为自己年龄小而拖班级后腿。伦珠和多布杰两个性格截然不同的小家伙，两个出身有着天壤差别的年轻人，一样赢得了同学们的尊重和认可。多布杰被大家戏称"毛拉"，伦珠被爱称"小阿佳"。于是黑河来的一个沦为乞丐的朗生和一个贵族出身的喇嘛都变成了西藏公学的优秀学员。


格桑梅朵他们班级有两个名字都叫罗布顿珠的学员。大罗布顿珠是西藏南部边陲亚东县人，身高一米九，体格粗壮，高大硬朗，勤劳朴实。小罗布顿珠来自林芝地区，个子虽小，却健壮结实，倔强好胜，因为在老家经常受欺负，养成了耐打好斗的习惯，和同学经常发生摩擦，从不示弱，很多同学都不愿意和他交往。

大罗布顿珠因为年龄大，来学校前有过工作经历，学习和劳动能力要比别的学员强。小罗布顿珠相比就逊色多了。这导致了小罗布顿珠对大罗布顿珠的不服气，暗暗地总和大罗布顿珠较劲。因为在老师点名时大小罗布顿珠经常混淆，老师和同学们就按照年龄和身高确定一个人叫大罗布，一个叫小罗布，外号"大萝卜""小萝卜"。一天中午下课后，大罗布指着小罗布开玩笑说以后必须对自己尊敬一点，小孩就要听大人的话。谁也没有料到小罗布低着头走到大罗布跟前，一头顶在大罗布腰上，大罗布一下子摔了个仰面朝天。大罗布参加工作以来哪里受过这样的鸟气，爬起来挥拳就打，小罗布不甘示弱，两个人在教室外边扭作一团。同学们怎么也拉不开两头犟牛，有些学员竟然围着他俩起哄。当两个人憋着劲抓着对方的膀子期望把对方摔倒而盘旋时，同学们的起哄声突然停止了。正在较劲的大小罗布抬头一看，李玉玲老师冷冷地站在旁边，那种不怒自威的样子一下子震慑住了两个狂躁的家伙。大小罗布赶紧罢手，乖乖地低头站在那里。原来格桑梅朵担心他俩伤着对方，一看同学们拉架不成反而起哄，跑去叫来了李玉玲老师。

"还不都回教室去！"李玉玲一声断喝，同学们一溜烟似的跑进了教室。

大小罗布打架事件，说大不大，说小不小。但是充分说明学员对自己来西藏公学学习的目的，对如何处理个性和阶级感情还认识不清。李玉玲想着教育和改造学生，仅凭简单地讲大道理是行不通的，只有触动心灵深处，再加上文化知识的熏陶，才能使他们自觉自愿地改掉自身的陋习，成为文明社会的一员。看来借大小罗布打架事件召开一次主题班会，提高大家的思想认识很有必要。

"各位学员，我大学毕业参军进藏工作，进藏路上真可谓是九死一生。有不少战友、同学、老乡跌倒在高岭雪地里再也没有站起来。毛主席、党中央派解放军进藏就是为了解放西藏，推翻罪恶的农奴制度，让我们大家都过上有尊严的生活。大家想一想，过去自己过的什么日子，现在自己享受着怎样的待遇？再回头来说学员之间该不该打架？我们应该怎样度过宝贵的学校生活？"李玉玲借机引导大家。

作为班长，格桑梅朵站起身首先发言："在过去，在到西藏工委和自治区筹委会领导的单位工作前，我们这些学员都是奴隶，没有任何人身自由，更谈不上做人的尊严。过去挨领主的皮鞭我们只能忍着受着，我们很多人都听过唱过一首歌谣：'即使河水变成牛奶，我们也喝不上一口；生命虽然是父母所给，身体却为官家所有；纵有生命和身体，却没有做主的权利。'现在我们在共产党领导下，在西藏公学美丽的校园里，在宽敞明亮的教室里，在比家里还温暖的宿舍里，免费吃住学习，老师像父母一样培养我们。如果我们自己不争气，还要与同学、工友这些自己的兄弟姐妹打架，而不是互相帮助，互相学习，互相进步，怎么对得起党，对得起老师？我希望大小罗布同学一定要深刻反省，那些不劝架、围着他俩起哄的同学也要反省！"

这时候大罗布站起身，涨红着脸说："李老师，同学们，我首先向大家检讨。刚才梅朵班长说得对，我小时候的家在村头一块巨大的石头下，所谓的家除过挨着石头的一面，其他三面木棍挂着破毡片，沙子跟着风随时会灌进屋子里。屋内三块石头上架着一口铝锅，旁边堆了一点干柴和几个旧藏式木碗，地上铺着几张羊皮当褥子，上面放着一条破羊毛藏被，别的一无所有。进藏部队战士和地方机关人员进驻亚东后，我和父亲被支应去与他们一起修路、架桥。令我没有想到的是，这些军人和干部与我们同吃同住。部队、机关用银圆付给我们工钱。我和阿爸平生第一次领到工钱，高兴地流下了热泪。给共产党的军队和管理部门干活还能拿到工钱，这对于祖祖辈辈当牛做马的我们这些奴隶来说，是破天荒的大事。每一次发工钱，是我最开心的时候，因为我感受到了自己的劳动价值和做人的尊严，衷心感谢共产党和解放军。我认定只有跟着共产党，我们农奴才有活路，才有过上好日子的希望。经过我的努力、组织的考察，我成了第一批培养入党的西藏青年积极分子，随后光荣地加入了中国共产党。我很自豪成为亚东也是西藏最早的一批藏族党员。被派到西藏公学学习，我年龄比你们大些，没有像个大哥哥一样从生活上关心同学，从学习上帮助同学，从思想上带动同学，作为一名共产党员，没有起到模范带头作用，我很羞愧。在小罗布出现过激行为时，我应该冷静对待，讲阶级感情，讲集体荣誉，火不上头，气不堵心。因自己的不冷静和鲁莽打架给班级抹黑，我向老师和同学们道歉。同时也向小罗布同学道歉！"

大罗布的检讨自我剖析深刻，赢得了同学们的掌声。李玉玲静静地看着小罗布，希望他谈一谈自己的感受。小罗布脸色发白，离开座位走到讲台前，向同学们深深鞠了一躬后说："李老师，同学们，我为我的不明事理向老师和同学们道歉，我非常后悔自己的所作所为。刚才梅朵和大罗布说了我们入职和进学校前后的生活，像拳头一下又一下锤在我的胸口。我真的觉得自己很傻很笨，分不清是非。过去领主和官家老爷打骂我，我只要稍一反抗，就会得到加倍的惩罚，我把这些怨气积攒在心里，非常憋闷。只要有人说我，我就以为是看不起我。其实老师和同学们都在帮助我，没有人看不起我。大罗布和我开玩笑，我却顶翻他，和他打斗，想显示自己不甘人后，这是很蠢很蠢的行为。我不该把力气和劲头用在这些事上，我要向社会主义建设积极分子格桑梅朵和巴桑次仁学习，请老师和同学们相信我。最后给大罗布哥拉道歉，请你原谅我。以后我们做好同学，好朋友，共同给班级和学校争光。"

令小罗布没有想到的是，他刚说完，同学们同样报以热烈的掌声。李玉玲看到大家的表现很满意，她深情地说："同学们能从新旧生活的对比中感受到党的光辉和恩情。都知道阶级情深似海，这非常好。我们的精力就是要用在学习和劳动上，用在掌握技能技术上。我相信我们全校优秀班级的荣誉一定会延续到大家离开学校那个时间点上。大家有没有信心？"

"有！"同学们异口同声地说。

这时候，李玉玲指着格桑梅朵说："格桑梅朵你作为班长，起到了很好的带头作用，你想一想大家应该集体干点什么呢？"

格桑梅朵走上讲台说，提议大家共同唱一遍《东方红》：

东方红，太阳升，中国出了个毛泽东。

他为人民谋幸福，呼儿嗨哟，他是人民大救星。

他为人民谋幸福，呼儿嗨哟，他是人民大救星。

毛主席，爱人民，他是我们的带路人。

为了建设新中国，呼儿嗨哟，领导我们向前进。

为了建设新中国，呼儿嗨哟，领导我们向前进。

共产党，像太阳，照到哪里哪里亮。

哪里有了共产党，呼儿嗨哟，哪里人民得解放。

哪里有了共产党，呼儿嗨哟，哪里人民得解放。

东方红，太阳升，中国出了个毛泽东。

他为人民谋幸福，呼儿嗨哟，他是人民大救星。

他为人民谋幸福，呼儿嗨哟，他是人民大救星，大救星。

在格桑梅朵的带领下，全班同学嘹亮的歌声传得很远很远……

一首歌曲唱出了来自西藏的青年人对毛主席、共产党的热爱，凝聚了全班同学的心。随后的日子里，大小罗布顿珠互相谦让，齐心协力抓学习，一起鼓劲去劳动，还把班级体育活动搞得红红火火，他俩都成了学习劳动和体育运动积极分子。

西藏公学的学员在西藏时，吃住都是大问题，就更别说洗澡了。一年只有在天气最热的时候到河里洗个澡。这和大部分人没有睡过床铺一样，也是条件和习惯的问题。西藏公学的各位班主任、代课老师和同学们同吃、同住、同劳动。男老师和男同学一起住宿舍，女老师克服带孩子、照顾老人等困难和女学员一起住宿舍。老师们从洗脸、洗脚、洗澡、刷牙、刷碗、叠被子、洗衣服这些生活细节带起，辅导学生提高自理能力。一个又一个班级，一个又一个宿舍，都像一个大家庭一样，鼓荡着满满的爱意，鼓荡着满满的亲情，鼓荡着多民族共同生活的愉快乐章。

因为许多农奴学员在西藏生活时条件艰苦，身体素质太差，特别是突然从海拔4000米左右的高原来到海拔只有400米左右的关中平原，很多同学水土不服，免疫力和抵抗力低下，出水痘和得肺结核的人很多。学校就将校外毕原路北单独的一块校舍开辟出来，这里有砖窑、土窑七十多孔，按照梯级改造修建成上下两层，通电、通水，窑洞前修建了小操场，建成学校"疗养院"。对患有传染病的两百多名学生在这里进行精心地集中隔离治疗和教育辅导，使患病学员吃、住、学、医都得到了保证，避免了被送回西藏，保住了宝贵的学习机会。

这也就使得学校在原有的五个教学单位的基础上多了一个新的教学单位"六部"。

出身贵族家庭的桑果嘉美患上了肺结核，病痛在身的他极度虚弱，因为是传染病，一般同学不能帮助照顾，加之本人生活自理能力太差，他的治疗过程很是艰难。老师和校医对贵族子弟和其他患病同学一样，给予了精心治疗与护理。他们的身体慢慢得以康复，学习也没有受到影响，思想受到了巨大震撼。老师、同学们对生病贵族子弟无微不至的关怀，对作为桑果嘉美的表哥巴鲁云丹等一批贵族子弟触动很大，他们体会到了受到关爱的温暖，他们感受到了不是亲人胜似亲人的师生深情，他们感受到了人与人平等的重要性。

# 章节七　改造趣事

在全国积极响应"能上能下、能官能民"的大背景下，西藏公学选派六十余名干部和教师，下放到永寿县底角沟村锻炼。底角沟村地处陕西省咸阳市西北方向七十公里处的黄土高原边缘地带，坡大沟深，干旱少雨，交通不便，自然条件相对艰苦一些。既然是下放锻炼，就要去艰苦的地方。这底角沟村就是咸阳当地政府给西藏公学干部选的锻炼地点。在西藏生活战斗过的十八军和西北支队的革命战士被抽调到学校做教员，根本就没把底角沟村的艰苦条件当回事，带领一批职工，指导学生轮流到底角沟村实践锻炼。底角沟村学校教职工住宿的窑洞外墙上，写着如斗的红漆大字"在劳动中改造思想，向又红又专的道路前进！"等标语。教职工和学生在劳动场地边拉着"到劳动中去，到生产战线上去"的横幅，以高涨的革命热情投入生产劳动中。

按照学校要求，每个学生都要通过勤工俭学掌握一门生产技术或技能。鼓励各部、各班自行创办各种小型工厂。除在永寿县底角沟村的山沟里外，在学校的空地上和实验场里很快兴建了农场、养猪场、养鸡场、养羊场、纸厂、砖瓦厂、石灰厂、肥皂厂、墨水厂、修鞋厂等二十多个小型工厂和农场，搞得热火朝天。很难想象的是，建厂的原料大部分都是从很远的山上、农村依靠人力运回来的。老师带领学员克服了数不清的艰辛，完成了一个又一个工厂的创办，生产出各种各样的生活必需品。这一切，很好地锻炼了教职工队伍，让学生们也真正学会了很多劳动技能，体会到了劳动的艰辛。最主要的是让学员中间的那少部分贵族、旧政府职员、商人无论是从思想上还是行为上受到了震撼和实实在在的改造。

不过，劳动教育改造的过程并不简单，也不容易。

索隆仁钦身边，围绕着几个出身奴隶主家庭的教员，找到索朗仁青和福水中两个从噶厦选派过来的教员，期望结成联盟和学校对抗，拒绝参加生产劳动，借机扩大影响。让索隆仁钦几个贵族没有想到的是，索朗仁青和福水中不但非常乐意参加生产劳动，还教育起了他们。这让索隆仁钦一伙人非常恼火，但是，索朗仁青和福水中的话还是让他们思忖了好长时间，不敢再贸然行事。

福水中是甘孜州人，通晓藏汉双语，熟稔藏地历史，是被吸收进国民党部队做文职军官的大学生，国民党军队战败后加入十八军，做过噶厦和西藏工委领导的翻译，对国民党的腐败、噶厦的愚笨以及达赖集团的虚弱都了然于胸。他对索隆仁钦的拉拢嗤之以鼻，毫不客气地对几个贵族出身的教员说：

"古人说得好，时势造英雄。历史一定永远向前。你们几个出身贵族的教员也算是有见识的，有的人还在印度学习过，比较一下印度和西藏，再比较比较四川、陕西和西藏，谁心里不清楚西藏是最落后的地区？落后到除了寺庙，没有学校，更没有能放下一张平静课桌的地方。现在共产党为了解救西藏，给西藏培养人才，在咸阳这么好的地方设立学校，请全国各地的好老师来教西藏的孩子，来给西藏培养人才。你们不应该感到欣慰吗？你们还有心思去搞破坏吗？你们还希望自己的家乡西藏永远处于愚昧落后的境遇吗？我在国民党部队待过，很清楚共产党比国民党强，也做过西藏工委领导和噶厦的翻译，我是读书人，我自己脑袋瓜子还是清楚的。怎么说，怎么看，都知道共产党是为了全国人民过上好日子。办西藏公学就是为了改变西藏的落后局面，培养西藏自己的人才。对这一切，我是坚决拥护的！你们还是醒醒吧！"

索朗仁青出生于黑河嘉黎一个本来还算富裕的家庭，因为父亲染病去世，留下几个未成年的兄弟姐妹。母亲无力抚养他们，将索朗仁青和两个弟弟相继送进了寺庙。索朗仁青聪慧好学，学经学文进步很快，不到两年就被送到拉萨的寺庙深造。他的师父是曾在青海塔尔寺和西安广仁寺研修过的高僧，不仅佛学造诣深厚，藏语和普通话都非常娴熟，所以索朗仁青有机会学会了普通话。

噶厦里缺少人手，更缺少有知识的人手，从寺庙选人时发现了藏语和普通话俱佳的索朗仁青，以选调僧官为由让他去做翻译。索朗仁青经常参与噶厦与西藏工委和进藏部队首长的交流翻译。不满一年，因为工作需要，他就还俗了。工作性质使索朗仁青接触到了西藏工委的领导和进藏部队的高级官员。人是有灵魂的动物，不像土地上的庄稼，没有选择地结出各自的果实。索朗仁青对共产党的政策要比噶厦的噶伦还要早一步知道，他尽量翻译解释得清楚明白，但是噶厦有的噶伦还是要故意歪曲事实。这使满腹经纶、身怀正义的索朗仁青非常气愤。这种严重违背佛教教义和基本仁义道德的做法他根本无法接受，但是他的身份迫使他又不能表现出来。索朗仁青时时刻刻寻求着离开噶厦的机会。

西藏公学成立的时候，噶厦的几个噶伦感觉争夺学校领导权无望时，看到西藏工委为公学选拔教员，就将自己认为可靠，可以继续为噶厦效力的一批文化人推荐给工委，索朗仁青就在其中。索朗仁青大喜过望，回家和新婚的妻子维色措姆商议，提出希望和她一起去内地教书。

美丽贤淑的维色措姆出身拉萨贵族世家，不问政治，在父辈们的称赞声里得知索朗仁青聪颖好学，敬慕之情油然而生。到府上来提亲的人快要踩碎门槛石了，维色措姆从没有松口。她的老爹不明了女儿的心思，就让夫人去问她到底看上了哪家少爷或者希望找什么样的夫君。维色措姆知道婚事不定，总会有人到府上打扰，大大方方告诉阿妈说她想找一个像索朗仁青一样有才学的人。阿妈大吃一惊，急忙去找她阿爸商议："老爷呀，你的宝贝女儿中了邪，竟然喜欢上了一个还俗的僧人！政府里给噶伦和解放军做翻译的索朗仁青到底有什么好？"没有料到维色措姆的父亲哈哈大笑着说："我的女儿果然与众不同，现在西藏的局面变化不定，索朗仁青是我们藏族为数不多的有思想有才识的青年。他来过我们家，一定是我们的宝贝女儿对他一见钟情。还俗的僧人怎么啦？他以后一定会有大出息的。我同意女儿的想法。明天就把索朗仁青请到府上来，让措姆的舅舅做媒。"

　　一向对老爷言听计从的夫人听了老爷的话，自然觉得有道理，也就不再多话。很快索朗仁青就和维色措姆举办了婚礼。这场还俗贫苦僧人和贵族小姐的婚礼，在维色老爷操办下，在拉萨造成了不小的震动。维色老爷对索朗仁青和西藏工委干部的密切接触一直持积极支持的态度。当听说索朗仁青希望带着女儿去内地干部学校教书的时候，喜出望外。维色措姆去过四川、甘肃多地，知道内地的富庶与舒适，非常高兴地帮助索朗仁青收拾行囊。

　　噶伦没有想到的是，从旧政府里安排到西藏公学的索朗仁青做出了一个决定，完全颠覆了他们的期望，却诠释了优秀藏族青年对共产党政策的拥护和对民族团结的热爱。

　　1958年底的一个夜半，维色措姆分娩时难产，李玉玲闻讯后急忙赶到了她家，一看就知道孩子胎位严重不正，竟然是小脚堵在了宫门口，赶紧招呼索朗仁青和几个老师一起将维色措姆送到了咸阳第一人民医院。咸阳第一人民医院在学校西一公里处，是咸阳市最好的医院。索朗仁青知道难产常常要人的命，一副快要急死的样子，在手术室外一边不停呼喊着维色措姆的名字，一边双手合十为她和孩子祈福。急诊室接诊的杨大夫毕业于西安医学院，和李玉玲是大学同学。李玉玲希望老同学尽全力施治。因为情况紧急，大冬天的杨大夫也急出了满身的汗，他跑出病房问索朗仁青和李玉玲：

"保大人还是保小孩，实在不能确保大人和小孩万全！"

"大夫！大夫！这可是我第一个孩子呀，无论如何都要保他们母子平安！求你了！求你了！"一听杨大夫的话，索朗仁青想都不想地喊着，竟然一下子跪在杨大夫面前。

杨大夫对李玉玲说："老同学，你们赶紧把产妇家属扶起来，咱这里不兴这些，我就问个确切意见，是先保大人还是先保小孩！"李玉玲知道情况危急，知道和索朗仁青这一会也没法细说，对着老同学喊道："先保大人，力求孩子和大人都安全，你快进手术室，我来劝家属！"

杨大夫看着没法继续沟通，急忙又跑进了手术室。索朗仁青双手合十颔首站在手术室外，任凭西北风呼呼刮着一动不动，时间好像停滞了一样。陪他来的徐西进、岳汉山几个教员也都焦虑不安，在外围转着圈，期望奇迹发生。又过去了一个小时，手术室传来了婴儿的啼哭声。这下索朗仁青傻眼了，才想起刚才医生说保大人还是保小孩的问题。他一下子跪在地上拍打着手掌，喊着维色措姆的名字，几次站起来要冲进手术室，被徐西进、岳汉山、李玉玲几人拉住。索朗仁青紧张得快要瘫倒。这时候手术室门打开了，杨大夫疲惫地走出来告诉大家，母子平安。几个老师高兴地欢呼起来。索朗仁青一下子跑过去抱着杨大夫说："你是我老婆和孩子的救命恩人，是我孩子的再生父母，我的孩子应该跟你姓才行！"

大家没有料到，等孩子出院时，索朗仁青真给自己的大女儿取名"杨金花"。西藏公学藏族教员难产，被共产党医院的党员大夫抢救下来，藏族教师让自己孩子随大夫姓，并给孩子起用汉族名字，成了陕西当地和西藏公学的美谈，也成了藏汉民族团结人心向背的鲜活事例。这个故事很快传回西藏，在广大群众间口口相传。

从噶厦派出的教员让自己的孩子随了汉族人的姓，噶厦一直敌视共产党政策和人民解放军进军西藏的几个头人气歪了嘴巴。索朗仁青却还不忘提醒索隆仁钦："你们不要再对噶厦抱有幻想，我就是为了摆脱噶厦愚蠢落后的统治才积极要求到西藏公学来工作的，也是希望通过教书教学真正为西藏干点实事。"

经过一段时间的将息，维色措姆身体恢复了，丰腴美丽的她抱着白白胖胖的女儿杨金花只要一出屋门，看见她的教员和家属就会跑过去看这个有着汉族名字的藏族小宝贝。

索隆仁钦和几个贵族出身的藏语教师，对去底角沟村劳动改造非常抵触，也期望索朗仁青和福水中几个老师能和自己一起抵制，没想到却受到了福水中的教育不说，又被索朗仁青给了当头一棒。再看到学校领导带头住在底角沟村，带头下地劳动，带头进猪场喂猪时，只好极不情愿地跟着去劳动。因为在他们心里，校长的职务不比拉萨市长的官职低，那么大的官员和学生一起劳动，而且几个校领导轮流带着大家从事生产劳动，让索隆仁钦几个人心里有气，但谁也不敢说个不字。那种初到咸阳，贵族出身的骄傲早就荡然无存，反而因为他们几个和拉萨的噶厦官员勾结，企图在学校制造混乱被学员告发，受到了严肃批评和教育管制。包括索隆仁钦在内的几个贵族出身的教师给学校党委写下保证书，保证一定老老实实学习政策，认认真真改造思想，踏踏实实参加劳动，按规定给学生教好藏语。学校也就没有深究，保证了他们的正常工作和生活。

巴鲁云丹等一伙贵族子弟和西藏旧政府的职员，在西藏时生活优越，作威作福惯了，本来就有一定的文化基础，对和众多农牧民文盲学员一起学习就不很接受，对半工半读的教育教学更是反对。特别是很多人来内地时是带着一定的指使和密令的，这部分人都是听命于索隆仁钦与几个贵族教员的。家人和上司从西藏出发时给他们揣在腰襟里的那一点钱在来陕西的路上早就葬送得干干净净。平时和其他学员的吃喝用度是一个标准，又因原来被仆人伺候，自理能力很差，还需要其他同学照顾。老师们抓住这个契机，让格桑梅朵、巴桑次仁他们组成帮扶组，辅导和帮助贵族子弟学习洗碗、洗衣、打扫卫生、进场劳动。当看到索隆仁钦几个贵族和几个旧政府的选派的官员教员都在老老实实地和其他师生一起下地劳动时，他们很受震撼。很快这批贵族子弟就融入广大农牧民学员之中，和农牧民学生变成了好朋友。变化最大的要数巴鲁云丹。

在底角沟村轮流参加农业生产时，巴鲁云丹被编排在巴桑次仁为组长的小分队里。这对巴鲁云丹来说别提有多别扭了。李玉玲老师叮嘱巴桑次仁，希望他帮扶改造巴鲁云丹，借此带动改造其他贵族子弟。但是如何改造，一定要注意方式方法。巴鲁云丹在和巴桑次仁等学员的相处中，总是战战兢兢，因为一个劳动大队里几十号人，自己认识的贵族子弟就三个人，有一个还是女孩子，他很担心巴桑次仁记恨自己在拉萨时欺负格桑梅朵姐妹的事，更担心这些农奴合伙欺负自己。

令巴鲁云丹没有想到的是，一天耙地结束后，他累得已经直不起腰了，也没有力气去打饭，巴桑次仁却帮他打来饭：

"巴鲁云丹，累坏了吧，过来一起吃饭吧。"

"啊，谢谢，谢谢巴桑哥拉！"巴鲁云丹发自内心的感谢着，拍打掉手里的泥巴灰土，接住了饭盒。

"你原来是少爷，一直都是衣来伸手、饭来张口的，现在知道我们这些原来做下人的有多苦了吧？"

"嗯嗯，我现在和你们一样劳作，没什么特殊的。"

"我们现在是一样在劳作，可是过去可不一样，过去你们这些领主可以随便打骂责罚，不把我们当人看。我是跟了解放军，才知道有共产党，来到内地读书，才知道世界有多大，才晓得任何人都应该是平等的，我们自己的老家西藏实在是太落后了，是需要尽快改变的！"

"来内地读书，我也才开了眼界，才知道什么是夜郎自大，西藏无论是自然环境和生活条件都没法和内地比。"

"希望你和学校的贵族子弟不要再和西藏的反动势力联系，他们不想让西藏变得富裕，只想保住自己的特殊地位，继续作威作福。那样实际对谁都没有好处。"

"没有，没有，我阿爸来信问我学校的情况，我都说同学们在一起很好的，没有说过任何反对共产党、反对学校的话。我劝我阿爸多学习，我也没有听索隆教员的话，也不和他们联系。就因为这，他们还孤立我和表弟桑果嘉美呢！你说得对，想阻止西藏的发展是很愚蠢的想法。"

"不要怕他们的所谓孤立，他们现在可是惶惶不可终日，只要你听老师的话，好好学习，我们以后就是朋友，谁也不会欺负你的。你再想一想，你表弟桑果嘉美得了肺结核，是谁给他看病的，是谁照顾他的？"

"我不怕他们孤立。说到这里，不仅我和我表弟，我们全家族都感谢学校和老师呢。嘉美从小体质弱，可是我们不知道他有肺病，来学校后体检检查出问题，老师和同学们没有嫌弃他，给他吃药打针，帮他补习功课，让他和其他生病的学员一起治疗、休息、学习、锻炼。现在彻底康复了。真的感谢学校，感谢老师们呢！"

"你对比着就会看得出，我们这些农牧民出身的学员从来没有敌视过你们贵族出身的学员，倒是你们一些贵族出身的学员却动不动挑事闹不团结。"

"想一想真还是这样子的。你不记恨我原来打格桑梅朵呀，你们真的能把我当朋友吗？"巴鲁云丹急切地问。

"那都是过去的事了，李玉玲老师说过，大家都不再互相记恨，要一起学习，一起劳动，做朋友，做西藏的新青年。"

"新青年，对，我也要和你们一样做西藏的新青年。那德吉呢？格桑德吉她还恨我吗？"

"格桑德吉年龄小，提起你只说你是喝醉了耍酒疯才欺负她，她还记着你给她送过糖果和围巾呢。我们农牧民没有那么不友好。云再高也在太阳底下，月亮再亮也晒不干牛粪。共产党就是太阳，噶厦再好也最多算个月亮。你要提醒你们那些贵族子弟别再想着搞什么乱子出来，那样是没有好下场的。"

"我知道跟着太阳走，永远是光明，跟着月亮走，永远受饥寒的道理。共产党不仅在陕西在北京是红太阳，也是我们青藏高原上的太阳。我一定会和表弟桑果嘉美一起劝解其他贵族同学，放弃幻想，站到广大学员这边来。"巴鲁云丹犹豫了一下又说，"我还想求你一件事。"

"哦，说吧，什么事？"巴桑次仁有些诧异。

"我想给格桑德吉和格桑梅朵道歉，请求她们原谅我！"

"你们的事不是在拉萨就了结了吗？你怎么还想着要道歉？"

"现在和拉萨不一样，现在道歉，是我主动的意思，觉得自己原来真错了，和拉萨处理我时被逼着道歉不一样。"

"这个不难，等回到学校，我把你们约在一起，你准备怎么做？"

"我会准备好哈达，在你和李玉玲老师监督下给格桑姐妹诚恳道歉，我要和格桑德吉做朋友，最好最好的朋友那一种！"

"这我倒没有想到，格桑梅朵现在是社会主义劳动和学习积极分子，你道歉让格桑姐妹原谅你没有太大问题。"巴桑次仁哈哈笑着，"至于你和格桑德吉做好朋友，那就要看你的表现了，这可需要耐心和真正平等的诚意！"

"诚意有，诚意有！我是真的喜欢德吉，来学校一年多了，我和其他贵族女孩子、其他女同学都没有染搅过，我心里只有德吉。"

"好吧，先别想得太美，我先给你设法安排道歉的事。等你们彻底了结了仇怨，你再好好表现，看格桑德吉会不会接受你！"

"好的！谢谢巴桑哥拉！我会积极要求进步，好好学习，好好劳动，德吉会接受我的。"谈到了格桑德吉，巴鲁云丹好像浑身又有劲了。

和巴鲁云丹谈话后，巴桑次仁心情轻松了许多。一方面是基本完成了李玉玲老师交给自己的任务，看样子把巴鲁云丹彻底团结过来不会有大问题。自己和格桑梅朵都是学校培养的积极分子，她一定会配合做好这个工作。令人欣慰的是，终于通过巴鲁云丹感受到了自己和贵族成了平等的人，不仅平等了，这些贵族反倒来求自己，称呼自己为哥拉，还要和自己交朋友。这种感觉不是骄傲，是对共产党民族政策的认同。只有在学校里，只有跟着共产党的部队，进了共产党管理的车队，进了共产党为西藏办的学校，人和人，贵族和农奴的关系才真正平等了。农奴的肉身是父母给的，真正做人的尊严是共产党给的，和佛祖、天神没有关系。如果说有神灵的话，那共产党就是神，是真正为了天下所有生灵过上好日子的神灵。这个时候，对巴桑次仁来说，对一个政党，对于复杂的组织和领袖的认识还不是完全清楚。他总会不由自主地把共产党、毛主席和神灵、活佛对比。至于巴鲁云丹能不能和格桑德吉变成那种最好的朋友，只能看德吉的态度了。已经十六岁的格桑德吉出落得亭亭玉立，娇丽迷人，好多小伙子整天围着她献殷勤，少女的心，天上的云，只能看巴鲁云丹的造化了。

回到学校后，巴桑次仁向李玉玲汇报了帮扶团结巴鲁云丹的过程，李玉玲很高兴，立即就叫来了格桑梅朵姐妹。格桑梅朵听了李老师的讲解，理解在拉萨那种环境下巴鲁云丹作威作福，也理解了学校这样教育团结他的重要意义，最重要的是她也感觉到了巴鲁云丹的变化。所以就爽快地答应搞一个接受道歉的仪式。当问到德吉的意见时，德吉羞涩地说："只要他能变成好人，我就原谅他！"

巴桑次仁想起巴鲁云丹最后的愿望，欲言又止。李玉玲接过话："德吉呀，你要向姐姐和巴桑哥拉学习，心胸开阔一点，原谅那些从前伤害过我们，现在改过自新的人。我们还要挽救改造更多的贵族一道回到西藏，共同建设西藏呢。"

"李老师，您放心，我说过要跟您一辈子，您的话我怎么会不听。

巴鲁云丹他本质好像不是很坏，还送过我几次礼物。他喝酒耍酒疯都是被管家给带坏的。只要他能改掉坏毛病，我就原谅他！"

"哦，那你们以后能不能做朋友？"李玉玲故意没有点透做那种最好的朋友。

"我听李老师的！"聪慧的德吉早就听出了弦外之音，羞涩地把头靠在梅朵肩膀上。

李玉玲沉思了一会儿："我觉得这个道歉仪式要搞，还要搞得正式些、隆重些。此前在拉萨的时候，是西藏自治区筹委会处理巴鲁云丹和管家旺久，巴鲁云丹那个道歉是被动的。现在是他自己提出来，是发自内心地要给梅朵和德吉道歉。这对于团结贵族出身的其他学员具有很重要的意义。我看由你们学生自己搞效果会更好，我们老师就不参加了。巴桑次仁是学生管理委员会的学生代表，对巴鲁云丹和格桑姐妹的事情都清楚，你也是整个事件见证人，你来主持最合适。"

大家觉得李玉玲老师说得对，随后就有了一场别开生面的道歉仪式。

巴桑次仁安排格桑德吉、格桑梅朵、巴鲁云丹三个班级的班委参加，也叫来了他们和巴鲁云丹去底脚沟村锻炼的队伍几个小队长，特别是叫来了那次一起去锻炼的贵族出身的同学，地址选在了学校的小操场。

星期天的中午，虽说是大冬天，没有风的小操场上阳光明媚，安静整洁，显得异常暖和。几十个学生围在一起，在巴桑次仁主持下，见证一个特殊的时刻。

巴鲁云丹面对格桑梅朵、格桑德吉姐妹，诚恳地宣读自己的道歉书。

格桑梅朵、格桑德吉：

你们好！

今天我在这里，当着同学们的面向你们诚挚道歉！原来我们之间的关系很不好，也在西藏和学校造成了不好的影响，自治区筹委会也处理了我。我能被原谅并被派到西藏公学来读书已经是给了我改过自新的机会。通过在学校一年来的学习生活，现在我深深感觉到自己原来做的一些事情很不合适。今天道歉我说三个意思：

第一个意思是，原来我们是主人和仆人的关系，现在我们是同学关系。我们是平等的。

第二个意思是，我要向格桑梅朵和巴桑次仁你们这些积极分子学习，学习你们吃苦耐劳、刻苦学习、乐于助人的好作风、好品行。彻底放弃自己原来的思想意识和生活方式，要像你们一样好好学习，好好工作，我也想申请加入中国共产党。

三是希望格桑梅朵和格桑德吉接受我的道歉，我真诚地希望和你们变成好同学、好朋友！

盐巴水不解渴，漂亮话不顶用。请积极分子和同学们看我的表现吧。

道歉人：巴鲁云丹

1958 年 12 月 14 日


说完，巴鲁云丹手捧洁白的哈达先走到格桑梅朵面前，低头向她献哈达。格桑梅朵面含微笑双手接住了巴鲁云丹的哈达，自己戴上。随后，巴鲁云丹走到格桑德吉面前，先低头致歉，然后抬起头向德吉献哈达。德吉有点害羞，还没顾上伸手接哈达，巴鲁云丹直接走上前，把哈达挂在了德吉的脖子上。

巴桑次仁带头，大家一起鼓掌，同学们发出了热烈的欢呼声。

西藏公学借助这件事，在学校里掀起了一场不同民族、不同出身同学结对子、互帮互助、共同进步的活动，取得了良好的效果。

巴鲁云丹在西藏公学主动给格桑梅朵姐妹道歉并提出来要一起做朋友，好好学习，好好工作，还希望能加入中国共产党。这件事不同于同学之间因为打架斗殴醒悟后的道歉，也不同于因为不认真学习而检讨，这是头人和仆人主动做朋友进而一起平等地学习和工作的行为。这件事不仅在学校流传，还从学校很快传到了拉萨和西藏各地区，成为一个热议的话题。报纸广播都进行了报道，在全西藏产生了广泛持久的影响。虽说是同学之间的互相道歉，其实是西藏旧贵族主动放弃优越观念和农牧民建立平等关系的大事件，是西藏原有的两个对立阶级之间主动友好合作推动新社会制度形成的大事件。这对西藏上层反动势力是一个不小的打击，但对西藏公学办学成绩自然成了充分的肯定。

不久，同一个校园内办学的西藏团校正式并入西藏公学。原本一起筹划的两所学校，统筹师资，促进了学校的教育和管理。

# 章节八　急速进藏

1959年新年的钟声还在耳畔，干冷了一个冬天的咸阳城却纷纷扬扬地飘起了雪花。仰面朝天，任凭雪花飘落在脸颊上，却没有丝毫寒意。雪花一着地，就被干渴的土地毫无声息地吸收进去，空气里弥漫着泥土的味道。虽然落叶乔木大多萧索而立，柳枝还是按捺不住地吐出新芽，让人感觉到了春的气息。

西藏公学学员的家乡现在还是冰天雪地，咸阳初春的雪花惹得他们兴奋不已。大家迎着漫舞的雪花，兴高采烈地敲锣打鼓，欢送四百名积极分子去四川甘孜藏族自治州参加社会调查和实习。

甘孜州是新中国成立后设立的第一个少数民族自治州，与昌都一样是茶马古道上的重镇，都曾隶属于西康省，是以藏族为主要居民的地区。1955年中央人民政府颁布命令撤销西康省，将甘孜州划归四川省管辖，将昌都划归西藏自治区筹委会管理。甘孜州民主改革的经验和教训对于同样以藏族为主体民族的西藏今后开展民主改革来说有着重要的借鉴意义。为西藏民主改革培养和储备干部的西藏公学，让学员了解甘孜州民主改革过程是最好最直接的教育方式和最便捷的路子。春节刚过，西藏公学四百余名师生即赴甘孜藏族自治州进行社会调查。

格桑梅朵、巴桑次仁等同学随李玉玲老师被安排在甘孜州乾宁县实习，他们与县委工作组共同工作，参与到当地反叛乱、反违法、反特权、反剥削"四反"运动中去。他们看到了原来一贫如洗的农奴有了牛羊，有了耕田，有了饭吃，有了自己的房屋；他们听到原来愁眉苦脸不敢大声说话的农奴在唱歌，在欢笑，在颂扬共产党、歌颂毛主席。他们兴奋地和农牧民一起劳动，听他们讲翻身做主人的过程和感受。让他们没有想到的是，他们在甘孜州也看到听到了叛乱分子罄竹难书的罪恶。

1956年乾宁县开展民主改革宣传时，在一个大寨子里的土楼召开群众大会，反动分子包围了土楼，对革命干部痛下杀手。德格县的工作队坐在群众大会的主席台上，队长正在讲话，下面的一大片贫雇农里边混入很多暴徒，工作队一点都不知情，有的贫雇农吓哭了也不敢报告，暴徒发动突然袭击，砍杀工作队员。民主改革工作中类似的事件时有发生。

最令西藏公学学员惊讶的是，他们得知参与甘孜州叛乱的众多叛乱分子在叛乱失败后，大多逃窜到西藏昌都地区，这些叛乱分子和昌都地区藏族反动上层勾结并不断勾连西藏其他地区的反动势力，一直在暗地里组织暴动、叛乱，残害党政军干部，抢劫农牧民财物，残害农牧民。

经过在甘孜州的实习，格桑梅朵、巴桑次仁、大罗布等四百多名师生经受了实际锻炼，做了大量的社会调查，形成了翔实的调研报告。他们真真切切看到了甘孜地区反动领主多年来对农牧民犯下的滔天罪行，看到了经过民主改革后和自己父母一样的农牧民过上的幸福新生活，他们非常期望西藏也能早日进行民主改革。

最让他们不能相信的是，刚刚回到学校，就听到了西藏反动上层在拉萨发动叛乱的消息。学员们义愤填膺，对自己在西藏的家人安危充满了担忧，对西藏的前途命运充满了担忧，对解放军能否对付反动的叛乱武装充满了担忧。

1959年3月10日，上午还是一片蔚蓝的拉萨上空，在午后慢慢变得混混沌沌。太阳在风沙里挣扎着，透露出微弱的光线，大风刮过，拉出刺耳的哨音。不祥的气氛就像打开了一个巨大的酒缸，其气味在整个城区不断弥漫。

一撮持枪挎刀的暴徒，骑着马拖着一具血淋淋的尸体游街示众，尸体血肉模糊，惨状让人不忍直视。亦有武装分子胁迫上千名群众呼喊着反动口号游行。他们沿途打砸，袭击值勤的解放军战士，拉萨街头突然间一片混乱。

出现这一局面的原因还要从十四世达赖希望去军区看戏说起。听说军区文工团的演员在内地学习回到西藏后，演出的节目很好，达赖向西藏工委提出他想看一次，请给予安排。经过协商，达赖看演出的时间确定在3月10日下午3时。

3月10日上午，西藏军区政委等人等候达赖喇嘛的到来时，拉萨街头谣言四起："军区要毒死达赖喇嘛"，"军区已经安排了直升机，要把达赖劫持到北京去"，"大家要到罗布林卡去请愿，不能让达赖喇嘛去军区"，等等。叛乱分子的谣言搅得拉萨人心惶惶，商店纷纷关门，市民抢购粮食、物资和饮水。一时涌向罗布林卡的群众超过了两千人，阻挠达赖去军区看戏，并且肆意挑衅，反复谩骂解放军。

面对突发局势，自治区筹委会委员、藏族爱国人士堪穷索朗降措①骑自行车前去探询情况，当他刚到达罗布林卡门前时，几个叛乱分子围上来用石头将其砸死。叛乱分子用马拖着堪穷索朗降措的尸体游街示众，制造恐怖情势。

当晚，噶厦打开布达拉宫的武器库，公然向叛乱分子发放枪子弹

_____

① 帕巴拉活佛的哥哥。

药。3月17日夜，达赖及其家人，在数百藏兵的"护卫"下，从罗布林卡南侧的热玛岗渡口渡过拉萨河，在牛尾山下登岸，向山南方向逃去。

3月20日凌晨3时，拉萨地区麇集的近万名叛乱武装分子向我党政军领导机关、部队以及企事业单位发起疯狂的进攻。上午10时整，在拉萨市区，叛乱分子的进攻一波紧接一波，枪炮声一浪高过一浪。西藏军区政委以政治家的气魄和对党负责、对人民负责的胆略果断宣布："打！狠狠地打，保护国家财产，保卫西藏人民！"

在支援部队没有到达的情况下，西藏军区少量的人民解放军，经过三天两夜，就平息了拉萨的武装叛乱。

3月28日，西藏地方政府被立即解散，由西藏自治区筹备委员会行使西藏地方政府职权。

拉萨发生叛乱后，西藏公学的师生多次集会，声讨叛乱分子。西藏自治区筹委会领导来到大家中间，向大家讲述了中央对西藏的关心和西藏上层反动集团组织叛乱的经过，号召学员们积极参加到平叛斗争中去。

一年多来，西藏公学的学员已经系统学习了西藏与祖国的历史，对西藏和其他省份人民群众生活的差距一目了然，对西藏旧制度和祖国其他地方的社会制度孰好孰坏了然于胸。大家的政治觉悟有了很大提高。坚决要求废除封建农奴制，走社会主义道路，拥护中央"边平叛边改革"的决定，申请加入中国共产党和共产主义青年团的人数大量增加，一封封要求进藏参加平叛斗争的决心书递交到老师手里。

格桑梅朵、巴桑次仁、大罗布与广大学员一起积极要求返回西藏，参与到消灭叛乱分子的斗争中去。集会上，学员们大声疾呼：

"打倒叛乱分子！"

"打倒噶厦！"

"反对民族分裂，维护祖国统一！"

"强烈要求进藏去平叛！"

面对西藏反动上层集团发动的疯狂叛乱，干部严重不足成了重大问题。西藏公学培养的罗布顿珠等人直接参军加入平叛一线的人民解放军，在西藏各地进行剿匪战斗；其他学员则积极投身各地民主改革。他们有文化、懂政策，配合着党政军干部形成强大的合力，为西藏的稳定做出了自己的贡献。

西藏公学学员认为加入中国共产党是至高无上的荣誉。学校把"成分好（农奴和奴隶出身），历史清白，能够分清敌我界限；学习积极，能够把学习和工作很好结合；团结同学，在学员中有威信；要求进步，对党忠诚"的学员作为发展对象，进行专门培养。格桑梅朵、巴桑次仁等积极分子，早早向学校党委递交了加入中国共产党的志愿书，在他们进藏平叛前，学校党委批准格桑梅朵、巴桑次仁等一批社会主义建设积极分子加入了中国共产党。这一天对于他们来说，与1958 年 9 月 15 日一样，是永远铭记的日子。

西藏公学的学员大部分都特别期望加入中国共产党。但是优中选优，总有不能圆梦的人。巴鲁云丹也申请加入中国共产党，但是因为贵族家庭原因没有被作为入党积极分子进行培养，这对他来说是个不小的打击。

随后，巴鲁云丹又申请进藏参加平叛和民主改革，学校还是没有批准。这让巴鲁云丹觉得自己在学校无论怎么努力也永无出头之日，实在是太丧气了，他甚至有去买酒喝个一醉方休的念头。巴鲁云丹非常憋屈，他找到巴桑次仁后号啕大哭，边哭边说：

"不想读书了，我再也不想在西藏公学待下去了！"

"不要激动嘛，你把话说清楚，为什么有这样的想法？"巴桑次仁不知道内情，耐心地劝导巴鲁云丹。

"有什么好说的？来到西藏公学后，从一开始就被你们这些出身的同学另眼看待，不被重视。我听了老师和你的话，积极改正身上的坏毛病，一直向你和梅朵学习，不但好好学习文化课，还积极参加各种劳动，我从来没有犯过错误，还主动又一次给格桑梅朵和格桑德吉道歉。一些思想不积极的贵族学员还因此在背地里骂我，我顶着压力去劝告他们认清形势，多学知识，锻炼自己，回到西藏好好工作。可是现在，因为出身问题，加入共产党看样子彻底没戏了，可是我想回去劝阿爸、叔叔配合政府搞民主改革，学校都不让我回去，这明明是学校抛弃了我，老师们就没有把我们贵族出身的学员当自己人看待。你们这些农奴出身的学员都是假惺惺地和我们交朋友。"

"你先不要急，老师从没有偏袒哪个学员的意思。那么多老师和我们同吃、同住、同学习、同劳动，对你们贵族子弟也罢，对我们农奴出身的学员也罢，都是吃一样的饭；无论谁晚上蹬开了被子都会帮他掖好；无论是谁生病都会陪他去医院；无论是谁学习跟不上都会单独辅导。你怎么能说老师偏心呢？再说了，格桑梅朵姐妹还在我面前夸你变化大呢！你怎么能说我们不把你当朋友？"看到平时大大咧咧的巴鲁云丹竟然这么在意进藏平叛和参加民主改革工作，巴桑次仁耐心地开导他。

"那为什么不让我回西藏去参加平叛和民主改革？我都二十一岁了，我回去一定会按照我看到的、听到的、学到的好好开导我阿爸和亲戚，让他们不要掺和到反对改革的那些人里边去！我们家族的人可都没有参加叛乱。不过，你刚才说格桑姐妹夸我是真的吗？"

"学校选拔进藏学员有个原则，就是贵族子弟这一次一律不进藏。我把你的想法和格桑梅朵说一说，我们再一起去找李玉玲老师和学校政治部的老师，看能不能把你加到进藏队伍里去。德吉还说只要你真的变好了就和你做朋友呢。别胡思乱想。"巴桑次仁让他不要着急，自己这就去找李玉玲老师。听了巴桑次仁的话，特别是听到格桑德吉愿意和自己做朋友，巴鲁云丹心情好了许多，虽然勉强，但还是露出了笑容。

第二天一早，学校政治部主任徐西进与李玉玲老师带着巴桑次仁、格桑梅朵找到了巴鲁云丹。当巴鲁云丹听说学校政治部主任来找自己时，紧张坏了。一看到徐西进、李玉玲老师和巴桑次仁、格桑梅朵有说有笑和蔼可亲的样子后才安静下来。

原来巴桑次仁将巴鲁云丹的表现和愿望告诉了格桑梅朵，两个人一起去找李玉玲老师寻求帮助。李玉玲觉得巴鲁云丹积极要求进步不是坏事，应该借力发力，发挥西藏公学教育改造贵族出身学员的特殊作用，从侧面促进西藏的平叛工作和民主改革工作。李玉玲带着他俩找到学校政治部主任徐西进。一说明来意，徐西进直夸巴桑次仁、格桑梅朵有觉悟，赞赏李玉玲的意见。

徐西进拉着巴鲁云丹坐下后说道："巴鲁云丹，你应该认识我吧，我们来学校时可是一个车队的！"

这时候巴鲁云丹才认出来这就是带自己来陕西上学的徐大队长，赶紧说："徐队长、徐老师好，记起来了！我还记着您称赞我给格桑姐妹道歉的事做得好呢！"

"巴桑和梅朵，还有李玉玲老师，他们都和我说了你想回西藏参加平叛和民主改革的愿望，和你有共同愿望的学员可不少！这次为什么不安排你们进藏工作，是出于几个方面的考虑：其一，是为了保护你们，担心叛乱分子裹挟你们，叛乱分子总希望多一些原上层人士参加反叛活动，给自己壮大声势，现在虽然拉萨的叛乱平息了，但其他地区还在平叛，有的地方战斗还很激烈；其二，也担心一些农牧民群众掌握政策不到位，斗争你们，因为我们学校出身于原上层家庭的学员里，包括个别老师的家族里有人参加了叛乱的，你们如果突然回到西藏，很容易被误伤。这下能理解了吧？"

"啊！是这样呀。我们在咸阳，对西藏的真实情况了解得不够，老师说的一定是对的。谢谢学校为我们考虑！"

"不用谢我，校领导在大会上讲的都是事实。叛乱分子穷凶极恶、坏事做尽，背叛祖国，背叛祖先，残害同胞。学员里的贵族子弟在西藏公学很安全，只要自己不参加叛乱，就不会受到惩处。相反，想为平叛和民主改革做一些事，那也是大有可为的，也不是只有回到西藏才可以做出成绩。"

"徐老师，您说，只要能做有利于西藏平叛和民主改革的事，我一定积极参加。"

"你家是大贵族，在拉萨和山南地区都有庄园，这次你阿爸和叔叔们都没有参加叛乱，这很好。但是现在进行民主改革，需要交出多余的土地和财产，政府赎买后分给农奴和奴隶。不知道你阿爸和叔叔的态度怎么样。你如果能联合贵族子弟，每人给家长写一封信，将自己在内地的见闻、在学校的学习情况告诉家人，请他们支持新政府的政策，认真执行自治区筹委会的安排，就会变成上层开明人士，就会受到共产党和西藏群众的一致认可。这样你的家人不仅不会被斗争，还会立功呢！回到西藏后，政府会对你们和其他学员一样安排工作。只要你们家长按你们说的配合和支持民主改革，就等于你们做出了大贡献。"

"太好了，徐老师，我今天就开始想，想怎么写信。我阿爸非常希望我学有所成，我只要提出来让他向积极分子学习，我学好知识回西藏后好好工作，他一定会听我的意见！"

"很好，你能这样想很好，老师可是希望你们这些贵族出身的学员都能这样想。你们的信学校会安排巴桑次仁、格桑梅朵他们进藏后，送到你们家长的手里。你们就安心在学校学习，练好本领，只要听党的话，真心要求进步，总会有加入共产党的那一天。"

"真的吗？老师，我好好学习，好好表现就有机会加入共产党吗？"

"会的，一定会的！共产党人有广阔的胸怀，全国各民族所有符合党员条件的人都可以加入！"

听了徐西进老师的话，巴鲁云丹高兴地蹦了起来。突然周围响起了热烈的掌声。原来不知不觉中，围了好多同学，相当一些人是和巴鲁云丹一样出身的西藏贵族子弟，大家听到徐西进部长和巴鲁云丹的对话后，很受鼓舞，激动地鼓起了掌。

巴鲁云丹和表弟桑果嘉美每人给自己的家长写了一封信，结伴来找巴桑次仁和格桑梅朵。

"梅朵阿佳！"巴鲁云丹对着格桑梅朵打招呼。

"啊？什么？贡觉①！你叫我阿佳？"

"应该的嘛，我和德吉问过了，你我是同一年出生，可是你是春天生人，我是秋天生人，叫你阿佳是应该的！"

"真是太阳从西边出来了，我们原来的大少爷现在真要和我们穷人做朋友了！"

"自打上次当着那么多同学的面给你和德吉道歉，我就是真心想和你们成为好朋友。从那个时候起，我就彻底放弃了做少爷的想法，做少爷的做派，做少爷的做作样子。这一点巴桑哥拉是可以做证的。"

"对的，梅朵呀，我们都应该相信巴鲁云丹。他这半年来变化很大，能吃苦，肯学习，在西藏上层叛乱这件事上态度明朗，进行声讨和反对，毫不含糊，也敢大大方方和贵族朋友争论，带好了一批人呢！"巴桑次仁说话了。

听到巴桑次仁对巴鲁云丹那么肯定，格桑梅朵觉得不应该再怀疑巴鲁云丹的诚意。此刻，她最想知道的是巴鲁云丹带着表弟桑果嘉美来干什么，稍一思忖后说道："那太好了，我们穷苦出身的农奴，历来信奉善良，从不怀疑别人的内心，我们不会把仇恨记一辈子的，那样也是给自己心上压石头。你也不是贵族富人里的大坏蛋。来内地学习快两年了，你有了很大变化，只要你以后真的改掉坏毛病，大家就是好同学、好朋友。"

"那就好，那就好。我和嘉美这次来就是想让你们看看我俩给阿爸写的信内容合适不？"巴鲁云丹说明了来找他们的意图。

"哦，这倒是好事情，不过私人信件是有私密性的，我们看了合适不合适呢？"格桑梅朵不置可否地问道。

---

① 藏语叹词：神啊！

"我和嘉美就是劝导我们家人认清形势，正确判断是非，不要和叛乱分子接触，听新政府的话。劝我阿爸留一些自己够用的财产就行了，把多余的都交给新政府，我回去以后会有工作，有工作就会和你们一样有工钱，我也不再要家里的钱财。你们帮我看看，如果没问题，我就把信封起来。由梅朵阿佳送到我家！"

"为什么是我送？我可再也不想进你家的门！"格桑梅朵跺着脚说，明显有些着急。

巴鲁云丹一听也不急，笑嘻嘻地解释："你和我原来的关系虽然是少爷和仆人的关系，现在你和我同为干部学员，你在学校是班长，是积极分子，这次作为小组长回西藏参与平叛和民主改革。你去送信，已经不是原来的身份了，让我阿爸知道西藏的旧制度变了，这是不争的事实，他会更相信我信里写的话。只要我阿爸和叔叔好好地配合改革，也算是我和嘉美立功了。"

一直站在巴鲁云丹旁边的桑果嘉美附和着，请格桑梅朵和巴桑次仁帮他们兄弟俩送信。

巴桑次仁和格桑梅朵接过他们兄弟俩的信，认真看了一遍，觉得写得很真心、很实在。巴桑次仁问道："你俩的信都是用汉字写的，你们阿爸认得吗？会不会认为不是你们自己写的？我的意思是说不要让你们阿爸怀疑是有人代替你们写信，他们如果怀疑的话，就把好事情办砸了。"

巴桑次仁这样一说，巴鲁云丹和桑果嘉美倒是真有些不知所措。嘉美挠着头说："那这样行不行，我们阿爸都不认识汉字，我们把这封信用藏语再写一遍，都给他们捎回去。我们的藏语笔体阿爸都是认识的。两封信都用藏语和汉语签上我们的名字，这样他们让府上懂汉语的先生对照着给讲一讲，也会看到我们在学校学习汉语的情况，一定会更高兴的！"

大家都认为嘉美说得在理，让他俩赶紧回去准备。

"梅朵阿佳，你们要回到西藏去工作了，留下我和德吉这些人在学校继续学习，我已经知道了自己被留下来的原因。请你给德吉说一说，我们富人不都是豺狼，有好人的。我再也不会酗酒了，不，我戒酒了，也会像你们一样认真学习，自食其力，改变自己。一定请德吉把我当朋友看待，我也会帮助她学习文化课。拜托阿佳！"巴鲁云丹说完，拱手慢慢转身离开。

看着巴鲁云丹认真的样子，格桑梅朵懂得了云丹的心思，但是觉得并不是那么简单：巴鲁云丹反复来找巴桑次仁，来找自己，一方面是没有获得进藏平叛的资格给他刺激很大，他已经真正醒悟，有了进步的强烈要求；一方面是他真心喜欢德吉，希望他的感情能有所寄托。此前自己一直叮嘱妹妹尽量不要和巴鲁云丹交往，是有缘由的。现在看来还得重新审视他俩的关系。巴鲁云丹现在来这样说，会不会是妹妹德吉的意思呢？看样子，进藏之前，很有必要和妹妹好好谈一谈。


6月的咸阳，有些闷热，偶尔一股风来，都会引起人们的欣喜。西藏公学的校园里，绿树成林，感觉要比校外的街市凉快许多。

晚饭后，太阳高悬在西天上迟迟不下山，把走在学校林荫道上的格桑姐妹的影子拉得很长很长。格桑梅朵很快就要进藏参加平叛和民主改革，她没有担心自己回到西藏以后会在工作上和生活上遇到的凶险和苦难，却对妹妹留在学校有了一丝丝担忧。

格桑梅朵知道自己能吃苦、能忍耐、能奋斗，她也看到了其他民族干部群众对藏族群众的友好而学会了团结共进，已经具备了应对各种压力的能力。特别是还有一个信念支撑着她，那就是回到西藏，距离日思夜想的怡高远哥拉就近了，就有更多的机会见到他；也就会找到自己的阿爸和两个可怜的弟弟，让他们不要再受欺凌，帮助他们过上好日子。特别是昨天李玉玲老师告诉她，怡高远会在西藏等她，不知道是不是真的。高远哥拉知道她这次回西藏吗？知道她被安排在山南地区工作吗？妹妹德吉因为年龄原因要留在学校继续读书，留下来学习更多的文化知识和工作技能。只是德吉还不到十八岁，又比较软弱，因为长得漂亮，经常有男孩子跟在后边，要么黏着套近乎，要么打着口哨跑过来跑过去，像公鸡一样显示自己的独特之处。今天她要和妹妹认真谈谈妹妹与巴鲁云丹交往的事，她还在想如果妹妹明确了恋爱对象，是不是其他男孩子就会收敛，就不会再骚扰妹妹了。哎，她自己感情的事情还没有理清楚，却开始操心德吉感情的事，这女孩子漂亮了也不见得是一件好事，得好好问问德吉自己的意思。

格桑梅朵看着妹妹，发现德吉明显长个子了，已经和自己一般高了。格桑德吉眼窝深陷，长长的睫毛犹如一袭纱窗遮盖住潭水一样明净的眼睛，一眼看去，如梦似幻。高挺的鼻梁，恰似玉石雕刻而成，晶莹剔透。薄厚适中的嘴唇，透放着粉红的自然光泽，明媚性感。尖细的下巴，恰到好处地把白净的脸盘衬托得棱角分明、个性十足、活泛灵动。特别是她那突兀的胸部和高翘的臀部在视觉上拉长拉细了她的腰身，显得非常妖媚。格桑梅朵还没有这样仔细地端详过妹妹，现在看来妹妹真是个天生的美人坯子。

格桑梅朵拉着妹妹的手说："德吉，你十七岁了，已经是大姑娘了，这几年来姐姐拉着你闯东跑西的，直到进了西藏公学，才算是稳定了下来。我很快就要回到西藏工作，你可要在学校里管好自己！"

"阿佳，这几年是你带着我，才有了先工作再学习的机会，现在老师和同学们对我都很好。听说你们这次进藏工作，会有很多危险的，还有叛乱分子在到处干坏事，你一定要保护好自己。来内地也快两年了，我很习惯，我不小了，不要担心我。我在学习和工作上会向你学习，不会给你丢人的，你放心。"

"今天看着你，姐姐觉得你真的长大了。你这么漂亮，是不是也有烦恼？有没有自己喜欢的男孩子？"

听到姐姐问到男朋友，德吉羞涩地说："我一直想着先好好学习，像你一样做个积极分子，老师也拿你鼓励我。我现在不想谈情说爱，可是很多男学员给我写纸条，约我散步聊天或者一起出去玩。我都没有理会。这样会不会得罪他们？他们会不会骂我清高，说我坏话？再说巴鲁云丹给我写了几封信，我都偷偷藏着。他原来是我们的少爷，以前喝酒后总管不住自己，但是来到学校以后，他像变了个人似的，而且越变越好。你说我该怎么办？"

"巴鲁云丹这一年来通过学校的教育，确实变化很大，学习和工作都很用心，在思想上也积极要求进步。这次主动给自己的阿爸写信，劝家人不要参加叛乱组织，要听共产党的话，说自己要自食其力，觉悟提高了不少。他也找过我和巴桑哥拉，还找过李玉玲老师，希望和你做朋友。大家都知道这个朋友的意思不是普通朋友。他原来欺负过你，也许是忏悔，也许是同情，姐姐更希望他是真心地喜欢你！"

"阿佳，云丹现在不吸烟不喝酒，还发誓对我好一辈子。因为你让我不要理他，他找我很多次，我都没有松口，他也从不像其他男学员那样纠缠我，每回都是把信给我，说几句话就走。搞得我也不好意思老冷着脸对他，现在大家毕竟是同学了。"

"嗯嗯，原来你小，总受欺负，现在学校里不比原来在西藏，老师管得严，现在学校图书馆里的书很多，像《家》《春》《秋》你也读了吧，里边也有少爷和丫鬟有真感情的故事。你也长大了，男女朋友的事按照自己的心意，你自己做主吧。不过一定要处理好和同学们的关系，学习不可放松，政治上一定要积极要求进步。有什么疑惑就去找李玉玲老师。"格桑梅朵突然发现原来德吉不是很讨厌巴鲁云丹，也许还有喜欢的成分，巴鲁云丹欺负她那是三年前的事了，大家都在成长，但愿他俩心意相通。

"嗯，阿佳，你和怡营长的事怎么样？这次回西藏会见到他吗？"

梅朵没有想到妹妹还在关心自己的事，笑着说道："回到了西藏，一定会见面的。高远哥拉说他在西藏等我，我信他！"

"阿佳，祝福你和高远哥拉！"

"你留在学校里，那就安下心，好好读书学习，等我回到西藏，工作稳定了，我会写信给你。"格桑梅朵爱怜地抚摸着妹妹的长发。

# 章节九　奔赴山南

1959 年 6 月，在拉萨短暂停留后，格桑梅朵和几百名同学从曲水县渡过雅鲁藏布江，向乃东县行进。雅鲁藏布江在这一段水流平缓，视野开阔，江边长满了高大葱茏的白杨树。树林里鹅黄色的野刺玫在纷乱的格桑花里显得格外醒目，布谷鸟飞转鸣叫，江边愈发清爽幽静。

经过贡嘎到达则当古镇附近时，大队人马在解放军兵站休整。对格桑梅朵来说，离开西藏去学习有两个年头了，离开山南却已经有六年多了。当她刚长到水缸高的时候就和妹妹被送到了拉萨的巴鲁府为奴。重新回到家乡的感觉既亲切又惊奇。亲切的是这里景致还是那么熟悉，也很快就能见到阿爸和两个弟弟；惊奇的是一路上看到的不再是打骂吆喝和满目疮痍，而是平静祥和与葱绿的生机。

过则当后，又向前行进了三里地，队伍来到了一个依山傍水、地势高峻、树木茂盛的大村落。这里是中共山南地区分工委驻地夏洛村，乃东县人民政府也设在这里。山南分工委和山南军分区在同一个大院里。大院里盖了几排平房，靠北的高地上有一个高大敞亮的小礼堂。院子四周有一圈壕沟和暗堡，此前被叛匪围攻，在增援部队不能及时赶到的情况下，分工委和军区的一批党政军干部职工硬是坚持了七十四天，给叛匪一次又一次的打击。增援部队到来后，内外夹击，消灭了一大批叛匪。院子里跑动着一群小孩子，当他们看见院子里走进来穿戴整齐的公学学员时，瞪大眼睛，咬着手指，惊奇不已，挤在学员们周边叽叽喳喳地议论着。这些孩子是前段时间从拉萨抽调来的藏族干部的子女。

当格桑梅朵和同学们风尘仆仆地走进山南分工委大院时，她做梦也没有想到，怡高远陪同山南地区分工委领导迎接大家。

"我们热烈欢迎以巴桑次仁同志为队长，格桑梅朵同志为副队长的西藏公学的学员们加入山南地区改革平叛的队伍！"怡高远主持欢迎仪式，他介绍了迎接大家的领导，并请山南分工委领导致欢迎辞。

巴桑次仁见到怡高远非常激动，两人双手紧紧相握，久久没有分开。格桑梅朵既兴奋又惊讶，张口就是三连问："怎么会是你？我不是在做梦吧？你不是在黑河驻防吗？"

"知道巴桑次仁和你带队来山南工作，领导就把我派过来迎接你们呀！"怡高远笑呵呵地说。

"怎么可能？我才不信呢？"

"怎么现在我们的梅朵同志说话都是疑问句，这一定是在西藏公学勤学好问养成的习惯。"

"不要取笑我，我就是觉得好奇嘛，不过见到你和洛丹在这里太高兴了！"梅朵说着眼眶里就盈满了激动的泪花。更果果在一旁挽着她的手。

"不光你高兴，大家见到怡团长都高兴，他早就知道你和巴桑次仁带同学们来乃东县工作，一直在等你们呢！"一直跟着怡高远的洛丹理解格桑梅朵激动到难以置信的心情，用手抱着巴桑次仁的肩膀，笑嘻嘻地说道。

"怡团长！我们的领路人又进步了，真是让人高兴！"格桑梅朵高兴地拍着手。

"拉萨平叛结束后，怡营长就变成了怡副团长！"洛丹补充着。

怡高远笑着岔开话题："正如洛丹说的，我是一直盼着你们早一点回到西藏来，你们可是西藏公学为我们西藏培养的第一批干部，也是西藏自己的学校培养的第一批干部。山南的民主改革任务艰巨，这里庄园多，农奴多，矛盾大。非常需要你们这些从西藏走出去读过书、见过世面、有文化、既懂藏语又懂汉语的干部。你们要和当地干部、部队同志好好配合，开展工作！"

"没问题，服从组织安排，一定完成任务！"巴桑次仁、格桑梅朵和学员们纷纷回答。


经过几年的调整，进藏部队里最早一批大学生军官留下来的为数不多了，参与拉萨平叛战斗后，怡高远已经成长为副团职干部。因为有长期驻地方工作经验，又有一定的文化和藏语基础，被抽调到山南地区协助开展民主改革工作，担任山南地区政策办公室主任。负责督促山南部队和地方正确贯彻执行平息叛乱、开展民主改革中的有关政策，对山南地区的平叛和民主改革行使指导和监督职权。

西藏的民主改革和内地有着本质区别，和甘孜等地的改革也有很大区别。要搞好工作，先必须熟悉中央和西藏工委制定的政策。向新入职工作人员讲解好政策是怡高远的一个重要任务。在西藏民主改革中，一个重要环节就是依靠贫苦农奴和奴隶，团结一切可以团结的对象，包括原西藏上层爱国人士在内。中央明确提出对坚持爱国进步的上层人士和没有参加叛乱的农奴主们，对其多余的生产资料实行赎买，而不是实行没收的办法。这是西藏一项区别于全国其他省份的特殊政策。

怡高远熟知西藏全区共有贵族、大头人642户，未参加叛乱的只有172户；全区农奴主代理人约4000户，其中未参与叛乱的共2800

户。这些未参与叛乱的，有很多人是爱国开明的，做过不少有益于人民、有益于祖国的事情，他们拥护中国共产党的各项方针政策，并在民主改革中发挥了积极作用，所以工作队要对他们采取保护态度，帮助他们取得劳动群众的谅解。

一般开明的西藏上层人士都有一定的拥护者，他们和叛乱分子有着很大区别，保护和接受他们并改造他们，使他们变成人民群众的一部分，这样人民阵线就会更强大、更牢固，民主改革就不会走弯路。未参加叛乱的农奴主对待赎买政策也有不同的态度，有的要求进步，想放弃赎买金；有的因不了解政策，愿意放弃多余的土地等生产资料，不要赎买金；有的害怕被斗争，认为只要不斗争自己，什么都可以不要；当然还有些农奴主内心不甘，将生产资料以少报多，以次充好，想多要赎买金。而对于干部职工和农奴、奴隶来说，有的人开始对赎买政策理解不深，重视不够，认为农奴主的财产是剥削来的，不应再给钱赎买；有的认为土地和其他生产资料作价越低越好等。对于这些问题，工作队要调查研究，进行多方面宣传教育，反复核实赎买的土地、房屋、耕畜等生产资料，认真登记作价。按照西藏工委的规定，对开明领主和头人的生产资料作价，以多数劳动人民和贵族觉得比较合理为宜，力求使赎买对象和贫苦人民群众都满意。

山南乃东县有反动贵族最大的庄园凯松豁卡，凯松豁卡作为平叛后民主改革的试点庄园，由分工委副书记带队进行民主改革试点，为全面推动民主改革提供了一定的经验。在乃东县推进民主改革对于山南地区乃至整个西藏的民主改革有着至关重要的意义，乃东县的民主改革只能成功不能失败。为此，山南分工委在乃东县召开民主改革动员和培训会议。地区党政军干部和各县县委书记、县长和从拉萨抽调的干部、西藏公学学员、各豁卡农奴代表一起参加。

乃东县于6月初就成立了西藏第一个县级农民协会。随后成立了凯松乡农民协会。农民协会成为具有政权性质的基层组织，分配土地的工作，就由农民协会直接组织进行。大会上，分工委副书记对凯松谿卡民主改革的成功经验和做法进行了介绍。

怡高远就西藏工委对民主改革和肃清叛匪工作的要求做了宣讲动员，他又结合组织提供的资料和个人掌握的事实给大家讲解了几个实例，使大家进一步认清了农奴制度的本质和反动上层的凶残：

"山南地区乃东县学员德瑞仁珍的爸爸平措是裁缝，叛乱发生后叛匪以买布为名，到他家抢走五方白布，并让平措去仓珠取布钱。善良的平措一到仓珠就被叛匪五花大绑拉到准备裹挟到印度的贫苦僧众面前，当着众人的面把平措的心用尖刀挖出，连同尸体吊在大树上示众，叫嚣着看谁还敢把子女送到西藏公学去读书，看谁还敢给汉人和共产党做事。这就是令人发指的'挖心事件'。

"学员白玛龙贞的一家人也遭到了叛匪的疯狂摧残。拉萨叛乱失败后，一队叛军逃到山南，闯入白玛龙贞的家，用明晃晃的刺刀扎伤他阿爸扎西和阿妈仓木觉，让他们交出给解放军做过事的儿子，不然全家休想活命。眼看死神就要降临到全家身上，扎西和仓木觉趁着夜色找到藏起来的儿子索朗旺堆和小女儿扎桑，带着简单的行囊和干粮逃进了深山。他们走着、爬着，逃到一个人烟稀少的深山沟里，和陆陆续续逃到这里的二十多位贫苦农牧民过起了野人一样的生活。一天深夜，大家突然被叛军的骑兵包围，在鞭子的抽打下要求随叛军一起去印度。他们知道此去凶多吉少，帮助年轻腿脚灵便的索朗旺堆趁乱逃脱后，阿爸阿妈和妹妹扎桑被裹挟到印度北部边境。进入印度的第二天，更大的灾难降临到扎西一家人身上。因为索朗旺堆给解放军办过事，因为白玛龙贞进了西藏公学学习，叛军把自己的失败和怨恨发泄到这些可怜的穷苦农牧民身上，他们的焦点对准了小姑娘扎桑。叛军把扎西和仓木觉绑在一棵树上，当着他们的面扒掉扎桑的衣服喊叫：'你们敢让孩子给汉人做事，一定是想给汉人做老婆，现在让她领教领教藏人的滋味！'一群藏军排队像执行公务似的轮奸了扎桑。扎桑根本无力反抗，扎西和仓木觉在拼命挣扎，希望挣脱绳索，血和泪交织在一起，仇和恨交织在一起。夜里，阿爸阿妈用牙齿互相咬开了对方勒进血肉里的绳索，抱着奄奄一息的扎桑躲进了边境的密林里。他们打定一个主意，必须逃回西藏去，只有在西藏受共产党和解放军保护才能生存。风在吼，树在摇，三个衣衫已成布条、满脸泥土、头发已分不清颜色的人在山路上跌倒再爬起，带着满身的伤疤和血痕一边前行，一边寻找，终于找到了追击叛匪的解放军，一家人才有了安定的生活。

"平措和扎西两家人只是此类受害者的个例，类似挖掉眼睛、割掉耳朵或剁掉手臂的事件还有很多，只要贫苦僧众对叛军稍有不从，灭顶之灾就会马上降临。叛军在叛乱和逃窜过程中，对贫苦农牧民大下狠手和黑手，烧杀掳掠，奸淫纵火，犯下的罪行难以计数。十二岁的普穷是泽当大寺里的小喇嘛，因为长得眉清目秀，叛匪入住寺庙后，叛军头子要鸡奸小普穷，小普穷宁死不从，直接被叛军头目用匕首捅死。巴鲁黢卡的吉米三姐妹，和老母亲住在村口的破棚子里，叛军经过时因为姐姐和妹妹没有逃离，被多人轮奸，因为吉米和老阿妈逃跑了，叛匪非常生气，就烧掉了她们的破棚子。妹妹被糟蹋后还怀了孩子，这是多么令人痛心的事呀！"

学员们一边安慰着哭成泪人的德瑞仁珍和白玛龙贞，一边高呼打倒叛乱分子、为贫苦农牧民报仇的口号。各黢卡农牧民代表听说了凯松黢卡改革的情况后非常兴奋和激动，纷纷要求在自己所在黢卡和村落尽快尽早开展民主改革。

为了给大家打气鼓劲，会议特别安排凯松乡奴隶出身的农民协会主任尼玛次仁代表分得土地、牛羊和生产资料的农牧民讲话。

"过去喂马的人没有马骑，种地的人没有饭吃；共产党、毛主席给我们农奴分了地和马，我们做了土地的主人，就要好好地耕种，挖掉穷根，栽上富苗。只有共产党惦记着我们农奴，只有共产党才是真正为穷人办实事，替穷人做主。"尼玛次仁从得地农牧民的生产热情，到对共产党的热爱和对毛主席的敬仰，讲得热泪盈眶，深深地感染了与会的工作人员和各黢卡的农奴代表。

怡高远随后提出工作纪律：

"山南地区是西藏封建农奴制度最完整的主要农业区之一。西藏噶厦系统一百九十七家贵族中，就有八十六家在山南占有庄园和牧场，在山南地区开展民主改革有着触动封建农奴制度根基的意义，任务艰巨，使命光荣。地区党工委、县委领导会分别带队到各个豁卡指导民主改革工作。我们全体在座的党政军干部职工一定要学习政策，按照中央批准的、西藏工委和自治区筹委会的要求，分两步推进民主改革，第一步为'三反双减'，第二步是分配土地，有步骤地完成民主改革！工作中要特别注意学习，正确对待没有参加叛乱的开明贵族和领主的政策，就是有别于全国其他地区的对开明领主和头人多余的土地和生产资料进行赎买。"

短暂的培训让格桑梅朵和同学们彻底明白了进藏参加平叛和民主改革工作的紧迫性与重要性。大家激情满怀、热情高涨地奔赴不同的地方。格桑梅朵和巴桑次仁作为西藏公学的积极分子被直接安排担任两个豁卡民主改革工作队队长，这是相当具有挑战性的。

动员大会结束后，干部很快下沉到各豁卡进行具体的"三反双减"和分配土地工作。西藏公学新分来的工作队员里，有五十多人是年初去过四川甘孜州进行民主改革教育实习的同志。为了充分发挥队员们的特长优势，在甘孜州实习的队员分别被安排为各工作队队长或副队长，他们带队与部队、机关抽调人员配合，到各豁卡和各村开展工作。

各小分队出发前，怡高远带着洛丹来到了格桑梅朵、更果果的宿舍。洛丹喊了一嗓子，巴桑次仁跑了过来。因为巴桑次仁和更果果已经公开是男女对象了，他过来和怡高远打过招呼就拉着更果果，出门时顺手拉了一把洛丹，三个人笑嘻嘻地一起去了屋外。

自从 1957 年 11 月离开西藏公学，怡高远和格桑梅朵有超过一年半的时间没有见面了，期间两个人只分别给对方写过一封信，这样独处一屋还是两个人认识三年来的第一次。格桑梅朵娇羞而勇敢，好不容易和朝思暮想的人见面，她想好好地看看对方，当然如果高远哥拉能抱抱她就更好了！她站起来把水杯端到怡高远面前说："高远哥拉，你的官越做越大，现在和地区工委书记一起给我们开会，你还记着我这个妹妹么？"

"我们的梅朵说话越来越会拐弯了。我怎么会不记得你？从咸阳返回西藏后，你也知道西藏发生了很多事情，我带部队辗转剿匪没有停歇，因为驻地不稳定，也就没有再给你写信。但是我和张大明副部长有约定，他每一次给李玉玲医生打电话时都要问你和德吉的情况，随后就会告诉我。"怡高远定定地看着格桑梅朵说道，这个自己救起来的姑娘，坚忍顽强，干什么都不甘人后。她的五官看起来没有什么特殊的，并不引人注目，但整个组合在一起的那种规规矩矩的美用"漂亮"两个字形容显然是太苍白无力了。一种最佳组合的美感，舒适度很高，令他总想起一句话：肌肤若冰雪，绰约若处子。现在这个自己心中的处子回到西藏了，回到她自己的家乡了，就要和自己共同工作，并肩战斗了，真是让人激动的事。

"这我知道，李玉玲老师常常说你在西藏很忙，很关心我在学校的学习情况，我也让李老师转告你，请你放心，我不会给你丢人的。"这一句"我不会给你丢人的"话说出来，格桑梅朵自己羞红了脸。

"张大明副部长转达给我的消息都是你取得进步的好消息，你不知道我听到有多高兴！我们梅朵很有出息，学校开学典礼时就被评为积极分子，这次进藏前在学校又加入了中国共产党，这是多少人梦寐以求的荣誉，现在你和巴桑次仁一起带同学们回到西藏工作，真是太不容易啊，也是有了大出息。"

"谢谢你为我操心。没有你救我和德吉，我不会活命的；没有你的鼓励，我更不会有现在的成绩。"

"还要这么客气么？离开咸阳时我说过要不了太久我们就会见面。因为我知道旧西藏地方政府一直在蠢蠢欲动。'大收缩'政策又裁减了那么多干部。我有预感你们会提前回西藏来工作。我说过，我等你，你看，这不是回来了吗？"

"在西藏公学学了很多知识，也看到了青海、甘肃、四川，特别是陕西，都比西藏先进，西藏需要我们好好建设。这下我回来了，就不再走了。我要好好工作！"

"好呀，留下来好好工作。"

"那你等山南民主改革完还会离开吗？"

"你觉得呢？"怡高远不知可否的回答使格桑梅朵有些着急。

"你是军官，随时都会离开的，对吧！"

"我现在归地方和军区双重领导，如果你不想让我走，我就不走了，留下来和你一起工作。"怡高远看着梅朵一双清泉般的眼眸，微笑着说。

"我不让你走！"格桑梅朵上前一步，激动地将头靠在怡高远胸前。

"这次抽调西藏公学的学员回西藏工作，组织考虑尽量让学员回原籍开展工作，回到家乡，大家相对熟悉情况，工作容易上手。我被组织安排到山南地区工作，张大明副部长在分配你们工作时征求我的意见，我当然知道你会回到山南呀。"怡高远摩挲着格桑梅朵的秀发继续说道："一晃我进藏已经八个年头了，有的同学调回内地了，有的战友牺牲了，老家的父母也希望我能调回陕西。自古忠孝不能两全，古人讲得很透，忠孝忠孝，忠在前嘛，我之所以坚持继续留在西藏，因为进藏工作是我自己的选择和理想。说真的，到了西藏才发现，西藏太落后了，太需要人来建设和管理了。只要党需要我，西藏需要我，我就留下来，把根扎在西藏，这就是对党的忠，对祖国的忠。孝只能留给在老家的兄弟姐妹们去尽了。在西藏的根能不能扎住，还要看梅朵姑娘留不留我！"

这一下，格桑梅朵才明白为何会在这里遇见怡高远，原来她的高远哥拉一直在默默地等待着她。格桑梅朵紧紧地抱住怡高远，激动的泪水打湿了怡高远的胸襟："我知道你的心意，你就是我学习的榜样，我在学校给组织说过，共产党在毛主席领导下，由你和李玉玲老师这样的好人组成，怎么也是值得信赖的！我期待能和你在一起，可是总是觉得自己太差，配不上你，怕委屈我的高远哥拉！"

"别再说傻话，你既然知道我的心意就不要说什么配上配不上。爱和年龄、地方没有关系，爱和民族也没有关系，爱在于两个人心有灵犀、相濡以沫。等你带工作队到黥卡完成任务后，我就给组织打报告，请组织批准我们结婚。"

"好的，你什么时候让我签字我就签！"格桑梅朵满脸红云，但是她不再害羞，她是激动。梅朵勇敢地抬起头看着自己的高远哥拉，却发现怡高远眼圈发红。这泪水里一定有太多的辛苦，太多的疲惫，太多的思念。她垫着脚尖仔细为他的高远哥拉擦拭着眼泪，并暗暗发誓一定要好好照顾她的高远哥拉。

清亮的月光透过窗户将如水的银辉洒在两个紧紧相拥的恋人身上，见证着一对青年敞开心扉，注视着他们的艰难相聚。

怡高远离开后，身后传来了格桑梅朵清亮的歌声：

在那东山顶上，
升起皎洁月亮。
年轻姑娘面容，
渐渐浮现心上。
啦咿呀啦嗦啊。


黄昏去会情人，
黎明大雪飞扬。
莫说瞒与不瞒，
脚印留在雪上。
啦咿呀啦嗦啊。

白日干活不累，
黑夜躺着不眠。
哥拉心中浮现，
是否阿妹容颜。
啦咿呀啦嗦啊。

听着空灵优美的歌声，怡高远更舍不得离去，不停地驻足回头。
优美的旋律、炽烈的爱情、纯净的表白，正如珠穆朗玛顶上的白雪一
样纯洁，怎能不叫人牵绊，怎能不叫人留恋！

# 章节十　进驻豀卡

　　工作队进驻各豀卡前，格桑梅朵询问怡高远，自己原来的主人巴鲁顿珠在哪个庄园。途径拉萨时，她去过一趟巴鲁府，发现府里只有几个护院，说老爷及家人都回山南的庄园了。格桑梅朵知道巴鲁老爷夏天有回山南庄园住一段时间的习惯，也就把巴鲁云丹的信带到了山南。她小时候在巴鲁家族乃东县的庄园巴鲁豀卡放羊、背水，巴鲁家族在琼结县还有另外两个庄园。

　　怡高远翻开山南各庄园情况摸底表看着："巴鲁家族在山南有三个庄园，乃东县的最大，巴鲁顿珠现在就住在乃东县的巴鲁豀卡。他没有参与叛乱，拉萨平叛结束后，他就急急火火地回了巴鲁豀卡，对民主改革一直持观望态度。既然你带有他儿子的信，又熟悉豀卡的基本情况，让你带队去负责巴鲁豀卡的'三反双减'、土地赎买和土地等生产资料重新分配，怎么样？"

　　"说心里话，让我去见原来的领主老爷，心里还是有些顾虑的。但是组织信任我，让我到自己出生地去负责民主改革，我明白组织的用意，清楚肩上的担子有多重，保证完成任务。"格桑梅朵没有想到怡高远直接把巴鲁黍卡的民主改革任务交给自己，但是既然回来了，到了平叛改革的前线，就不能退缩，她坚定地点头答应下来。

"乃东县情况复杂，你带队到巴鲁黍卡后，一定会面临很多问题。但是不要过于担心，只要按照政策办，发挥好农民协会的作用，各种各样的问题都会迎刃而解。"

"上级想得这么周到，我们没有理由搞不好工作。"

"目前发现在山南各地还有一些零散的叛匪，有些是受伤的，有些是叛匪留下的联络人员，有些是参与了叛乱不敢回家的，情况相当复杂。组织安排了一定的武装力量配合工作队开展工作。就让洛丹带一个班的战士和你们一起去巴鲁黍卡。"

"太好了，洛丹熟悉情况，又很勇敢！感谢怡主任为我着想，派这么好的队友。保证提前完成任务！"格桑梅朵拍着手，调皮地看着怡高远。她知道这是怡高远在照顾自己，洛丹与自己很熟悉，互相配合更便于工作。

"我们调配人员，考虑的是有利于工作。不过，梅朵同志要想感谢我，我可没有意见。"

"好呀好呀，等我完成任务后，好好照顾你，好好感谢我的高远哥拉！"

两个人热切地讨论着工作，期盼着西藏的未来，期望着幸福的生活，情不自禁地握住了对方的手。


山南最大的两个庄园凯松黍卡和凯墨黍卡的领主参与了叛乱，其土地和房屋与其他生产资料都收缴了，在解决黍堆、大差巴的高利贷后，进行土地分配，民主改革相对要简单一些。

山南地区的庄园领主，基本分为参与叛乱和没有参与叛乱两大类。至于家族中有叛乱的，有未叛乱的，那针对其个人所占有的生产资料执行政策就行。搞清楚没收和赎买的原则，问题就会迎刃而解。怡高远就执行政策进一步要求："要搞好土地革命，搞好民主改革，对待叛乱分子，没收其土地和生产资料很简单，但是更重要的是，对没有参与叛乱的贵族，要执行好赎买政策。我们工作队首先必须理解中央和自治区党工委制定这一政策的重大意义！"

"只要肩膀上的脑袋不是摆设，就一眼可以看出来共产党的政策都是为了全体人民群众的，不像达赖只照顾贵族和头人。中央决定把参加叛乱的富人的土地和生产资料全部没收分给农奴很好，把拥护共产党的开明富人多余的土地和生产资料由政府出资赎买过来再分给农奴和奴隶，正说明了共产党的英明伟大。"格桑梅朵接过怡高远的话，又怕其他队员不太明白，就把自己的理解说了出来。

巴桑次仁接着说："怡主任和格桑梅朵说得对，党中央、毛主席制定的政策一定是正确的，共产党是没有私心的党，爱护每一个善良的人。现在有些富人拥护共产党，拥护新政策，这些人还有很多就在新政府里工作，也在自食其力。他们有的愿意什么都不要，把财产全部交给政府，有的愿意把自己多余的土地、牛羊、房屋交出来，说明这部分没有参与叛乱的开明头人是爱国的，政府给他们一定的补偿是可以理解的。"

其他工作队员听了怡高远主任的政策宣讲，觉得格桑梅朵和巴桑次仁两个人说得很透、很在理，一致表态积极支持党中央和西藏工委的赎买政策。一方面要说服贵族接受改革的各项政策，主动地把多余的土地和生产资料拿出来，同意政府赎买；另一方面要说服干部群众，正确认识这一政策的重大意义，把没收和赎买区别开来。

巴鲁黎卡的领主从拉萨回来了，黎堆就哈巴狗一样地围着老爷转。巴鲁家族没有参与叛乱，但是他们和支持共产党的开明上层又有区别，属于摇摆观望的上层人士。这就需要先对他们做好统战工作，让他们彻底站到人民的立场上来。当然，这需要一个过程，也需要一些契机。

有利的消息是，在拉萨叛乱中，巴鲁顿珠寻求过解放军的保护，没有参与叛乱。因为他的这一做法，引起了叛乱分子的极大不满，叛匪撤退经过山南时，对巴鲁家族的几个庄园进行了洗掠。这也是巴鲁顿珠带着家族护院队急急忙忙回到乃东庄园的原因。他的老家底可都在巴鲁黏卡，当发现庄园地下库房没有被叛匪发现后，巴鲁顿珠才算松了一口气。

另外一个有利契机就是格桑梅朵带回来了巴鲁云丹的信，这对于感化巴鲁家族，使其积极主动地支持民主改革，应该会发挥重要作用。

巴鲁黏卡的主人没有参与叛乱，巴鲁黏卡的民主改革在"三反双减"基础上，首先进行土地和生产资料的赎买。

在得到巴鲁老爷和桑果老爷一起在巴鲁黏卡议事的情报后，为了稳妥起见，怡高远决定陪格桑梅朵、巴桑次仁和工作队一起去巴鲁黏卡谈土地和生产资料赎买的事。希望这两个工作队能率先打开局面。

一行人骑马从乃东出发，沿着河川向南行进，进入宽阔的河谷平原。这里麦苗葱绿，野草繁盛，油菜花在大片的绿境中点缀出一块块金黄。小河里水流潺潺，水渠里亮光闪闪，从田野中间流过。蓝天下小鸟叽叽喳喳鸣叫着穿梭在树林花草间。满眼是秀丽的田园风光。背着破旧的柳筐，佝偻着身子在田野里劳作的人们，则个个衣衫褴褛，蓬头垢面，与美丽的大自然极不和谐。

行进了大约两个时辰，从大路上拐个弯，远远就望见了一个水渠纵横、庄稼茂盛、林深树高的去处，格桑梅朵一眼就认出这正是自己的出生地巴鲁庄园。绿林深处那高耸的褐色城堡似的大房子，就是巴鲁庄园的主宅。一条宽阔平整的砂石路直通庄园，路两边是茂密的柳树与杨树。巴鲁庄园依山傍河建在道路尽头的高地上，石头堆砌成的庄园楼顶上挂着一圈五颜六色的经幡，迎风猎猎作响，呼应着庄园的气势，彰显着主人高贵的身份。在庄园左右各有一排整齐的石砌小平房，在庄园周边的山沟阳坡和河边凌乱地搭建了一些低矮的房屋，那是庄园差巴户的房子和堆穷的住所。

工作组的队伍刚到庄园门口晒场上，就有管家跑进去通报说共产党山南地区政策办公室主任带人来庄园了。巴鲁顿珠吩咐奴仆赶紧焚香烧茶，迎接客人。

怡高远走在前面，格桑梅朵和巴桑次仁与更果果、德瑞仁珍、嘉措紧跟其后。巴鲁顿珠带人在大厅门口迎接，连声说："我就说今天屋头的喜鹊叫喳喳，原来有贵客要登门。怡主任大驾光临，欢迎，欢迎！"

"巴鲁领主吉祥，今天登门打扰，是有重要公务，还请您多多理解！"怡高远拱手说道。

"先请各位会客堂就座，先喝茶，事情我们慢慢说。"巴鲁顿珠和管家礼让着工作队。

怡高远看着巴鲁顿珠很客气，是配合的样子，招手叫大家进了会客堂。巴鲁顿珠说着话一挥手，仆人端上了打好的酥油茶。一个很小的细节引起了大家的主意。那就是仆人显然认出了格桑梅朵，给她上茶时迟疑好久，差点惊掉手中的杯子。格桑梅朵一身没带领章的解放军军装，剪发头，干净利索地坐在怡高远旁边的卡座上。巴鲁老爷也想不到面对面坐着的改革工作队队长是自己家昔日的奴才，还是自己企图刹手，搜寻多日却毫无结果的那个女奴才。

洛丹留下几个战士在大厅外面警戒，自己腰挎盒子枪站在怡高远身后。因为每个领主都有护院武装，经过平叛后，明里的长枪短炮都已经收缴，但是，很多领主家里，库房和护院头目的手里还是有一些短兵器的，在和领主们的博弈中，不得不提防，不得不小心，还要给予一定的震慑。

格桑梅朵第一次面对面地坐在自己原来的主人面前，难免有些紧张。但是她想着自己在当雄机场受解放军保护，在西藏公学被校领导和老师们爱护，现在又是以工作队长的身份来谈巴鲁庄园改革的事，还有自己敬重的怡高远副团长、高远哥拉，自己没有必要再紧张。她的腰板有意识地挺了挺。

"巴鲁领主，我先介绍一下我们今天来的工作人员。"怡高远逐个介绍，"格桑梅朵是巴鲁谿卡民主改革工作队队长，嘉措和德瑞仁珍是副队长；巴桑次仁是桑果谿卡工作队长，更果果是副队长。他们都是在西藏公学接受培训的优秀学员，格桑梅朵和巴桑次仁在学校已经加入了中国共产党，他们和你家少爷巴鲁云丹都是同学，也都很熟悉，应该说都成了好朋友。我身后的是洛丹班长。"

巴鲁顿珠和管家旺久呆呆地盯着格桑梅朵看着，他们简直不相信自己的眼睛，原来邋里邋遢、脏兮兮没有人待见的奴才怎么会变得这么英武、干净、靓丽？他们在惊愕中不停地点着头。

"洛丹班长，不要站着了，坐下来尝尝巴鲁领主的甜茶。"在洛丹点头坐下来时，怡高远继续说道，"巴鲁领主，我今天代表山南分工委、代表乃东县委带着两个谿卡民主改革工作队的队长来会见你和桑果领主，就是要和你们具体谈谈自治区筹委会下发的没收和赎买政策的区别。希望你们能理解和接受。"

巴鲁顿珠这才回过神来说道："这个自然，我回乃东之前，见过自治区筹委会领导，他给我和几个领主讲了新政府的政策，我们是拥护的，也会配合你们的工作。"坐在他旁边的是桑果谿卡的主人桑果益西，他站起身，右手放在胸前，颔首致意后落座。

格桑梅朵站起来，拿出巴鲁云丹的信说："巴鲁领主，请允许我现在这样称呼你，按照自治区工委和筹委会的决定，我们一大批学员从西藏公学提前回来参加平叛和民主改革工作，现在我是巴鲁谿卡民主改革工作队长。对于巴鲁谿卡，我比较熟悉，我出生在这里，打八岁起就在这里放羊、背水、捡柴。我认真学习了自治区筹委会的文件，这些文件你也一定看到了。我会和工作队员一起严格执行政策。这里有我从西藏公学回来时你的儿子，也是我的同学巴鲁云丹给你的一封信，你先看看。"

"哦哦，云丹有信捎回来，太好了。快给我看看！"巴鲁顿珠太意外了，这两年来巴鲁顿珠和儿子联系不是很畅通，现在突然有宝贝儿子捎回来的信，他非常高兴。管家旺久走上前颔首致意，从格桑梅朵手里接过信，送到老爷手里。

"另外，我们知道桑果领主今天在巴鲁豁卡，我和更果果就跟过来与大家一起见个面，一方面是我们双方需要熟悉一下，一方面我这里也有你家少爷桑果嘉美写给你的信，你也看看。"桑果益西是过来和姐夫巴鲁顿珠商议怎么应对民主改革的，没想到工作组对他们的情况掌握得这么清楚，心里不免一阵紧张，当听到儿子桑果嘉美也从西藏公学给自己捎回信时，一扫刚才听到巴鲁云丹捎信回家的失落，欢天喜地地双手接过后赶紧拆开看。

巴鲁云丹的信件内容如下：

亲爱的爸拉：

离开拉萨已经两年了，我在西藏公学的学习生活很顺利，也很适应。请您放心！

从离开拉萨开始，我们在来陕西的一路上都得到了解放军和教员老师的很好照顾。在学校里，老师们和我们同吃、同住、同劳动，从西藏来到内地的几千名学员一起学习，一起劳动，一起吃饭，大家都是平等的，没有人再觉得高人一等。我学会了说普通话和写汉字，学会了很多种工作技能，也交了一大堆朋友，这些朋友有贵族，也有穷人，还有我们家原来的仆人格桑梅朵和格桑德吉。最大的收获是发现我们生活的西藏高原很落后，比全国其他省份都落后，不仅生存条件太差，生活质量也太低，管理制度更是落后。我们不能再相信佛爷，在内地没有佛爷管事，人民群众都生活得很好。

最近听说西藏地方政府有人挑头进行叛乱，全国人民都很气愤。我们在学校可以看到中央的《人民日报》和西藏的《西藏日报》，报纸上刊登了西藏工委领导和达赖喇嘛之间的三封信，知道达赖佛爷口是心非。我们也都看到了叛乱分子在西藏做的坏事。爸拉，你看到的一定比我看到的还多，说明叛乱确实不得人心。

因为此前在拉萨培训学校打架的事，您大费周折，我才有了到西藏公学读书学习的机会。您一直希望我有上升的机会，有出息。到了陕西咸阳的西藏公学我真是开了眼界。一路走来，加上我们外出锻炼，原来世界很大，祖国很大，我们国家有五十多个民族呢，我们西藏为什么就有人要搞挑拨、闹独立呢？闹独立的人却自己跑路去了国外，外国人和外国政府怎么可能关心我们西藏？他们只是希望控制西藏，从西藏得到好处罢了。

听说现在拉萨和山南的叛乱已经平息了，解放军在其他地区正在追剿叛乱人员。让我最安心的是在咸阳听到您和我的舅舅、叔叔都没有参与叛乱，也没有支持叛匪。现在西藏要向各省份学习进行民主改革，你要向其他积极分子学习，按照共产党的要求，把咱们家的多余土地交给政府，不要政府给赎金都可以。我在学校里继续读书，我还要加入共产党，老师说我们学习好的话，还可以到北京、上海去深造。等我学完回到西藏，政府会给我安排工作，我能用自己的工资养家。

给您捎信的人就是原来咱们家的仆人格桑梅朵，您不要小看她，她是学校的积极分子，现在已经是共产党员了。老师让我们都要向她学习，我们学员都很羡慕她。她讲道理、能干，她的妹妹格桑德吉你也知道，现在和我一起学习，我们既是同学又是好朋友。

我一直很想念您和阿妈，给她问好。

我在学校里一切都好，您尽管放心。

您的儿子：云丹

1959 年 6 月 10 日

看完藏语信以后，巴鲁顿珠和桑果益西很是激动。当看到还有一封汉语信时，他们赶紧叫来家里懂汉语的先生读给他们听。先生看了两封信后告诉两位老爷：用汉语写的信第一段说，亲爱的阿爸，你现在拿在手里的汉语信是我用汉字写的，内容和藏语信一样，你看到我写汉语信，也就知道我在西藏公学是认真读书学习的。后边是和藏语信件相同的内容。

巴鲁顿珠和桑果益西看到两封信后边分别有自己儿子的藏语和汉字签名。听了先生的话，巴鲁顿珠和桑果益西击掌大笑，让大家有些莫名其妙。

"尊敬的怡副团长、怡主任，梅朵，巴桑，太感谢你们了。说实话，叛乱分子是魔鬼附身了，威胁着我们西藏高原的安宁，我们僧俗民众在内心里都是希望安宁反对叛乱的。只要不是瞎子都看得清楚谁会给西藏高原带来福音，谁是高原的祸端。我们巴鲁家族和桑果家族历来心智明亮，早就看清楚共产党和解放军是来帮助西藏民众的。有了灾祸就逃跑去国外不要自己子民的活佛和老爷有什么用？就是因为我们不支持叛乱，也不接受叛乱武装的威逼利诱，我们巴鲁家、桑果家的几个谿卡都被叛军抢掠过，损失真不少。共产党的政策就是好。我一直希望儿子云丹好好学习，见见世面，能有出息，他犯了错还能被派到西藏公学学习，也说明共产党开明，不记仇。现在云丹都能用汉字写信了，还说他要好好表现，要加入共产党，也有了不要财产自己在政府工作领工资养活自己的想法，这太好了。云丹都要加入共产党了，我们怎么能不听共产党的？"巴鲁顿珠笑呵呵地说。

"是呀是呀，我们看到了云丹和嘉美的信，真的感谢共产党把他们教育得这么好，我们桑果家族一定也会按照筹委会的政策配合改革。"桑果益西紧接着巴鲁顿珠的话说。

"那太好了，请你们吩咐管家、谿堆尽快拿出土地和其他生活资料的清单，今天我们的两个工作队就要进驻到巴鲁谿卡和桑果谿卡。我希望巴鲁谿卡和桑果谿卡能为工作队提供住房和工作条件，让两个谿卡成为我们山南地区民主改革的先进谿卡。那样你们的两个少爷在西藏公学就更荣光了。"

桑果益西很快接话:"这个没问题,我们即刻安排,给工作队腾出一排专门房子。只是我们看到,最近一些谿卡的农奴在斗争管家和谿堆,还有打人的。这有些过头了吧?在我们巴鲁谿卡和桑果谿卡不会发生打人事件吧?"

"这些在巴鲁谿卡是不会发生的,我今天带着两个队长来,就是向你们双方都交代清楚,西藏工委、自治区筹委会的政策,斗争的是叛乱分子和继续放高利贷、继续剥削农牧民的人。没有参加叛乱,没有和叛乱分子暗中勾结的头人,只要能做到'三反双减',就是受政府和军队保护的。你们多余的土地和生产资料也会按照自治区统一估价给予赎买。千万不要有什么担心。"怡高远解释道。

"那就好,我现在想对格桑梅朵姑娘说几句话。梅朵拉,以前我们是按照千年传下来的制度管理、使唤你们,前几年也是我们没有好好学习新政策,让你和德吉姑娘受了不少委屈。我给你道歉。云丹信里说你是积极分子,现在已经是共产党员了,还说你是他学习的榜样,还说他现在和德吉是好朋友,在西藏公学一起好好学习,准备一起加入共产党。这太好了。现在你是巴鲁谿卡民主改革工作队的队长,我也就更放心了。庄园里的情况你大概熟悉,很多人你都认识,只要大家把事情说清楚,按照政策办事就好。明天我就让人把你阿爸和两个弟弟接过来,你们见见面,咱们以后见面就按照新政府的新规矩办,留下一点土地和东西够我和家人用就行了。"说着说着,巴鲁领主有点伤感,"云丹出息了就好,这个浑小子总算是长大了,我教育他不听,还是共产党有办法,这么快就把他教育好了。可惜我的女儿巴鲁云芊现在不知道在英国过得怎么样,一年多时间了也没有一点消息!但愿她在国外不要和达赖喇嘛带去的人搅和在一起!"

原来巴鲁云丹还有一个妹妹,前年和几个贵族子女一起去了英国读书,由于局势不稳,断了联系。

梅朵没有想到原来一直把自己当牲口的领主老爷现在会这么轻易地给自己道歉，这充分说明共产党这几年在西藏做了大量工作，不仅是穷苦人民拥护共产党，连这些领主大人也都在心底里佩服共产党、接受解放军了。他们还主动提出要把阿爸和弟弟接过来见面，自己一直惦记着早一点见到阿爸和弟弟，但是现在自己是工作队队长，不能让队员和其他农牧民感觉自己一到黠卡就找自己的阿爸是要搞特殊。她谦虚而认真地说道："巴鲁领主，感谢你这么认可我，认可我们西藏公学的学员。至于我阿爸与弟弟的事，你就不要管了，我和工作队的同志会找到他们的。请旺久管家早一些把黠卡的资产清单准备好就行了。"

巴鲁顿珠和旺久连声说："好！好的！"曾经被鞭打过无数次的奴才成了领导整个庄园进行民主改革的队长，旺久管家忐忑不安，唯恐格桑梅朵把他当作坏分子开批斗会，躲在两个老爷身后送客，低着头答应着格桑梅朵的安排。

格桑梅朵他们还没有走远，旺久就按照巴鲁老爷的吩咐，让下人赶紧给梅朵的阿爸送去一袋糌粑和一桶酥油。

# 章节十一　农民协会

　　格桑梅朵和洛丹带着酥油和几件衣服在豁堆家的牛棚里找到了阿爸和小弟格桑次旦。看着四十多岁的阿爸格桑平措那榆树皮一样的脸，那佝偻着腰好像六十岁老头子的样子，看着次旦满头的草根、满脸的灰土，看着他们赤着的黝黑脚板，格桑梅朵泪流满脸。她大声叫着："阿爸拉、次旦啊，我回来看你们了！"

　　原来高大、健壮、灵活的阿爸已经有些木讷，当看清楚来人是大女儿时，嘀咕着："真的吗？真的吗？菩萨显灵了，梅朵飞回来了。我们的梅朵成菩萨了！"他边说边比画着走向梅朵，露出了欢喜的笑脸。

　　格桑次旦在姐姐离开庄园去拉萨时还没有什么太多的记忆，吃惊地望着格桑梅朵，不敢靠前。"次旦，我是你大姐梅朵呀，你不记得姐姐了吗？快过来让我看看！"

　　听着格桑梅朵和阿爸说话，格桑次旦才吐着舌头，弓腰露出善意的笑脸，低声叫道："阿佳拉好！"

　　梅朵又是一阵心酸，赶紧喊道："次旦，我是你的亲姐姐，以后无论见到谁，都不要再弯腰吐舌。看姐姐给你和多吉买了新衣服，快换上。哦，怎么不见多吉，他在哪里呢？"

"我们朗生没有固定住处，多吉长到十五岁，就被老爷安排去庄园当差徭，很难见到他。是我和黻堆求情，才让次旦留下来和我一起给他家做奴仆。"阿爸含混地解释着。

一想到一家人即使在一个庄园里为奴，竟然都不能住在一起，因为是朗生，没有自己的家，在哪里为奴，就要住在哪里，无论是马棚、牛圈或青稞堆里，格桑梅朵心里像塞了羊毛一样难受。她暗下决心，一定要尽快改变这是人却没有一点做人的尊严和自由的世道。

这时候，洛丹走上去给老人和次旦说了这几年格桑梅朵和德吉的经历，他们听说后高兴极了，合不拢嘴地笑着。次旦换好衣服后笑嘻嘻地说："阿佳回来就是好，前天就有人来送了一袋糌粑和一桶酥油，说是你让送来的，我们这几天都盼着见到你！"

看着小弟穿着齐整的新衣，一下子干净活泼了许多。梅朵给阿爸戴上了新帽子，她自己的心情也好了许多。她摸着次旦的头说："现在姐姐回来了，还要带着人在黻卡搞改革，以后每家都会有自己的地，自己的牛和羊，也会有自己的房子，我们再也不用住牛棚和羊圈了。"说着说着，格桑梅朵流泪了，她知道爸爸和两个弟弟还得在这种凄惨的境遇里生活一段时间，她希望尽快改变这落后残忍的现状，但是她也清楚面临的阻力，也知道必须面对的头人和叛乱分子的拉拢与威胁。她对着阿爸和弟弟说："以后无论是谁送来的东西你们都不能要。只有姐姐给你们的才可以留下，我说的话你们一定要记住！"

过去，在冬季没有什么吃食时，两个弟弟经常会出去乞讨，哪里还会有不要别人送来的糌粑和酥油的意识。但是次旦还是记住了姐姐的话，他已经看见姐姐和庄园里的人不一样，也意识到姐姐是回来救自己和阿爸的，听姐姐的一定不会错，有了带着人回来救大家的姐姐，再也不怕别人欺负了，他对着姐姐连连点头。

格桑梅朵是在巴鲁黎卡出生的，童年和少年时期在这里度过，这里给她留下的记忆基本以噩梦为主。进驻巴鲁黎卡后，她带着工作队员先行熟悉情况。

巴鲁庄园的主宅是一个传统的藏式庄园建筑，石砌的"口"字形三层大楼，大平顶上有一个高高的瞭望台，主要用于看家护院的家奴值守和休息。经过溪流上一座宽大的石桥，走进庄园大门进入院落，宅子大门口是一个宽大厚实的照壁，照壁上浮雕着释迦牟尼成佛图案和藏传佛教六字箴言。从左右两侧进入天井，沿着两个不同方向可以进入一层房屋，另外衔接的两个大木梯旋转通向二楼。楼梯板已经被奴隶的赤脚磨出一个一个明亮的窝窝，彰示着这个庄园超过两百年的历史。一楼主要是会客堂，贵客和管家们住用。二楼西厅是经堂，东厅是主人一家的住房。每个窗口悬挂着巨大的紫色牛毛幕帘，显得整个楼屋肃穆森然。从天井周边向下通有两条小路，直接可以到达溪水边，溪水边建有马棚和仓库。马棚可以拴一百多匹马。据了解这个明面上的仓库往里，还修建了一个带有机关的入山仓库。入山仓库只有领主家人、管家和两个哑巴护卫可以打开。

巴鲁庄园依山傍水，易守难攻，夏天溪水流淌消除酷热，冬季即便结冰也可防止干燥。从马棚和仓库分别有偏门通向溪流岸边那两排石砌的小屋。这两排石屋在庄园之外，平时独立使用，有紧要事时就会和庄园的偏门连通起来。一边的小屋里住着黎堆、根宝和家人，一边住着管家的家眷和追随老爷来的一些客人。

在了解巴鲁黎卡的基本情况后，格桑梅朵和工作队员商量决定召开黎卡农牧民大会，选举产生巴鲁黎卡农民协会。大会地址选在庄园入口处的林卡。当日，强烈的阳光毫不吝惜地打在树叶、草地和庄稼上。周边溪水和渠水流淌。夏夜几乎每晚都会下雨，树叶闪着金光，愈发显得油亮茂盛，草地湿漉漉的像绿色的绒毯，青稞正在抽穗，油菜正在结荚，豌豆花开成紫色的小蝴蝶，几只毛驴晃荡着脖子上的铃铛在渠边吃草，布谷鸟在树林深处跳跃鸣叫，是谁都会觉得这是一个富庶美丽的地方，这里应该住着神仙一样幸福的人儿。全黪卡的大人小孩陆陆续续从大宅院四周的小土屋，从宅子底下的马棚，外院的牛舍里走出来，在草地中央几颗大杨树下围坐了一大片，他们的贫穷程度与美丽景致的违和感深深刺激着格桑梅朵和工作队员。这黑压压的近三百个大人小孩，竟然没有一个穿一件完整衣服的。每一个人都是褐色麻面的破衣烂衫，补丁摞着补丁，胸襟和衣袖处闪着油污的亮光。最让人心酸的是大多数人赤着脚板，没有鞋子和靴子，个别穿着靴子的也破得可怜，不是露着脚趾就是快要脱落的样子。老年人斑白的须发如蒿草般蓬乱着披散在肩头，青年人和小孩的头发像毡片一样堆在脑袋上，时不时有人伸手抓出一把虱子。

格桑梅朵、德瑞仁珍、嘉措和工作队员站在两块石头支撑起来的长木板前。洛丹带几个人散坐在百姓们外围。等黪卡里的群众到齐后，格桑梅朵大声说："亲爱的乡亲们，我是在巴鲁黪卡出生长大的梅朵，我阿爸格桑平措是黪堆家的朗生，我和我的妹妹德吉被新政府送到了内地就是西藏外边的省份去读书，按照新政府的意见，回来和工作队的同志一起帮助大家重建家园，过新的生活。今天我们巴鲁黪卡的差巴、堆穷、朗生第一次召开大会，原来的领主和黪堆、根宝再也没有资格召集大家了。大家今天要干一件大事，一件改变自己命运的大事，那就是选举出自己信得过的人组成农民协会，带领大家过新的生活。这些人识字也行，不识字也行，但是必须心地善良，朴实能干，办事公正。前面几天，我们工作队员走遍了家家户户，也和乡亲们进行了聊天谈话，大家提出了一些人选来组成我们巴鲁黪卡的农民协会。农民协会是我们庄稼人、我们放牧人、我们差徭人自己的组织，它将代替头人、黪堆、根宝、大差巴来带领大家过上新的生活。我们所有人都要过上亲人团聚、家家有房住、有衣穿、有地种、有牛羊、有糌粑、有酥油、有青稞酒的好日子！"

格桑梅朵刚一讲完，百姓们就开始窃窃私语，满脸是止不住的兴奋。看着大家期待的目光，格桑梅朵继续讲："从今天开始，我们的巴鲁谿卡就改称巴鲁乡，我们选举的巴鲁乡农民协会除管理巴鲁庄园的事务外，还要管理周边散住着的流浪人，在这一带长期打短工不愿走的人。现在就由工作队副队长嘉措提名我们巴鲁乡农民协会委员人选。"

大家一下子安静了下来。

嘉措："建议边巴作为巴鲁乡农民协会主任委员人选。"

话音刚落，大家的目光都集中在一个体格健壮看起来憨厚淳朴的朗生身上。边巴二十六岁，父亲病亡，家里失去了差地，母亲改嫁后，他沦为了谿堆家的朗生。因为常年支差，到拉萨，下林芝，去泽当，长了不少见识，可是他善良的本质一直没有变。一听让他当农民协会主任，边巴一下子满头大汗，不好意思地挠着头。

嘉措继续宣布："建议吉米、多拉为巴鲁乡农民协会的副主任委员人选。建议桑珠、扎桑等六人为农民协会委员。这九个人中，四个朗生、三个堆穷、两个差巴；六个男性，三个女性。现在大家分别讨论一下看合适不合适？"

嘉措话音一落，很快自然地形成了差巴户一个组，堆穷户一个组，朗生一个组。各组讨论得都很热烈。

终生劳碌、面部干瘪的六十岁的老堆穷强巴用树枝敲打着坐在身边的桑珠、顿珠说："格桑平措的女儿出息了，不仅人越长越漂亮，还走出了西藏，一看穿戴、气色就知道过上了好日子。格桑家的人历来本分，梅朵姑娘这次回来帮我们整治谿堆、根宝，我们一定要支持哦！"

十九岁健壮的女堆穷吉米拉着周围几个姑娘的手说："我们要过新生活，要和梅朵一样穿新衣，你们看梅朵阿佳现在多漂亮，我们听她的准没错。不过，让我当副主任，我怕干不了。"

坐在老强巴身边的堆穷五十多岁的顿珠，满脸的皱纹像沟壑一样交错纵横，可是他幽默灵活，看着大家叽叽喳喳不停却说不出个所以然，于是大声说："我的邻居啦、亲戚啦，今天是我们这些'贱民'第一次做人，自己选不会压迫我们的人领着大家干。我做梦也没有想到桑珠会被推选为委员，今年我如果还不起高利贷，就要沦为朗生了。我愁得吃不下，睡不着。这下好了，说是进行'三反双减'，还要给我们堆穷分土地，我就盼着这一天。刚才推荐的主任边巴年轻有见识，人心也不坏。吉米姑娘是和我们一样可怜的堆穷，三姐妹中她是老二，在家和妈妈种差地，一家人都不坏。多拉是黎卡差巴户里比较宽厚的，还识字，让他当副主任挺好。这些委员可都是我们穷人信得过的。桑珠可是我们堆穷里脑瓜子最灵活的人啊，工作队真是会挑人啊！"

一个齿牙摇动、赤脚油衣，用皮包骨头的手牵着小孙女的老太太桑木说："我活了五十多岁，第一次见到我们朗生姑娘梅朵这么整齐威风，还选举吉米、扎桑几个女人进协会，这真是千年不遇的大好事。这几个人在我们周围一百里地都是好人，他们都从小受苦，不会把我们带坏的。"

"就是就是，工作队一来，就开始救济我们断粮的人，现在还没有分地，我们就不再挨饿了，分了地，大家一定会把日子过好的！"大家讨论得热火朝天，看热闹的孩子们早就熬不住太阳的暴晒，跑到溪水里光不溜秋地打水仗去了。

工作队把大家重新召集起来。格桑梅朵说："距离我们不远的凯松黎卡提前选举了农民协会，成立了凯松乡。农民协会带领大家开始进行民主改革，每一个人都分得了财产，大家在自己的土地里劳动，非常欢快。我们也不能落后，我提议大家每人拿起一个石子，同意我们对巴鲁乡农民协会委员提名的把石子放在我左边的筐子里，不同意我们提名的把石子放在我右边的筐子里。现在我们工作队先到水渠边待一阵，等大家放完石子，我们工作队再来清点。"

"你们不用离开，现在我们就放石子，我估计左边的筐子一定是盛不下的，那里马上就会变成一座小山！"老强巴大声说着，首先走到梅朵左边，把自己手中的石子丢了进去。大家呼喊着都冲到会场前边，急不可待地投石子。一会儿左边的筐子就盛不下了，大大小小的石子石头快要堆成小山了。而右边的筐子一个石子也没有。到了最后，大差巴加措战战兢兢地走过来，看了看右边空着的筐子，最终把石子投到了左边的石堆上。大家发出久久不息的欢呼声。

看到大家对工作队提名的农民协会候选人都很支持，格桑梅朵和队员非常高兴。格桑梅朵大声叫着："边巴，吉米，多拉，你们与其他几个委员一起站到前边来。现在有请我们巴鲁乡农民协会主任边巴讲话，也就是代表新当选的农民协会委员表态!"

边巴涨红着脸说："乡亲们，毛主席、共产党领导我们穷人翻身做主人，大家选举我当农民协会主任，我代表我们农民协会的九个委员向大家表决心。我们以后就是大家的家里人，我们穷人一定要像一家人一样，在新政府领导下，在格桑梅朵队长带的工作队指导下，把叛匪、坏人消灭干净，把地种好，把牛养肥，一起过上好日子!"大家没有想到，一向木讷憨厚的边巴讲话讲得这么好，更加觉得自己没有选错人，都鼓起掌来。


选举结束后，格桑梅朵与工作队员带领农民协会的委员到庄园的大宅里开会，当大家走到原来领主的会客堂门口时，吉米、扎桑与另一个女委员低着头不敢进去。这大宅院给太多的农奴留下了阴森恐怖的噩梦，女奴隶更是没有资格踏进领主经堂和会客堂半步。格桑梅朵知道原来的规矩，拉着她们的手说："现在巴鲁领主一家住在二楼，一楼东厅由我们工作队用着，西边的会客堂以后就是工作队和农民协会共同的开会议事场所，过去那些规矩不用再讲了。"

听到格桑梅朵这样说，她们才随着大家走进领主的会客堂。第一次进领主会客堂的三个女委员和几个穷苦委员围着会客堂走了一圈，被领主家的富丽堂皇惊呆了。格桑梅朵、边巴招呼大家一起坐下来商量"三反双减"的事。德瑞仁珍在给大家熬茶。

格桑梅朵首先给农民协会的委员讲政策，讲工作方法，讲如何开展"三反双减"。她反复说农牧民翻身的第一步首先要反叛乱、反乌拉差役、反人身奴役，这"三反"要和减租减息结合起来。这首先要在宣传发动的基础上，召开"吐苦水、挖穷根"的集会。用农奴们的亲身经历控诉叛乱分子和反动农奴主的罪行。

随后，确定了召开巴鲁乡控诉会的模式。因为巴鲁领主是在拉萨给新政府表态后回到庄园的，按照规定，不能再批斗。控诉会上，控诉的主要对象是黢堆扎西班典、扎西班典的弟媳白玛朗珍以及根宝，还有管家旺久。黢堆夫妇和根宝在叛匪进驻黢卡时，经常给叛匪带路，没少干坏事。加之他们放高利贷逼得很多人卖儿卖女。

吉米声泪俱下地控诉："可恶的白玛朗珍冲进我们的窝棚，叛匪们轮奸了我的姐姐和妹妹，可怜的姐姐怀有身孕，大出血流产了，差一点死去。我的妹妹才十四岁，被折磨得气息奄奄，后来还发现怀孕了。大家想一想，这孩子出生了，不仅不知道父亲是谁，还要落个叛匪子女身份，得有多可怜？这还不算，叛匪们抢走窝棚里仅有的一点糌粑并烧掉了我们的棚子。解放军来了才在村口原来的地方给我们搭起了房子，还给我们送来了水桶、酥油和糌粑。我坚决拥护共产党、新政府。"

快要被奴隶主折磨疯的老太太桑木牵着小孙女哭诉："领主和黢堆家的茶壶里都是厚厚的酥油，我们堆穷和朗生却时常用清水就着发馊的糌粑充饥，你们还要剥削我们，不知道有个满足！我的小孙女四岁了，饿得像一条两岁的小泥鳅。"

"因为父母死亡，无力经营差地，黢堆把我连同差地一起收走。我九岁就开始给黢堆当长年乌拉，放牛喂马，一天一斤糌粑，在半饥半饱中度过了五十年，从来没有穿过靴子。我的血汗都流进了黢堆家的粮仓。"满头乱发的强巴痛苦地诉说。

大家你一句我一句地倒着苦水。边巴突然敲起羊皮鼓，带头喊道："消灭叛匪！消灭乌拉！消灭高利贷！"几个农协委员和群众都跟着喊起口号。农牧民满脸汗水，越来越精神，场面越来越热烈，有人走上前给黢堆夫妇和根宝吐口水，还准备动手打他们。格桑梅朵带着工作队员赶紧制止。站在黢堆和根宝旁边的管家旺久吓得直哆嗦。

控诉会后，边巴代表农民协会宣布：按照"三反双减"的规定，凡是1958年以前借给群众的高利贷一律作废。因为黢堆、根宝和大差巴加措没有参加叛乱，1959年的新债务一律减息，由借贷人按照实际情况慢慢清还。

黢堆、根宝和管家赶紧点头同意。大家群情激奋，将收缴上来的1958年前的所有借据和抵押证明统统投进了火堆。黢卡林卡里响彻着农牧民的欢呼声。管家跑回家告诉了巴鲁主子会议的情况。巴鲁顿珠长长出一口气说："总算没有动手，你赶紧找黢堆和根宝把资产和土地情况交给工作队，一天也不要拖！"旺久擦着满头的大汗，不住地点头答应着。


根据管家和黢堆报来的资料，工作组和农民协会终于搞清楚了巴鲁黢卡的基本情况：庄园共有土地约1500亩，其中差地600亩，是差巴户的"份地"；自营地500亩，由黢堆直接经营，20户差巴常年派出30人无偿劳役和一些堆穷耕种，每年收的青稞、豌豆多半交给头人，其余归黢堆所得；出租地400亩，由差巴耕种，收入自留六成归各差巴所有，定额交租四成。全庄园有320个农奴（含小孩），其中差巴20户，堆穷30户，朗生46个。全庄园除过黢堆、根宝和两户大差巴外，其他人都是被剥削和被压迫的。30户没有耕地的堆穷，以给差巴打短工、织氆氇、纳鞋底乃至乞讨求活命。46个朗生，专做家务、背水、做饭、喂马等，有的要到地里去帮主人做农活，他们全靠主人提供的最低生活条件，只能吃半饱、穿破氆氇片、住牛棚马棚，以维持生命及延续后代供主人奴役，其他一无所有，而且没有人身自由。朗生的子女仍是朗生，八岁开始放牛羊，十五岁到六十岁参加各种繁重的劳役，到老年或丧失了劳动能力以后，就被赶出庄园，以乞讨为生。

整个巴鲁黎卡的土地年收获粮食 18 万斤左右，要向巴鲁领主缴纳 12 万斤，还要缴纳牛、羊、猪、鸡几百只。巴鲁主人平时住在拉萨，每年向拉萨运送这些物资就需要大量的人力、畜力。黎堆除派差巴无偿耕作、运输外，每年还要向其收地租四成，向养牛户收酥油 2 斤，向每个差巴收搓毛线的藏银 15 两，还要让差巴每户派牲口一次驮运物资供其外出交易货物。堆穷每人每年要交人头税藏银 3 — 15 两。巴鲁黎卡为噶厦出藏军 2 名，包括其每年口粮青稞 600 斤，服装费藏银 400 两，钱粮由 20 户差巴分摊。黎卡每年为噶厦运送官粮要出 12 人，40 头牲畜；还要负担噶厦官员路过此地的食宿和支差用的马匹，缴纳寺院僧人为农作物遭受冰雹、虫害念经消灾的粮食和费用等。全年要负担近百种乌拉差役，全部落到黎卡有劳动力的差巴和农奴身上。全庄园除大差巴加措和仁青每年放高利贷外，其余每户都要借高利贷；有几户堆穷一无所有，借不到高利贷，靠乞讨和挖折耳根度日。

不细算不知道，看着桌头堆放的清单，格桑梅朵和工作队的同志们都落泪了。近三百个农奴供养着的领主、黎堆、根宝穿金戴银、吃香喝辣，农奴们却食不果腹，衣不蔽体。这个账一定要给他们讲清楚，这个谁养活谁的道理一定要让大家明白。

虽然知道了黎卡的基本情况和生产资料数字，但是格桑梅朵还是决定工作队员配合农协委员把黎卡和周边的耕地仔细查看丈量一遍。

格桑梅朵把工作队员和农协委员分成三组，德瑞仁珍带一队，嘉措带一队，自己带一队。

格桑梅朵带着队员其美和农协副主任多拉、农协委员扎桑骑马到黎卡最南端查地。这里距离庄园约莫五十里，虽然说有一些良田，但是因为偏远，撂荒了不少。她们还有一个新的发现：在树林里有几个小布帐篷，住着二十多个流浪人，他们拖儿带女，在这人迹罕至的地方垦荒、放牧。如果维持不了生计，就外出贩卖小牲畜、做短工，给别人打铁、杀牛宰羊赚一点糌粑、酥油。这些人有手艺，却不被黏堆、根宝接受，其他农牧民需要，又不能接纳。他们就成了随处流浪的人。

格桑梅朵拉起流浪人老太太班丹觉姆的手问："姑姑，你说说，你们这些人到底是想留下来种地呢，还是想继续流浪？"

看着骑马而来，温和亲善的格桑梅朵等人，流浪了一辈子的班丹觉姆抓着身边满身污浊、流着鼻涕、哭着喊饿的孙子孙女，流着泪说："一看你就是菩萨下凡，我们流浪人哪里会有选择，我们流浪够了，现在都说要解放我们穷人，可是我们没有根，没有家，连个朗生都不如。最难过的是，眼睁睁看着自己的孩子被饿死冻死！我们在山脚沟边没有人耕种的地方开荒种点青稞和豌豆，收多少是多少，黏堆、根宝不撵我们走就算菩萨睁开了眼，你看我们的帐篷四角透风，冬天常常有人冻死呢！能给我们分一点点地就行，我们这些人什么都经历过，什么苦都能吃，一定会养活自己的。"

"姑姑，你放心，我现在就邀请你们加入巴鲁乡，不要再流浪，你们开垦的土地我们都会分给你们，我们丈量了你们自己垦荒的地，每个人不到两亩，农民协会给你们每个人分五亩以上的地，你们留下来和大家一起垦荒种地，在这里要建设一个新村庄。我们共产党一定会让你和亲人过上好日子。"格桑梅朵心酸地拉着班丹觉姆的手，赶紧让多拉从马背上的布袋里挖出一些糌粑给老人家。

"你叫我姑姑，我的心都在开花似的笑，你这么整齐的菩萨不嫌弃我这个老要饭的，还叫我姑姑，我就知道传说中的共产党真的好啊！共产党才是真正的活佛！"

"姑姑啊，我们不是活佛，我们共产党就是让穷人过上好日子，一百个，一万个活佛也比不上共产党！你告诉大家，这一片山清水秀，我们就在这里建一个新村庄。我的阿爸和弟弟也是朗生，我让他们也来这里安家，和你们一起种地！"

"梅朵队长，我们农民协会早都商量好了，要将庄园最好的房子分给你阿爸和弟弟呢!"多拉以为格桑梅朵不知道农民协会的意图,赶紧纠正。

"那怎么行?那就是我格桑梅朵不讲政策了,我阿爸和弟弟一定不能分最好的房子、最好的地,只要有地有牛马,他们会靠自己的双手改变生活的!"

"你的阿爸、弟弟会来这里和我们一起种地生活?你不是管理谿卡和庄园的人吗?你阿爸、弟弟怎么会来这里住?"刚刚打完短工回来的班丹觉姆的儿子苍拉疑惑地问道。

"你问得好,我现在带着工作队来不仅仅是要让我阿爸、弟弟过上好日子,是要让所有的穷人过上好日子。我阿爸和弟弟现在还是朗生,我让他们和你们在这里一起建一个新的村庄,建一个巴鲁乡的新村庄!咱们巴鲁乡可不能只有一个村子!"

"梅朵,这些天来,我这个寡妇朗生和自己儿子终于有了自己的房子,自己的盆盆罐罐,才过上了有家的日子。我还被大家推选为农民协会委员,我这委员不能白干,不能不像样子,只考虑自己的小日子。我要向梅朵队长学习,我不嫌远,不嫌偏,在这里给我几亩地就行,我和儿子也要搬到这里,把家安到这里。我相信,我们一定会把这里建设成一个漂漂亮亮的新村庄!"

"太好了,扎桑姑姑,你的进步真大!觉悟真高!"格桑梅朵惊喜地看着扎桑说。

"梅朵队长,你提议在庄园周边新建几个村子,这个主意真好,我们回去农民协会就开会,动员大家分开了住,不要都挤在庄园里。我看这儿的村长就让扎桑委员当!"多拉提议。

"不行不行,我一个女朗生,怎么能当村长?"扎桑赶紧摆手。

"没有什么不可以的,扎桑姑姑,照你说,我是女的,就不能当工作队队长了?"格桑梅朵笑哈哈地说。

"你识字有文化,我怎么敢和你比?"扎桑紧张坏了。

"没什么的,往后男女都一样,只要你按照共产党、新政府的政策办事，为大家着想，就能干好工作。"格桑梅朵笑哈哈地说。

"哦哦哦。太好了，原来梅朵姑娘是共产党的代表，是工作队的队长，却要让自己的阿爸、弟弟和我们住帐篷，不给分大宅院和石头房子！共产党就是活菩萨，我这次真信了！"苍拉点头吐舌，大声说着。格桑梅朵和工作队员、多拉、扎桑也都笑了。

三个工作组走遍了黢卡的角角落落，查清楚了周边山地坡沟。除了确认管家、黢堆报来的土地和财产数字，还意外地查出撂荒的耕地一百五十多亩和流浪人已经垦荒种植的土地五十多亩。这不仅增加了土地数目，而且为农牧民多分地、为良田和次地搭配分配打好了基础。更重要的是格桑梅朵的心里有了一个主意：整个巴鲁乡的人包括附近的流浪人，不能都挤在庄园一个地方，那样不仅不利于较远的土地耕作，也容易在群众中形成抢占良田的想法。必须将良田、次地搭配分配，鼓励群众在距离巴鲁庄园较远的南北两端，溪水平缓、草场肥美的地方建设新的村落。

# 章节十二　智斗残匪

工作队员和农民协会委员带着群众丈量分配土地的时候，格桑梅朵从阿爸嘴里听到了一个坏消息——巴鲁庄园后边的山洞里还有叛匪。

经过暗中调查，确定附近山里藏着一队叛匪。这些叛匪有的受了伤，有的和黏卡个别人还有联系，他们偶尔还会到巴鲁庄园和附近的桑果庄园偷抢东西。担心受牵连和叛匪报复，黏卡的一些群众即便知道叛匪来不敢声张，也没有给工作队汇报。这一点说明"三反双减"的工作做得不彻底，群众的思想觉悟还不高，急需加强教育引导。要想提高群众的觉悟，需要用事实说话，消灭这股叛匪就显得极为重要。

格桑梅朵和洛丹初步判断，这是一股流窜的叛匪，他们利用这里的领主没有参加叛乱、武器都已上缴、护院队基本上处于名存实亡的状态，在这里好得手、好生存；他们中间有被裹挟的附近庄园的农牧民，因为不清楚新政府的政策，担心回来后被枪毙、判刑，有家不敢回。叛匪的头目罪大恶极，一定会做垂死挣扎，继续裹挟农牧民进行复叛，还会寻机到庄园抢夺财物，做出伤害农牧民群众的事。

虽然有所准备，还是发生了不该发生的事。当天夜里，叛匪在巴鲁庄园进行抢掠，路过黐堆家牛棚时，把格桑梅朵的阿爸和弟弟那少得可怜的糌粑和酥油也一掠而空。不甘心的格桑多吉扑上去想夺回糌粑，被叛匪打伤了头部。叛匪逃离时还放下狠话："知道你们穷鬼姐姐带的工作队，今天先给你们留条活路，给她捎句话，让她给共产党办事小心点！否则别想有好下场！"

虽然打格桑多吉的人用围巾包裹着面部，但此人的身材和声音还是让格桑梅朵的阿爸隐约觉得对方好像是原来的主家扎西占堆。

不消灭残存叛匪，民主改革是不会顺利开展的。显然叛匪对庄园的情况很熟悉，很了解。这一定是庄园中有人与叛匪串通。庄园后边山大沟深，要想靠工作队员和洛丹带的几个战士搜山找到叛匪并消灭显然不现实，必须设法挖出叛匪在庄园的内应，一网打尽。

叛匪敢动手打伤格桑梅朵的弟弟并让其带话，这是明显的挑衅，说明叛匪人员不会太少，力量不是很弱，对工作队的战斗实力清楚，知道只有一个班的战士配合工作。格桑梅朵和洛丹商议，叛匪靠偷抢走的食物坚持不了多少天，他们要么向南继续逃跑出境，要么在这里接应从其他地区来的叛匪壮大队伍，继续作乱。解放军大部队正在分别向南、向北组织大的剿匪战役，不可能为一小股流窜叛匪抽出兵力，消灭这股叛匪的任务自然落到了洛丹带的一个班的战士和工作队身上。保护黐卡农牧民的安危和财产是当务之急。黐卡住户分散，很容易让叛匪钻空子，如果分散守护遇到敌情很难有把握制胜。只有暗中加强侦查和巡逻，以静制动，集中力量打叛匪一个措手不及方为上策。

在平叛改革初期，流窜的叛匪经常伤害工作队和工作队员的家属。叛匪已经知道格桑梅朵的情况，挟持和伤害她阿爸和弟弟对工作队进行威胁的可能性很大，千万不可掉以轻心。在对格桑多吉进行包扎救治后，将老人和两个儿子搬到工作队旁边的房子里暂住。工作队驻地在巴鲁顿珠宅院的客房中,有洛丹带着战士保护,叛匪不敢轻率挑衅。

农民协会的几个委员一起来到工作队商议。会前已经悄悄分头去调查了各家各户的损失。明明叛匪抢走格桑梅朵给阿爸和弟弟的糌粑和酥油时肩上扛着两只羊,手里提着几只鸡,在农民协会干部调查时却没有人承认丢东西。这两只羊和几只鸡对一般差巴和堆穷家庭可不是个小损失。工作队驻扎在领主院子里,只有黢堆、根宝和大差巴才不会在乎丢几只鸡几只羊。这有通匪嫌疑的人就比较明朗化了。格桑梅朵安排农会干部把黢堆和根宝家的情况细细说一说。

边巴和格桑梅朵的阿爸一起给黢堆当差。他说:"梅朵呀,你阿爸和弟弟看到叛匪扛着羊、提着鸡,从牛棚旁边经过,这附近的也只有黢堆家有羊。再说扛着四蹄绑着的羊,羊和鸡都被包着嘴,一定是提前准备好的。还有就是知道你阿爸那里有你们新近给的糌粑和酥油,一定是听说你们今天去找阿爸和弟弟了。这件事只有黢堆扎西班典的弟媳妇白玛朗珍和我们几个一起住的朗生知道。"

"为什么扎西班典的弟媳妇知道,他本人呢?"洛丹问道。

边巴说:"前一段时间开展'三反双减'运动,他被批斗了一次,回到家再也不敢欺负我们朗生了,躺在房子里吸着大烟基本不出门。他的老婆去年死了,现在庄园的事基本是白玛朗珍和根宝说了算。"

格桑梅朵问:"白玛朗珍会通匪吗?"

边巴回答:"扎西班典的弟弟叫扎西占堆,早些年去了印度,听说前不久回来参加叛乱,还是个不小的头目。"

听到这里,格桑梅朵和洛丹相视一笑,这个消息和她阿爸所说的是一致的。他们估计这伙叛匪的头目是扎西占堆的可能性很大。

这个白玛朗珍大脸盘、高鼻梁、细长眼,蜂腰阔臀,性感强悍,是远近闻名的女能人。因为有几分姿色,白玛朗珍经常被巴鲁老爷安排去陪拉萨来的达官贵人,没少得到金银细软、玉佩挂件等赏赐。这段时间扎西班典受了批斗,躲起来不出门,庄园的事务交给了白玛朗珍。她听说要把土地和财产分给农奴和奴隶，非常生气，变得更加骄横，最近还经常打骂朗生。看来极有可能豁堆扎西班典害怕继续批斗他，躲了起来，白玛朗珍在家主事。如果是扎西占堆回来了，就是不为吃的，为了白玛朗珍，他也可能还会进庄园。

格桑梅朵和洛丹商议制定了一套抓捕叛匪的方案。安排农会主任边巴带几个人注意仔细观察白玛朗珍的动向，让洛丹夜晚带领战士轮流对进入豁堆家的路口进行隐蔽监视。

一周后的一个下午，边巴到工作组汇报，说白玛朗珍指使朗生帮她杀了两只羊和两只鸡，还新煮了一锅牛肉；快天黑时，白玛朗珍倒梳洗打扮起来，还换上了一身新衣服。大家都觉得晚上叛匪进村的可能性很大，要做好抓捕准备。

天黑后，月亮好像就挂在树梢，仅仅高过墙角，除过树下房侧的阴影，其他地方跑过一只耗子都看得清清楚楚。远远看见几个黑影依靠路边的树影遮挡，躲躲闪闪地向豁堆家摸索过去。为了搞清楚山中匪徒情况，洛丹命令战士先不要开枪，抓活的，听到他的口令和枪响后再行动。

五个匪徒在屋外转悠了一圈，留下两个把门，三个人推门走进了豁堆家的石屋。捻子粗壮的油灯将石屋里照得雪亮。窗户虽然关得严实，从缝隙还是能看清楚屋里人的一举一动。因为有人在屋门外把守，格桑梅朵带着包抄过去的战士没有靠近，从远处紧盯着这边。洛丹带着嘉措和两个战士藏在屋后的柴草中，透过窗户的缝隙观察着屋里的动静。屋内一圈雕花木架上铺着厚实的手工卡垫，屋子正中的火炉上架着一锅牛肉，散发着诱人的香味。卡垫前的木几上放着一壶青稞酒，三四个木碗。三个叛匪进屋后，把枪放在脚边，伸手从锅里捞起一块牛肉就往嘴里塞，吃着肉也不忘记大口喝着酒。等他们吃完一块牛肉后给门外的两个人每人递出去一块。白玛朗珍自己倒了一碗酒，一步三摇地走到带着驳壳枪、个子高大的叛匪身边，轻轻一碰，两个人都一口气喝干了碗里的酒，顺势依偎在了一起。另外两个匪徒低头哈腰地给高个子和白玛朗珍敬酒，眼睛一直在白玛朗珍身上逡巡。不一会儿，高个子匪徒就按捺不住地放下酒碗将白玛朗珍搂在了怀里，催促两个叛匪带着屋角杀好的羊和鸡去外边警戒。两个叛匪乖乖地挎上枪，嘴里叼着牛肉，提着羊和鸡出了门，四个人在屋外守着。看得出匪徒有着严格的等级。高个子叛匪迫不及待地抱着白玛朗珍滚到了氆氇上。

洛丹在骨子里就痛恨这些作威作福的大小奴隶主，真想用枪崩了这些可恶的家伙。但是有一定作战经验的他还是压住火气，他估计这大个子就是扎西占堆，考虑到应该听一听他们的阴谋，就没有急着动手。这时屋里传出了白玛朗珍快活的浪叫声和扎西占堆牛一样的喘息声。

过了一阵，听见白玛朗珍娇喘吁吁地说："你这次回来就不要走了吧？"

"我当然不想走，可是局势不利，得见机行事。"

"你再不回来，我就另找一个男人。要么你就带我去印度。"

"现在到处都有解放军，很难逃出去，只有想办法扩大我们的队伍，撵走了汉人的队伍，我们才能好好享受。"

"哼，扩大你们的队伍哪那么容易，共产党要给穷鬼们分我们的地，还要分我们的家产，谁还会加入你们的队伍？你说这以后可怎么活？"

"不用怕，我这几年在国外训练，前一段时间美国飞机把我空投下来，我带着两个人和印度的军队也有联系，和达赖佛爷的队伍也有联系。现在我的队伍还有二十号人，美国也空投了不少高级武器、罐头和金子。今天给你两个金条，你要舍得花钱和财物，想办法帮着多拉几个穷鬼加入我们的队伍，只有队伍壮大了，我们才能永远享受荣华富贵。"

"好呀好呀。不一定非要用钱嘛，我有办法，下次你再回来就让你带几个人走。不过别扫兴，现在我还要你。"白玛朗珍哼哼唧唧地又盘在了男人身上。

这时洛丹带俩战士和嘉措破窗而入，一声枪响，直接控制了赤裸着下身的扎西占堆，白玛朗珍尖叫着用毯子裹住了自己白花花的一身肉。外围的战士听到枪声，直接鸣枪包抄过来。四个叛匪与冲过来的解放军战士交上了火。洛丹他们控制着扎西占堆从内屋冲出，边从后边袭击叛匪，边大声喊话："扎西占堆已经被俘虏，放下武器，就有活路!"四个叛匪一看根本就没有机会逃走，乖乖地扔掉枪，举起了双手。

农会干部听到枪声，知道抓住了叛匪，带着几十个农牧民打着火把跑了过来。大家看到抓到的叛匪果然是黯堆的弟弟扎西占堆，有人气愤地往他身上扔石头。洛丹和格桑梅朵制止大家，安排人控制了旁边屋子里的扎西班典，然后把扎西班典、扎西占堆、白玛朗珍和四个叛匪一起押解到工作队驻地。

原来扎西占堆早些年去印度后，和一批青年人被送到美国进行军事训练，他不仅会用无线电，还会使用多种武器、炸药。在拉萨全面叛乱前被美军空投在山南后，配合美军给叛乱武装提供情报，是叛乱分子的骨干成员。在解放军清剿过程中，由于腿部受伤不便撤离，叛匪首领希望他留下来能继续提供山南地区我党我军情报。他带领一队残余武装在老家附近的山洞和树林里东躲西藏，依靠无线电和外界联系，靠美国空投的物资、药物和到各黯卡抢掠生存，向境外不断发送山南地区民主改革和土地改革的消息。扎西占堆伤势好了以后，就回家想通过自己的女人诱骗更多的农牧民和他们继续作乱。没承想还是落在了格桑梅朵、洛丹带领的工作队手里。

根据抓获叛匪提供的信息，搞清楚了隐藏在山林里几个叛匪的家庭情况，洛丹带领战士和农协委员顺藤摸瓜，包围了藏在山洞里剩下的十几个叛匪。农民协会几个成员和几个叛匪的家属给他们喊话，宣讲政策，叛匪听说扎西占堆已经被抓，知道再也没有人逼迫他们，知道投降就可以活命，还可以分得田地，纷纷扔出了枪支，高举着双手走出山洞。

在山洞里收缴了叛匪的武器、弹药、电台。在清理东西时，竟然在几个叛匪的衣服夹层里发现用印度纸写给山南联络人的信。信上的联系人多是对共产党不满的�堆、根宝、大差巴和喇嘛，内容是要求叛乱分子回到家乡后积极联系这些人，壮大队伍，秘密行动，对抗共产党；并转告这些人，他们背后有美国人支持，不要怕；万一暴露了，可以设法跑到噶伦堡去找叛军；如果跑不掉，可以伪装进步，先接受共产党的政策，以后再伺机行动。发现这一情报后，格桑梅朵和洛丹觉得必须尽快给上级汇报。由洛丹带人将抓捕的叛匪分别关押在石房子加强看管。格桑梅朵和嘉措骑马疾驰去山南向地区党工委汇报剿匪情况。

巴鲁乡工作队在民主改革过程中，机智灵活地抓捕了二十余名残余叛匪，而且提供了隐藏在群众中的思想摇摆的上层分子的情报。怡高远带人赶到巴鲁乡，将叛匪押解到地区进行调查处理，将叛匪准备联系和已经联系的�堆、根宝、大差巴、喇嘛控制起来，加强看管和教育改造。

通过这次行动，彻底肃清了乃东县周边山林中的叛乱分子，为民主改革的顺利开展扫平了道路。

# 章节十三　望果节庆

抓获了叛匪，批斗了豁堆、根宝、管家，农牧民的士气大涨。经过讨论，豁堆、根宝、管家和差巴户都同意了让朗生和没有家的堆穷先安家。格桑梅朵带领工作队负责监督，让农民协会负责分配住房和牛羊等生产和生活资料。

农民协会通知所有农牧民参加分地大会，这是选举农民协会，批斗豁堆、根宝、管家之后第三次全体群众大会。前两次远远看着听着没有参加大会的流浪人也被邀请到了会场。边巴站在木板桌前，大声宣布：在分田地前，首先废除奴役制度，原来的差巴、堆穷、朗生都统一称呼为人民群众或者百姓，原来的朗生没有家，现在是夫妻的团聚，有子女的可以一起安家；没有父母的兄弟姐妹可以一起安家；单身的孤儿可以按照自己意愿和年长的朗生一起组合家庭。没有住房的贫困堆穷也可以先安家。庄园大宅两边的石头房子，豁堆、根宝各留三间，其余房子按照拟分配土地的远近，分给一些朗生家庭，每家两间，大宅第一层留下工作队用房和会议厅外，分给五家朗生家庭每家一大间。大差巴和堆穷的房子继续保留，需要修缮的由工作队和农民协会统一修缮。没有分配到房屋的堆穷根据拟分配的土地就近搭建帐篷和住房，组成新的村庄。农民协会宣布巴鲁乡由三个村庄构成，巴鲁庄园南端建设的新村叫巴鲁一村，北端建设的新村庄叫巴鲁二村，原来的庄园叫巴鲁三村。农协委员扎桑和桑珠分别担任两个新村的村长，巴鲁三村的村长由农民协会副主任多拉兼任。

当边巴宣布完房屋和土地分配方案后，大家都张大了嘴巴，没有想到格桑梅朵的阿爸和两个弟弟与流浪户被安排在距离庄园最远的巴鲁一村。梅朵队长的阿爸格桑平措带着两个儿子格桑多吉和格桑次旦背着简单的盆盆罐罐高高兴兴地去了自己的土地边安家。扎桑带着儿子也去了。

工作队队长的阿爸和弟弟被分到庄园最偏远的地方和流浪户一起安家，农民协会的委员也主动带着家人去了，他们分得的土地有三成是撂荒地，还会有谁对自己住在大宅院的一层和石头房子有意见呢？还会有谁对自家分得的良田有意见呢？人们欢天喜地跟着工作队员和农协干部一起去看自己分得的田地。

"我们生下来就在田里干活，但是从来没有一点点土地是自己的，连差地都没有。过去我们的父母，没有给我们留下鼻梁大小的土地，却留下了还不清的债。共产党、新政府真是比父母还亲，不偏袒哪一个，都给分了土地。谁再种不好地，那是自己对不起自己。"老强巴喝着青稞酒，兴奋得五官错位的脸涨得通红。

"是夫妻不能住在一起，从没想着有自己的家，孩子们经常睡在马槽里，现在我们住在了老爷原来住的房子里，下雨不怕头顶淋，睡觉不怕地上湿。从前给老爷转经筒，现在我要为共产党做祷告。"老朗生土登颤颤悠悠地絮叨着。

寡妇达奴背着儿子，跟着工作队和农协委员，提起破旧的裙子赤脚蹚过溪流，来到分给自己的土地边，抱起石头和土坯堆在自己的地头，工作队给她地头插上牌子，写着达奴的名字和地亩。达奴扶着牌子，哇哇大哭，边哭边磕头："菩萨呀、文成公主呀，终于有活路了，我这个乞讨了半辈子的寡妇还会有自己的地，我做梦都没有想到，我给共产党、毛主席磕头了！"

土地分配完成后，开始分配牛羊和马。给黥卡养了三十年牛的桑木首先挑选，她挑选了一头正在产奶的牛，满怀深情地抱着奶牛的脖子说："过去喂马的人没有马骑，喂牛的人没有奶喝，种地的人没有饭吃；共产党给我们分了地、马和牛羊，我下半辈子可要好好活。"

一辈子都在为主人喂马的老土登，首先给自己挑选马。他挑了一头能犁地的儿马，又挑了一头小马驹，脸上的褶皱里塞满了笑意，颤巍巍地指着与他一起养马的孤儿、十二岁的小朗生更旦说："我老了，没儿没女，就带着更旦一起组成一个家吧。"多拉笑哈哈地说："你是马首领，你随便挑哪一匹大家都不会有意见的。听说更旦的寡妇妈妈正讨着饭往回赶呢，到时候你老家伙可就得便宜了。更旦的妈妈可是我们村的花眼美女哟！""我当然盼着更旦的阿妈能回来，那时候，更旦就会更幸福，人家如果不嫌弃我，我们一起过那当然好了！"大家都哈哈笑起来。老土登带着更旦一起住进了马棚边上的一间房子。他俩有地，有马，有羊，还有政府救济的糌粑、酥油，一老一少相跟着，走起路来都像带着节奏，跳着唱着，好不欢喜。有了家，有了吃的、住的，农奴们已经开始向往更美好的生活了。

工作队帮助吉米和老母亲把村口的棚子又收拾了一下，比原来更结实了。她们接回来了带着女儿乞讨的姐姐和已经怀孕的妹妹，一家四口人住在了一起，一辈子愁眉苦脸的老太太终于有了笑容。


牛和马分到每家每户，一般好养好用，也有利于生产。但是黥卡的五百多只羊如果都让新的主人领回家，很难放养。大家觉得应该继续由原来的放羊人统一在集体山林草地上放羊。可是羊毛羊粪给谁又成了矛盾。各家各户可都等着羊毛编织氆氇和衫子呢，等着羊粪肥地呢。大家意见很难统一，格桑梅朵思考再三提议："既然把羊领回家难以放养，有条件自己放养的家庭可以将分给自家的羊带回家，没有条件养羊的还是留在原来庄园的羊圈里继续集体放养。原来的放羊人登甲一家继续为大家养羊，谁家羊的羊毛谁自己剪，羊粪集体收集后再分给大家。不过有个条件，放羊人登甲家的地应该由农民协会安排大家轮流替他耕种。"大家一听，觉得这真是个好办法，都高兴地举手表示同意，被格桑梅朵的足智多谋所折服。

紧接着就是水磨怎么使用的问题。水磨整个巴鲁乡只有一个，谁磨糌粑谁出力，但是水磨需要一个看护的人。不能把巴鲁乡唯一的水磨用坏了。按民主改革意见分产到户没有问题，集体财产，集体共有的一些东西是不能少的。农协主任边巴说："水磨不可能分给谁家，还需要原来的看管人继续维护，帮助大家磨青稞，磨豆面。看护水磨的和看护羊群的一个待遇。再说了，除过水磨是集体的以外，还必须明确庄园的两个大林卡也是集体的，除过各家分得的土地外，山林和山地草场也是集体的。农民协会会把这些集体财产看护好、使用好，让其发挥作用，给集体和全乡的群众带来好处。"

边巴讲完后，很多农牧民却没有听明白。格桑梅朵清楚其中的原因，她知道边巴、吉米、多拉和扎桑等农协委员的心思。他们都知道水磨、林卡、大的草场、坡地森林是集体所有，其收入产出归所有村民所有。当大家窃窃私语时，格桑梅朵认为很有必要给群众做进一步的解释："刚才边巴主任说的意思，也许一些乡亲没有听清楚，这里农民协会在保证每个家庭有田地、有牛羊的同时，还要替大家着想，怎样才能吃到青稞面，喝到酥油茶，喝到青稞酒。分得土地、牛羊和马匹，就要把地种好，就要把牛马养好用好。生活好了还要过林卡，还要在山上伐木劈柴，这些都要农民协会商议后统一安排。集体的财产和个人家庭的财产要配合好，让集体财产弥补个人家庭的不足。所以大家在爱护个人家庭分得的财产的同时，也要爱护集体的财产。农民协会一定会带领大家不断过好新生活！"

格桑梅朵给大家解释后，虽然群众都在点头，可是她知道大多数人还是没有搞明白。就像她和工作队员反复宣传、讲解"三反双减"

一样，一旦提问农民协会的委员，还会有人回答错，说成什么"反乌拉、反喇嘛、反……"让穷困潦倒、目不识丁的农奴一下子明白这些大道理是有困难的，一定需要一个漫长和耐心的过程。

看到大家都分到了称心如意的土地，高高兴地开始施肥、拔草、放水浇地，格桑梅朵非常高兴，她带着一袋糌粑来到流浪户住宿地巴鲁一村。阿爸带着两个弟弟已经在流浪户旁边的树林里搭起了帐篷。

走进帐篷，格桑梅朵看到被叛匪打伤的弟弟格桑多吉噘着嘴，一边检查着他头上的伤口，一边说："多吉是不是生姐姐的气，没有让你和阿爸、次旦住在石头房子和大宅院里。"

"住不住那里都无所谓，我和阿爸、次旦苦惯了，能一起住在自己家的帐篷最好了。只是为什么我们家分的地没有人家的好！还有一些是荒地，没有种庄稼，怎么够吃呀？"

"多吉，不要怪姐姐，姐姐是队长，不能先照顾阿爸和你们。你放心，姐姐回来了，再也不会让你们忍饥挨饿。"格桑梅朵眼圈红红的，强忍住不让自己的眼泪流下来。

"多吉，说什么呢？你姐姐一回来就给你和次旦送来了新衣服和新鞋子，整个黯卡朗生还没有人穿过这样好的鞋子呢！再说了，我们现在有家了，你们都长大了，我们把有庄稼的地作务好，把荒地施肥整好，等着来春下种，饿不着的。"格桑平措制止大儿子。

"多吉哥拉，我们现在有了自己的帐篷，有了自己的牛羊，阿佳还送来了糌粑和酥油，我们再也不会挨饿了，你不要再怪阿佳，要感谢阿佳呀！"次旦拉着多吉的袖子说。

"不怪阿佳的，只是有点想不通嘛，别人家分的地和东西都比我们家好，阿佳是队长呢，队长家怎么反倒分得差了？"多吉吐着舌头，扮着鬼脸说。

"多吉、次旦，以后有姐姐吃的穿的就会有你们吃的穿的。穷人太多了，要想大家都分得一样是不可能的。一些差巴户因为被分走了一些地还在闹意见。咱家分得的良田少，但是荒地可要比别人家多一些。我们把荒地整好，明年收成就多了。咱不比分得多少，分得好坏，只要肯下力气，就会有好日子过。等今年的青稞和豌豆收了，工作队、农民协会就会帮一村、二村的人们搭建新房子，不会比庄园里的石头房子差的。住在这里距离自己的土地近，生产生活都要方便得多。这里距离庄园是有一点远，可是这里实际有小气候，溪水从田边流过，容易给田地放水，这里的地都是在山的阳面，庄稼容易生长。把沿溪水的路平整平整出行也会很方便，我们几家人和这里的流浪户一起好好生产，一定会建设出一个美丽的新村落。"格桑梅朵对着两个弟弟说。

"阿佳，听懂了。很多乡亲都说你是最有出息的。你为了大家过上好日子，一点都不照顾自己的家人。大家都更尊敬你了！我们不怪你。"多吉忍着疼痛笑嘻嘻地说。

格桑平措抚摸着刚刚支起来的新牦牛毛帐篷，在帐篷前用石头架起刚刚分到的铜锅，用在附近捡来的牛粪和枯枝熬了一锅香喷喷的酥油茶，和着糌粑，一家人第一次坐在自家的帐篷里吃饭，这种梦里才会有的场面终于变成了现实。格桑平措看着三个儿女，笑眯眯地说："我们这样的人家，原来想都不敢想会有自己的家，我和你阿妈生养了你们，梅朵十二岁、德吉八岁就被主人带到拉萨做奴仆，多吉十五岁被黎堆抽去当支差。生了你们，却不能随时和你们见面。现在好了，我们一家人可以一起吃饭了。你看，多吉分到了一只山羊、一把锄头、一把镰刀、五升糌粑、一个火盆，次旦分得了三只鸡、一个陶壶、一斗青稞，我分得了这个铁锅、一把勺子、五个木碗、一桶酥油，还有一头耕牛。这些家当够我们一家人用了，再把牛羊鸡养好，舍得力气把地种好，我们再也不怕饿肚子了。有空了，我就搓麻绳给多吉和次旦每人做一双靴子，加上梅朵你给的衣服，冬天也不再怕下雪受冻了。"

多吉和次旦也是第一次围在阿爸和大姐身边吃饭，两个小伙子不用再担心吃不饱，不用再担心挨主人的皮鞭，边吃边笑。

因为女儿身份的巨大变化，从咸阳学习回来带领穷苦百姓过上了新生活，格桑平措受到了整个黯卡人的尊敬。劳碌一生、受尽苦难、一无所有的他现在和儿子、女儿团聚了，有了自己的帐篷和土地，第一次有了自己的家，非常知足，柳树皮一样干巴的脸上有了抹不去的笑纹。

格桑梅朵百感交集，阿爸和弟弟有了自己的帐篷，能吃饱饭了，这时候如果阿妈还在世，德吉能回来该有多好。

巴鲁乡的农奴分到了土地，经过辛勤的耕作，收获了大量青稞，家家户户都有了粮食。农民协会组织大家一起采摘了果园里香脆的苹果和沟岸上的核桃，按照人头分到每家每户。农牧民自发到山崖上又摘得了不少的野枣、刺梨等。巴鲁乡的百姓自发地聚集在一起，欢歌笑语庆祝望果节。

林卡里搭起了原来黯堆家用的带有蓝色图案的大帐篷，一口大锅里煮着喷香的羊肉，几个妇女在大锅旁边的木板上切着萝卜。几只大铁壶里灌满了醇香的青稞酒和酥油茶。翻了身的农奴们在林卡中央的大树上挂起毛主席像，在毛主席像的旁边挂上洁白的哈达。人们欢呼："达赖的太阳照在贵族身上，毛主席的太阳照在我们穷人身上。现在达赖的太阳下山了，毛主席的太阳升起来了。"随后唱起了自编的俚语新歌：

> 望果节呀望果节，
>
> 往年的望果节，
>
> 都是看着果子流口水，
>
> 今年吃到了协会给我们分的甜果子，
>
> 甜果子呀甜果子，
>
> 你可知道我把你看了几十年。

俚语新歌唱罢，男女集体合唱起"朗玛"颂歌：

人民解放了，

有了自由的权利，

有了自由的权利，

心里真欢喜。


新政府来了，

搭起干净的帐篷，

到帐篷里来庆祝吧，

帐篷的围墙是金珠玛米。


共产党来了，

有了牛羊土地，

快给毛主席献哈达呀，

金珠玛米是毛主席派来的。


香甜的美酒喝不够，感恩的歌儿唱不完，东边一曲"朗玛"颂歌刚结束，西边又飘来了农牧民的心声：


共产党呀毛主席，

东方的太阳高升起；

共产党呀解放军，

救苦救难的金珠玛米；

种地的人儿有了地，

收获的庄稼归自己；

冰雹不打呀，

大风不刮，

我们还要报共产党的恩德。

章节十三 望果节庆

大家欢唱了一阵传统的民族歌曲后，格桑梅朵、德瑞仁珍给大家教唱《东方红》《社会主义好》，令人惊奇的是一两遍下来，竟然有人会唱了。这翻身农奴的心里对毛主席、共产党的爱该有多深呀！我们善良勤劳、热情厚朴的人民群众是多么让人感动呀！

颂歌唱罢，集体的大锅里羊肉已经捞起，大家围着堆用刀子分割羊肉，大口地品尝，喝着萝卜羊汤和酥油茶、青稞酒。谁也没有想到，农民协会给大家准备这么丰盛的吃食。很多人先收起来了自己带来的酥油茶和青稞酒。第一次有了集体喝不完的酥油茶、青稞酒，醉了原来的差巴，醉了原来的堆穷，醉了一个又一个没有喝过酒的朗生。他们可都成了身份一样的土地的主人，可爱的人民群众。

今年的望果节，不同以往。很多妇女扎上了新辫穗，穿上了干净整洁的衣服，甚至很多人借了新衣服赶来庆祝。今天巴鲁乡的人们不再那么狼狈，不再那么难堪，不再那么贫困，他们有信心、有理由、有资格穿得整齐一点，一起来高高兴兴地过林卡。

平时养马傻里傻气的老光棍土登，竟然戴着一顶金丝皮帽，穿着新绒褂子，黑裤子扎进新靴子里。平时黑瘦的细腿，涨得变形的小肚子不见了，整个人像变了一个样。原来在外长年乞讨的更旦妈妈听说巴鲁乡分地，一路乞讨着回来了，心甘情愿地和土登与儿子住在了一起，听说已经怀上了土登的孩子。这个土登一会唱藏戏，一会变花样耍个把戏，把坐在一旁的更旦和妈妈，还有大伙逗得前仰后合。

老强巴和桑珠、顿珠喝得面红耳赤，三人联手扮演成者噶①，跑到大家面前手舞足蹈地表演。

　　强巴："今天真高兴啊，贵族脚下的地塌了，穷人的天变高了吆。"

　　顿珠："过去我们想过好生活，可惜手长袖子短，现在

———————————

　　① 说唱吉祥话的乞丐。

有了共产党、毛主席，我们袖子不短了。"

桑珠："梅朵娃娃回家啦，讲话讲得我心亮堂，挖苦根、挖穷根，挖得透彻暖人心。"

合："祝愿大家扎西德勒平桑措！！！"

历经苦难的人们要狂欢一次，要把自己的心里话说出来。虽然天已经黑了，可是大家都舍不得离开，人们堆起了篝火，跳起了圈舞。一直到了半夜三更，这林卡里集体的大帐篷，树林里人们带来的小帐篷里，除集体的羊肉、酥油茶、青稞酒外，人们又都拿出来了自己带的人参果、酸奶、青稞酒、酥油茶。翻身农奴不仅要跳舞痛饮，还要放声高歌，夜里不时传来一曲又一曲的情歌对唱。

在大家兴奋狂欢的时候，不远处村口吉米家的房子里却传来了哭声。原来是格桑梅朵告诉吉米，望果节后，工作队就要离开村子。吉米一听就哭了，吉米一哭，跑进来几个妇女一听这一消息都哭了，哭成了一片。格桑梅朵怕影响大家欢庆的心情，赶紧制止吉米和大家："各位姑姑、吉米和姐妹们，我们工作队虽然撤了，但是我们还会在区里、县里工作，还会经常回来的。"

吉米边哭边说："梅朵姐姐呀，有你在，我们心里的苦向你说，我们自己害羞的事向你问，不懂的事向你学，你这一走不是把没学会走路的妹妹们放在了半路上？"

"梅朵呀，你能把我叫姑姑，是家里烧了几百年的高香。马儿走对路，不是马儿聪明，是骑着马的人指引了它。"扎桑双手合十，真诚地说。

"不是我们农民协会几个委员能干，是有梅朵带着工作队指导得好呀！你们能不能再多留几天，留不下十天留七天，留不下七天留三天也好呀！让我们抓紧把心里的疑惑都再学一学，解一解！"闻讯赶来的多拉、边巴走进了门，多拉迫不及待地说。

边巴一进来就坐在了吉米身旁。

格桑梅朵告诉大家："我们工作队员来帮助乡亲们搞民主改革，你看大家分得土地和生活用品后，劳动积极性都很高。我和队员还有新的工作任务。新政府一定不会就此不管我们农民协会的工作的。这几个月来，我们有的委员已经写了加入中国共产党申请书，这是非常好的。在我们巴鲁乡也要建立党组织，到时候上级不仅会派人来，还会让农民协会更好地实行管理职能。我也会经常回来看大家的。这里永远是我的家。我的阿爸、弟弟和乡亲们都不会再饿肚子了，我心里高兴呀！"说着说着格桑梅朵流下了幸福的眼泪。

"谢谢梅朵队长和队员们对我们的帮助指导，你们可要经常回来哟！"边巴激动地给梅朵端上青稞酒。

"虽说梅朵姐姐还会回来，那毕竟不能每天向你学习呀！你看我们家三个姐妹加一个老妈妈，连一个给田地放水的人还没有呢？"吉米害羞地说。

这时候扎桑说："现在的吉米可不愁放水的人，几个村的光棍都在追求我们吉米呢！吉米家三姐妹都长得漂亮，要不要让边巴住过来，便宜他一个！"

"才不要呢！"吉米早就害羞地低下了头。

这时候，格桑梅朵想起来大家传说的因为工作关系，边巴和吉米接触越来越多，两个年轻人慢慢擦出了爱的火花，可是吉米家没有男人，她的母亲建议让边巴住到她们家里来，让把这个家一起照顾起来。格桑梅朵接过话说："我们现在进入了新社会，要实行一夫一妻制，边巴和吉米都是农会干部，也是我们的乡干部村干部，还要加入共产党呢，怎么能走一夫多妻的路子。不光是我们吉米不愿意，我想边巴主任也不会愿意的，对不对？"格桑梅朵说着把目光转向边巴。

大家的目光一下子都转向边巴，一旁的边巴满脸通红，一着急有点结巴："我……我只喜欢吉米一个，我要把吉米接到我的家里去。不过吉米的阿妈和姐妹，我和吉米会继续照顾的！"

这时候的吉米幸福得像个新娘，情不自禁地笑着，拉着格桑梅朵的胳膊，红彤彤的脸上充满了光泽。

　　大家拿着酸奶、端着青稞酒，向边巴和吉米献上祝福；向格桑梅朵和德瑞仁珍几个工作队员敬酒献哈达，表示发自肺腑的感谢。

# 章节十四　爱情花开

　　看着一直以来在贫困和死亡线上挣扎的父老乡亲过上了新生活，看着自己的弟弟带着小伙子和姑娘们焕发出了少年应有的活力，格桑梅朵露出了欣慰的笑容。抬起头放眼望去，巴鲁乡周边山麓、河谷间茂密的森林上空雾气苍茫，白云在蓝天下、山坡上游走，成群的牛羊逐草嬉戏，景色变幻，风光绮丽，恍若仙境。这么美的景色，为什么自己从前就没有发现？应该不是没有发现，是视而不见，是看见了毫无感觉。人生的不同经历，生活的不同境遇就会带来不同的心情，不同的心情会把一样的景色看成不一样的景致。

　　乃东县气候温暖，土地肥沃，物产富饶，宜农宜牧，除主要种植青稞外，还盛产核桃、杏子、桃子、苹果等，是西藏高原上有名的产粮区。这么好的地方原来却有那么多人吃不饱，有人被饿死，只能说是腐朽的农奴制度造成的。现在每一个人都有了自己的土地，谁耕种谁收获，谁出力谁受益。吃饭很快就不再成为问题。下一步得思考如何利用好山林坡地和草场，这些坡地和草场大部分归集体所有，农牧民大多又在自由使用，怎么更好地利用牧场？果园谁来种植？谁来养护？谁来受益？也得有个章法。一个发展集体经济，促进农牧民多产多收的计划在格桑梅朵的头脑里慢慢形成。这需要在工作队离开前和农民协会交换好意见，让大家都接受，让人们都拥护。

格桑梅朵和巴桑次仁作为民主改革先进个人到县里参加会议，交流工作经验。在会议上，他们发现怡高远瘦了一圈，好像还有什么心事。一再追问才知道，怡高远的妈妈在不久前摔伤，担心自己不久人世，让哥哥和父亲写信希望他能回去。信里还说怡高远爸爸身体也不太好，希望他能早一点调回陕西工作，更希望他早日成亲，无论是自己说的那个藏族姑娘，还是老家一直等着他的郑文丽姑娘，只有他定了心思，另一个才会死心。说工作再忙，也绝对不能再耽误个人问题。老人希望在有生之年，看着他成家立业生子续后。

格桑梅朵听到了这个消息陷入深深的思虑：自己早就把怡高远当作了托付终身的对象，却从来没有考虑过他的感受、他父母的感受，他的处境、他家庭的需要。现在怡高远处于极度痛苦之中，自己却不能陪伴他，更不能跟随他去陕西，安慰他好像也无从开口，甚至因为自己使他难以抉择到底应该继续留在西藏工作，还是应该调回陕西。如果没有自己的牵绊，他是不是就可以调回陕西或者早就调回陕西了，了却老人的心愿回老家以尽孝道。

想到这里，格桑梅朵觉得应该和怡高远好好谈一谈。

山南秋天的傍晚天高云淡，晴朗宁静，西落的太阳拉出满天的彩霞，好像恋人无限的思绪，艳丽缠绵，飘荡悠远。格桑梅朵找到怡高远，静静地凝视着他说道："高远哥拉，认识你三年多来，我才知道一个人的生命真的可以改变，也是你帮助我树立了理想，走上了跟随共产党干革命干工作的道路。我从心底里早就把你当成了一生的依靠。现在我觉得自己太自私了，一方面是我觉得自己文化水平差、精神境界低，配不上你，一方面我担心自己这么依赖你会影响到你和家里老人亲人之间的感情。我有个想法必须说出来，若是因为我你下不了内调的决心，我愿意放弃这份感情！毕竟如果你内调、回陕西老家，对你个人、对家里老人和兄弟姐妹都有好处。目前这种形势，西藏有很多事情要做，国家培养了我，我想和你去陕西也不是时候，但是我真心又不能耽误你，不能因为我把你拴在西藏，这样对你和家里人都不公平！"一口气说完这些话，格桑梅朵想抑制自己可是眼泪还是夺眶而出。

"哦，你怎么想着我要内调回老家呢？我听说你可是去过怡魏村两次，你怎么一直不告诉我呢？"

"哎呀，说起来真让人害羞，这又有什么好说的嘛。你的老母亲和大姐前两年春节都到学校去看望过我，还给我做了新衣服，带了好吃的。老人家和蔼可亲，和我一点都不生分。我的高远哥拉和家里人对我特别好，你这一进藏就是整年整年回不了家，家里的父母、亲人一定会很想念你，我觉得自己有义务去看望一下他们！所以前年的中秋节和学校安排我们离校进藏前，我都让李玉玲老师带我去你的老家看望过你的父母和家人。"

"只是看望呀，有没有问起郑文丽结婚了没？"

"你羞我是不是，我也是着急嘛，觉得郑文丽是高中毕业，又是教师，长得又那么漂亮，而且我一眼就看得出来她是喜欢你的，人家是关心你嘛！"

"你是关心我，是不是想让我父母催促我和郑文丽结婚算了，这样好解脱你？"

"才不是呢！你竟然这样想。再说我是和李玉玲老师一起去你家的，老人家和大哥大嫂可热情了！我还想着老人家一定觉得李玉玲老师是你的女朋友，李老师可是我们学校最漂亮的老师，她和你年龄相仿，谁都觉得你俩是郎才女貌！"说到这里，格桑梅朵自己倒咯咯咯地笑了起来。

"我现在觉得梅朵姑娘可会说话了，那你知道不知道我上次回老家时告诉老人家我已经有对象了，是一个漂亮的藏族姑娘，正在西藏公学读书，她的名字叫格桑梅朵。而且老人家都知道李玉玲老师和我是战友，是张大明副部长的爱人，早都有了孩子！"

"啊呀，羞死了，你妈妈和大嫂拉着我说话，不停地夸我长得漂亮，汉语说得好！他们一定觉得我就是你说的那个藏族姑娘！"

"那你说还有哪个藏族姑娘？"

格桑梅朵说完，自己先咯咯笑了起来，这明知故问，更显得她聪颖调皮。

"好了，高远哥拉，我就是怕因为我让你难过，让你难以抉择。听说你经常还收到郑文丽老师的信，你做出怎样的选择我都不会怪你。"说到这儿，格桑梅朵神情又黯淡下来。

"梅朵，你想得复杂了，郑文丽的哥哥郑文学是我的高中同学，我们关系很好，郑文丽是我们看着长大的，她也是个积极要求进步的好青年，他们家和我姐夫姐姐又是邻居，也经常去我老家玩，双方老人都有促成我们婚事的想法。上次回老家时，我就给了老人肯定的答复，我有了自己喜欢的女孩子。郑文丽写的信多，我只回过一封，那是出于礼貌，鼓励她积极上进，也说清楚了我会在西藏长期工作，希望她在老家找个好青年。"

"我知道喜欢高远哥拉的姑娘多，所以越来越没有自信了，我该怎么办呢？"

"梅朵，随部队进藏七八年来，转战多地，却多次和你相遇，在相遇中相知相恋。西藏不仅需要你，也需要我。你也知道随着平叛和民主改革，国家从祖国各地给西藏调进不少干部，我有什么理由放弃建设西藏的责任呢？陕西关中平原的老家平坦富庶，生活条件优越，能调回去当然是好事。如果真想内调，我在1956年'大收缩'时就调回去了，怎么可能等到现在？再不济我在成立西藏公学时去做个藏语教员或者管理人员也是可以的，那时候把你们送到咸阳，公学书记几次动员我留在学校工作，那时候我稍有心动，也是可以留下的。"怡高远一边平静地说着，一边拉住梅朵的手，递给她一份文件，"我老父母和哥哥姐姐一帮亲人当然希望我能回到老家，回到距离他们近一点的地方工作，但是他们在信的最后写了一句'自古忠孝不能两全，国家培养你这么多年，你已经是领导干部了，你的事你自己抉择，我们都会理解'。我现在就要尽快完成老人的心愿，先成家，再生子。你看看要不要在这个申请上签字?"

格桑梅朵迟疑着，思量着怡高远的话有些心神不定。她心目中最亲密的高远哥拉说要先成家再生子，却要自己签什么字？当她接过怡高远递过来的那页纸时，甚至有些不敢看上边到底写的什么。当格桑梅朵定下神，看清楚怡高远拿给她看的是写给组织的要和自己结婚的申请时，既紧张又兴奋，一下子扑到怡高远的怀里，幸福地闭着眼睛，小鹿一样地拱着。

1959 年 10 月 1 日，以往萧条破败、风沙弥漫的泽当古镇，艳阳高照，红旗招展，整洁而喜庆。成百上千的农牧民聚集在一起，在雄壮的国歌声中向徐徐升起的国旗行注目礼。随后隆重举行了庆祝中华人民共和国成立十周年庆典暨民主改革总结表彰大会。格桑梅朵、巴桑次仁、边巴等一批先进个人和积极分子在会上受到表彰。分得土地和牛羊骡马的农牧民第一次参加这样的大会，当看到原来和自己出身一样的格桑梅朵和几个农奴积极分子穿着簇新的衣服戴上大红花时，一种真正度过苦难的欢乐感充盈了每一个农牧民的身心。

庆祝大会后，农牧民怀着无限的喜悦与山南分工委、乃东县工作队员一起顿地为节、连臂踏舞，跳起欢快的锅庄。泽当广场成了欢乐的海洋。雅鲁藏布江和雅砻江交汇处的乃东县泽当古镇，相传是藏猕猴与罗刹女结合生猴仔并化而成人的地方，这里是藏民族的重要发祥地，自古就是整个山南地区的政治、经济、文化中心。可是千百年来，这里延续的奴隶制度，使先祖创建的灿烂文化不仅没有被发扬光大，而且应该说已经严重阻滞了社会的发展，使得在这里世代生息繁衍的大部分民众过着牛马不如的生活。此时巍峨神秘的贡布日神山静静观望着自己的子民，与雄奇的雍布拉康一起见证着农牧民翻身后的欢乐情形，它们一定惊奇于习惯愁眉苦脸的人们终于有了笑颜。

怡高远和格桑梅朵与大家跳了一阵锅庄，邀请洛丹、巴桑次仁、更果果等同学战友来到怡高远的宿舍，向大家宣布两个人成婚的消息。怡高远的宿舍作为他和格桑梅朵的婚房，只有一张桌子、一个方几、一个火炉和一张用两个卡座铺上新氆氇组成的双人床。床铺上两床新军用被子，一个被子上摆放着一个新枕头。炉子上的酥油茶冒着热气，靠着炉子的方几上摆放着一盆风干牛肉、一盒奶酪干、一盒水果糖、一壶青稞酒。牛粪火的草香、青稞酒的醇香、酥油茶的芳香使狭小的屋子显得简洁而温馨。

怡高远穿着一身崭新的绿军装，古铜色的面庞棱角分明，眼神坚毅，精神抖擞，英姿勃勃。格桑梅朵一身用绛红色氆氇新做的藏袍，藏袍袖口用金色平绒镶边，领口露出洁白的羊毛，腰间一条金色平绒腰带，将藏袍恰到好处地提到脚面，露出镶着金边的皂色新靴，洁白的羊毛领口映衬着白里透红的脸蛋与一双纯净如水的大眼睛，使得梅朵显得雍容而妩媚，婀娜而多姿，健康而漂亮。

新房内外贴着鲜红的喜字，门上贴着怡高远自己用藏汉双语写的新婚喜对：

举国同庆庆农牧民翻身，
小家欢乐乐藏汉族联姻。

格桑梅朵招呼着大家吃喜糖，她的父亲很腼腆，坐在屋角不说话，可是老人眼角眉梢都是抑制不住的喜气。梅朵的两个弟弟格桑多吉和格桑次旦烧旺炉火，给来客添着青稞酒、酥油茶。这时候，屋外突然人声鼎沸，原来是西藏军区张大明副部长和山南分工委领导杨万海带着一帮人前来祝贺，还特意带来了一桶酥油，一桶青稞酒。随张大明一起来参加婚礼的还有和怡高远从兰州大学一起应征入伍的同学、战友李生茂。这李生茂一直在机关从事翻译工作，现在是领导秘书，这次随张大明一起来参加山南地区国庆庆典和民主改革总结大会，也是知道怡高远要结婚，特意一起来祝贺的。几位老战友，老同学相见分外亲切。

张大明、杨万海、李生茂给一对新人献上洁白的哈达，他们几个又接过格桑多吉和格桑次旦递过来的青稞酒，杨万海高兴地说道："我们的怡高远主任和格桑梅朵队长喜结良缘，是民族团结和西藏革命的一大成果，请大家今天好好喝、好好唱，为他们送上最美最好的祝福!"说着和怡高远、格桑梅朵碰杯后一饮而尽。张大明说："看到你们结婚非常高兴，我今天不仅是代表组织前来向你们表示祝贺祝福，还是代表我们一起战斗过的老战友、代表我和我的爱人李玉玲向你们表示真诚的祝福。李玉玲说了，我就是再忙，也要赶过来参加你们的婚礼。"说完张大明和怡高远紧紧拥抱在一起，这时李生茂、杨万海也走过来，四个男子汉紧紧相拥，不自觉都落了泪。这是志同道合的战友互道珍重的泪花，这是深知进军西藏军人不易的泪花，这更是看到战友喜结连理幸福的泪花。格桑梅朵和周边的人们都被四个热血汉子的真情所感染。

更果果带着一帮西藏公学的同学前来祝贺。姑娘们穿着藏装，藏装上镶嵌着各种夸张的石质和骨质的挂饰，显得喜气而庄重。小伙子们穿着未带领章的军装，干净整洁。他们手挽手，一边跳舞，一边唱起了祝福歌：

是谁帮咱们翻了身诶？
是谁帮咱们得解放诶？
是亲人解放军诶，
是救星共产党诶。
军民本是一家人，
如今亲上又加亲诶；

军民本是一家人，

如今亲上又加亲诶。

祝福怡主任和梅朵幸福久长诶，

呀啊呀啦嗦诶！

　　舞蹈队后边，边巴带着巴鲁乡农民协会的代表，敲着牛皮鼓，摇着风铃，给怡高远和格桑梅朵送来祝福。格桑梅朵再也控制不住自己激动的感情，一下子热泪盈眶，让弟弟和巴桑次仁、洛丹端着水果糖、干肉和奶酪干答谢大家，她拉着怡高远给大家深深鞠躬，并深情地以歌答谢：

哥是天上一条龙，

妹是地上花一丛；

龙不翻身不下雨，

花不见雨花不红。

穷苦惯了忘了痛，

不知劳耕为谁忙；

共产党光辉高万丈，

幸福道路更宽广。

今天和哥结同心，

藏汉本是一家人。

感谢大家送祝福，

甜蜜幸福同守护。

咿呀咿啦嗦。

　　怡高远和格桑梅朵的结合，是一个内地大学生出身的汉族小伙和一个朗生出身的藏族姑娘的结合，是一个进藏解放军军官和一个刚走出西藏公学校门半年不到的年轻女干部的结合。这在当时的山南地区乃至拉萨都产生了很大影响。他们被西藏人民传说成继承松赞干布和文成公主传统的金童玉女，无论走到哪里，人们都会拱手祝福。说成金童玉女主要还是因为怡高远英武帅气，格桑梅朵迷人隽秀。不过两个人的结合的确弘扬了藏汉民族团结的情谊，对于提高农牧民社会地位和巩固民主改革成果也有重大意义。

太阳犹如巨大的金盆，恋恋不舍地向贡布日神山滑落，沿着山坡将漫天的流云映射得绚丽多彩，美丽的晚霞将天与地紧紧连接在一起，似乎在给处于欢乐中的所有农牧民披挂上彩色的哈达。祝福的人们慢慢散去，怡高远拉着格桑梅朵的手，定定地注视着她。这时候的格桑梅朵淡妆慵懒、冰肌玉肤，犹如山岩上俏丽的雪莲；她双眼迷离、烟含雾罩，不含一点的俗气与厌腻；她声音空灵澄澈，皮肤白皙轻柔，恰似一个下凡的仙子。格桑梅朵紧紧依偎着怡高远，两个人看着窗外漫天的彩霞，看着床头墙上鲜红的喜字，看着跳跃不停的炉火，一刻也舍不得分开。

是夜，怡高远和格桑梅朵一直能听到从远处传来的歌声：

> 在那东山顶上，
> 升起皎洁月亮。
> 年轻姑娘面容，
> 渐渐浮现心上。
> 啦咿呀啦嗦啊。
>
> 黄昏去会情人，
> 黎明大雪飞扬。
> 莫说瞒与不瞒，
> 脚印留在雪上。
> 啦咿呀啦嗦啊。

白日干活不累，

黑夜躺着不眠。

哥拉心中浮现，

是否阿妹容颜。

啦咿呀啦嗦啊。

# 章节十五　互助脱困

分得土地和牲畜的农牧民生产积极性很高，第一年的收成主要是原来已经播种的庄稼，很多家庭解决了吃饭问题；但是分得已播种土地少、次地和荒地多的群众，口粮还是个问题。长期的农奴制度，有相当一部分农牧民因为常年为领主放牧或做杂役，不会使用农具，不懂农业生产，分得的有限农具与牲口靠单个家庭也完成不了所分土地的再次耕种与农业作务。

因为不会农业生产，一些朗生户竟有将土地交给富裕户，自己继续打工或依附生存的念头。如果走到这一步，就真是民主改革的倒退了。当然原来的一些差巴户和富裕户是很希望朗生户继续依附于自己的。想继续依附富裕户的朗生，不懂农业生产是个理由，一些人纯粹是对做人的尊严没有认识，懒散和无知是他们自甘贫穷的一个主要原因。

巴鲁乡在党组织领导下实行人民自我管理。农民协会会长边巴被群众选举为乡长。已经担任区长的格桑梅朵联系指导巴鲁乡工作。对不能正常耕作的农牧民家庭的情况，她看在眼里，急在心上。一些贫困户不思进取，放弃彻底改善生活质量的机会，对这种思想必须加以教育，绝不能允许富裕户接受贫困户的土地。

在了解了农牧民的基本需求后，结合对周边地区先进民主改革经验的学习，格桑梅朵提出了在巴鲁乡各村成立农业生产互助组的建议。只有通过农牧民组团互助才能解决农业生产资料不足、劳力分散等问题；也只有通过农牧民抱团互相帮助才能把有限的劳力用起来，使有经验的农业把式给原来从事杂役和放牧的农奴教会作务庄稼的技术。

格桑梅朵与边巴及三个村长商议后，召开群众大会，一户要保证来一个人。对大家讲了成立互助组的想法，希望大家在自愿基础上组成互助组。巴鲁乡在原庄园基础上形成了三个自然村，共有八十户家庭，有生产能力和家庭相对富足的农牧民根据土地连畔、亲戚关系等分成了十几个小圈圈，扎桑、旺堆等七个朗生户、流浪户因为人力不足、不懂生产技术和生产资料短缺没有人愿意与他们结合。看到这个情况，格桑梅朵很是着急，也有些气恼，觉得刚刚富裕起来的一些农牧户太不近人情。可是细想起来，农牧户多年来基本没有占有生产资料，大家穷怕了，日子刚刚起色，吃饭都不能完全保证，很多农牧民到了冬季还是衣不蔽体，富裕户也有断粮的。担心被那些不懂农业生产技术的朗生拖累，不愿意和他们抱团组成互助组也是人之常情。

为了不影响富足农牧民的生产积极性，又要帮助特困朗生户学习农业生产技术，种好庄稼，必须想别的办法。格桑梅朵结合在拉萨堆龙调查学习的经验发现，农业生产互助组开始都是采取行政命令的办法以行政村划块为单位组织起来的，互助生产的优越性并没有很好地发挥出来。被称为"穷棒子"的朗生，完全可以自己组成互助组，只要大家齐心协力，没有干不成的事。

身为巴鲁乡第一村村长的扎桑非常伤心，她坐在会场的角落哭泣。自己和同为朗生的丈夫此前会一些农活，后来一直给领主老爷喂马放牛，前几年丈夫病饿而死，她和儿子次成平措相依为命，次成平措刚十五岁就开始给老爷赶骡马，也不会作务庄稼。虽说会做一些简单的农活，但还是跟不上人家富裕户。现在日子稍微好过一点的中等农牧民都嫌弃她拖累，不愿意结合互助。原来领主老爷看不起她，现在原来和她光景差不多的堆穷户都看不起她，这实在让她心寒。再说几个堆穷户原来家里艰难时，她也没有少照顾他们呀，靠自己和儿子以及仅有的一匹马要耕种十多亩地是不可能的。这怎么能让她不伤心？

在扎桑旁边坐着一个满脸愁容的朗生，他叫旺堆。同为朗生户，被别的合作户嫌弃，已经非常让人沮丧了。况且他虽说会作务农业，可是他带着一个病恹恹的老婆和未成年的女儿、儿子，谁愿意受拖累呢？旺堆两眼无神地看着天空，口中念念有词，希望菩萨能够帮到自己。

格桑多吉已经被选拔到西藏公学去学习。格桑梅朵的阿爸带着小弟次旦，被吸收到了几户富足户组成的互助组。她觉得一方面是阿爸带一个弟弟是一个半壮劳力，别的农牧户愿意组合进互助组也说得过去。但是阿爸和弟弟原来都以放牛放羊看护骡马为主，也不大会侍弄庄稼。别人愿意拉爸爸和弟弟进互助组，最大的原因是格桑梅朵自己现在的身份。这种特殊的照顾非常明显。她领导大家平叛改革，不能只解决自己家的问题。

格桑梅朵早就发现扎桑有胆识懂大道理，人也聪慧厚道，应该和她好好商量，找一条搞好巴鲁一村生产的路子。格桑梅朵提出朗生户不能自暴自弃，眼下一村六家富裕户已经自发组成了一个互助组，剩下的朗生户和流浪户只有一条路可走，那就是没有人要的穷朗生和流浪户自己应该组建互助组。扎桑一听，眼前一亮，虽说大家都很艰难，但是大家抱团后力量就会大很多。她相信，有格桑梅朵的支持，没有克服不了的困难。

扎桑带着格桑梅朵首先找到旺堆合计。旺堆两口子带着一个女儿、一个儿子。因为老婆常年有病致贫沦为朗生户，旺堆自己懂农业生产技术，女儿十四岁了，也快成人了，一直帮着阿爸照顾阿妈，儿子却还小。扎桑说了组建朗生互助组的意见后，旺堆直瞪瞪地看着格桑梅朵说："梅朵区长是上面派来的，只要你支持我们，我可以给大伙教技术。只是我家只有一匹马，再就我这个人拉犁啊？""不要怕，我这就去找我阿爸，让他带我弟弟从别的组里退出，和你们一起组合，我阿爸分有一头牛呢，他和我弟弟都是好劳力。"格桑梅朵鼓励旺堆。一听格桑梅朵让自己的阿爸和弟弟从富裕农牧民的互助组里退出加入这"穷棒子"互助组里来，旺堆一下子兴奋起来说："太好了，有你这样的区长帮我们这伙'穷棒子'，扎桑阿佳也有一定的务农经验，我们把其他五户朗生户、流浪户叫在一起商量，流浪户里也有几个人会耕地呢，大家一起鼓劲，不怕耙不好地，打不出粮！"

格桑梅朵的阿爸和弟弟知道她是回来带领农牧民过好日子的，是她带领工作队让堆穷、朗生分到了田地、骡马和牛羊，她让自家人从富裕农牧民合作组里退出就有退出的原因。阿爸和次旦毫不犹豫地从富裕农牧民互助组退了出来，加入扎桑牵头的"穷棒子"互助组。

扎桑很泼辣，把大家集中起来后，她大声说："我们八户朗生、流浪家庭，共有男女劳力十五个，只有七个人以前在地里干过活，其余的人原来都是在谿卡里当马夫和佣人，再就是给谿卡放羊赶骡马，根本不懂农活，还有十一个小娃娃没长大，干不了重活。我们和人家富裕户不能比，我们经验少，缺犁、缺锄、缺锹、缺牲口。单独靠每个家庭根本干不完地里的活，也干不好地里的活，就更不用说让地里长出好青稞，哪能有好收成。过去没有土地和马牛，我们穷，现在政府给我们分了地，分了马和牛，我们再养不活自己说不过去。我们坚决不能把自己的地再交给富裕户，重新去做奴才。我们这八户'穷棒子'自己搞个互助组，把我们的马和牛集中起来耕地。我就不信我们干不过富裕户！"

"我们虽然穷，但我们不能没有志气。过去领主老爷看不起我们，现在富裕户小看我们，那是怕我们拖累他们。我们自己争口气，求人不如求自己。我们有的是力气，可以用我们的劳力去换富裕户的牲口，我们联合起来，一定会作务好自己的土地！"旺堆激动地说。

毫无指望的"穷棒子"朗生户、流浪人，听着扎桑和旺堆的话，看在一旁对大家充满期待的格桑梅朵，从原来的一筹莫展变得有了底气，纷纷开口说同意组成一个独立的互助组，齐心协力，一起走出贫困。

扎桑拉着格桑梅朵的手说："我们'穷棒子'在你的鼓励下自己组建互助组，希望梅朵和区里支持，现在马上春耕了，最紧缺的是种子和农具。"旺堆补充道："我们八户人家，土地不少，超过了二百亩，有一半以上的地是荒地和新开垦的。我们组只有四头耕牛和两匹马，大农具只有三个旧木犁，在全乡来说，是最穷的八家。做农活技术我们一年来学了一些，但种子和工具现在没法解决。"

"所以嘛，我一直说你们这些既没有生产工具又一大半人不会干农活的人，一定要和中等农户互助才能搞好生产，不然只能自己饿死自己。"乡长边巴一直不赞成"穷棒子"朗生户自己组建互助组。

"边巴的想法也有道理，但是又有不对的地方。首先是富裕户和中等户怕'穷棒子'户拖累他们，朗生户都是受苦受累惯了的穷人。以前吃了那么多苦，领主老爷谁会心疼，谁会关心？只是把大家当牲口一样驱使。现在共产党和人民政府给我们分了地，分了住房，还分有牛马羊。我们把这些地作务不好是没有道理的，再出现饿肚子的事会被人笑话的，我们这些朗生户一定要自己能养活自己，还要把自己的土地种得更好！我代表区人民政府支持你们单独建组，还要把这个组当成重点扶持的对象，在全区树立榜样。你们只要听共产党的话，就完全能把互助组办好！"格桑梅朵积极支持穷人抱团组建互助组。

"政府能不能先给我们借一些种子和农具，等秋天收割后我们就还给政府种子，自己再置办农具。"扎桑焦急地说。

"种子和工具政府帮你们，主要是我们这些朗生户要自己想办法运肥、耕地、播种、互相救济。我阿爸与两个弟弟和你们一样穷，却被富裕户组织到互助组，我很清楚是因为他们看我的面子才这样做的。今天我把我阿爸和弟弟带过来也加入朗生互助组，就是不搞特殊。种子我找政府给大家借，目前区里乡里把农具和牲口都分给了大家。这需要咱互助组自己想办法。我在咸阳西藏公学上学时学过耕地、耙地、施肥、掰苞谷、种小麦，没什么难的。我今年和你们一起干。只要大家齐心协力，我们这个互助组一定会越办越好!"格桑梅朵激动地说。

"既然梅朵说了，我觉得不会错，我和吉米也加入你们互助组吧。"身为巴鲁乡乡长、朗生出身的边巴也带着家人加入了穷人互助组。这个互助组有了九户人。

朗生户高兴极了，旺堆拉着格桑次旦的手说："我们多向你姐姐学，一定错不了。"

这样，格桑梅朵阿爸一家和七家没人要合作的朗生户流浪户，再加上边巴家组成了巴鲁乡"穷棒子"互助组。扎桑既当村长又当互助组组长，组织大家一起忙春耕。格桑梅朵拿出自己所有的工资购回青稞和豌豆良种，解决了互助组种子不足的问题。

由于运肥缺驮畜，耕地缺耕牛，播种没人会。春耕一开始，朗生互助组就面临诸多困难。加上边巴带来的一匹马，互助组只有七头驮畜，他们用人背的办法解决驮畜不足的困难，在全乡他们是第一个完成运肥任务的互助组。春耕，朗生互助组提前开犁，当全乡各互助组的春耕正式开始的时候，他们已经耕完了超过一半的土地，并通过人畜换工，以十个劳力换取了五头耕牛，耕地任务提前完成。因为会播种的人少，扎桑和旺堆、边巴、吉米带着大家向金珠玛米和富裕户学习播种技术。互助组一大半地是他们几个人亲手播种的，还教会了其他朗生，一起完成了剩余土地的播种。春播完成后，有三户组员因为家里人多就没有了口粮，扎桑动员其他组员互助互济，基本都得到了解决。锄草，全组的劳力，只有一半人会。"过去我们是家奴，学不到农业生产技术,现在自己有了土地,不学技术,怎么种地?怎么生活?大家一定要互相学习。"扎桑鼓励着全体组员。随着春耕的结束,全组男女劳力,都掌握了基本的生产技术。到了9月,朗生互助组的农业生产喜获丰收,比1959年单位面积产量提高了一倍还要多。缺口粮的组员全部解决了缺粮问题,五户组员还成了余粮户,卖给国家余粮两千多斤。组员用卖余粮得来的钱添置生产工具和购买牲畜,一年共添置两头耕牛、三头毛驴、四副新犁铧、三个犁架、九把铁锹、十把锄头和十把镰刀。

1961年,格桑梅朵指导朗生互助组普及良种,扎桑、边巴带领大家齐心协力战胜自然灾害,全乡土地只有少量受灾,取得了比先一年还好的收成。格桑梅朵和扎桑带领朗生互助组开展副业生产,搞运输、做扫把、织氆氇、养猪、养鸡等,极大地改善了大家的生活。到了10月,互助组计算家庭生产资料时,朗生互助组基本赶上了中等农奴的生产和生活水平,其中有六户组员的家庭生活水平超过了一般中等农奴家庭标准。巴鲁乡朗生互助组无论是生产组织、生产计划、团结互助还是组员的劳动积极性都为全县各互助组树立了榜样,成了穷人互助致富的一面旗帜。

1962年春播的时候,扎桑就发现格桑梅朵时常干呕,直觉告诉她这个不惜自己身体的好姑娘怀孕了。扎桑劝阻格桑梅朵:"梅朵拉,我是过来人,现在不比往前,可不能因为帮助我们这些朗生户影响了你肚子里的孩子呀!"

"我没有那么娇气,从小就是朗生,是共产党给了我现在的工作。我不能骄傲,更不能因为是干部身份就忘记自己的出身,就觉得高人一等。我的阿爸与弟弟和你们一样,我有什么特殊的,只有咱们朗生互助组的人都学会作务农业,能吃饱肚子,才算我为乡亲们做了实事,也不枉共产党培养我这些年!"

听着格桑梅朵的话,扎桑用衣襟擦着眼泪说:"我没有去过巴鲁乡以外的地方，你可是到高原外见过大世面的，见过大世面还不忘老本，不忘记乡亲，用自己的钱给大家买种子，我们都看在眼里，记在心上。除了共产党，谁会管我们这些朗生的死活？我们都要跟着你，跟着共产党走。我的儿子也很想学些文化知识，有机会让他和你小弟弟一起去当学员行不行？"

"好呀好呀，你儿子和次旦是好朋友，我先教他俩识字，等再选培训学员时我一定推荐他们一起去学习！"

熟料格桑梅朵刚说完，扎桑突然给她跪了下来，双手合十说道："梅朵姑娘就是菩萨派来拯救我们巴鲁朗生的，我给你磕头了。"

格桑梅朵吓了一跳，赶紧拉起扎桑："扎桑姑姑，你是我的长辈哩，怎么能给我下跪？再说了，我做的一切都是共产党教给我的，也都是我应该做的。可不要再说什么菩萨了，我们朗生祖祖辈辈相信菩萨，可有谁见过菩萨显灵来帮过大家，谁见过菩萨给朗生送过一碗水，喂过一口糌粑？倒是共产党、解放军比菩萨强呢！"

"对的，对的。解放军是金珠玛米，我们以后只相信共产党和金珠玛米！"

"这就对了，你是咱这个新村的村长，又是'穷棒子'互助组组长，你要让大家都相信只有共产党和金珠玛米才会让大家吃饱饭，带领大家过上好日子！"

"是的是的，等我们秋天有了收成，就把你买种子的钱连利息一并还给你！"

"还说什么还我的钱，更别提利息了。那样我不变成放高利贷了？只要我们互助组秋天有了好收成，我就满足了，有余钱你们就多添些牲口和农具。"

听着格桑梅朵的话，看着她怀着身孕还为朗生互助组操劳，扎桑忍不住还是流下了眼泪，抱着梅朵的肩膀说："不单单说共产党把你送到内地读书长见识，这共产党的军人和你们工作队做的事一桩桩一件件都是真比菩萨强多了。那些跑到国外去的活佛和领主老爷，谁管过我们堆穷、朗生的死活。共产党和金珠玛米的恩情我们永远不会忘记。"

在整个巴鲁乡喜迎丰收的时候，格桑梅朵和怡高远的儿子出生了，怡高远给他起名"次旺久美"。扎桑、吉米、边巴、旺堆代表朗生互助组的每一个人，代表巴鲁乡的乡亲们，提着青稞酒和金灿灿的酥油，来到泽当格桑梅朵的家里。吉米高兴地抱着小孩不愿意放下，扎桑用食指剜起酥油轻轻地点在次旺久美的额头，祝福小家伙健康快乐。边巴、旺堆陪着怡高远喝起了青稞酒。

巴鲁乡朗生互助组被乃东县和西藏工委分别授予"模范互助组"的称号。

因为指导朗生互助组方法得当，成绩突出，不计报酬，不辞辛劳，格桑梅朵从区长被推选为副县长。1965 年 9 月，格桑梅朵参加了西藏自治区第一次人民代表大会，光荣地见证了自治区的成立。10 月，格桑梅朵作为西藏少数民族国庆观光团成员，到北京受到了党和国家领导人的接见。随后，格桑梅朵赴琼结县工作了两年，被调任拉萨市革委会副主任。此前，怡高远已经调到自治区革委会宣传组工作。这一切是格桑梅朵原来想都不敢想的。

她回到家里时，给怡高远说得最多的是：

"共产党、毛主席给我了工作的机会，给西藏百万农奴带来了光明，我不能辜负党的培养！你是我的领路人，你理解我一天到晚的忙碌吗？"

怡高远抚摩着她有些消瘦的脸颊说："我们都是党培养的干部，能多干就多干，能多做贡献就应该多做贡献。不过呀，你也不能太拼命，我们的宝贝儿子和女儿也不能整天见不到阿妈呀！"

"嗯，经常起早贪黑的，孩子都很少和我说话，辛苦你这个阿爸了！"

"我的工作也忙，这两年多亏普琼的妈妈色楞卓嘎帮着照看几个孩子。"

色楞卓嘎和怡高远的同学岳汉山分手后，生下了普琼，后来又与格桑梅朵的同学坚参结合，总算有了一个好的归宿。"是得好好感谢坚参和卓嘎两口子呢！我总觉得自己的文化水平太低，要不断学习充实自己，我不仅要进培训班学习，还要在工作中向同志们学习，更要不断向我的高远哥拉学习啊！"格桑梅朵一边说着，一边走过去给睡着了的儿子和女儿盖好被子，再走回来乖巧地靠在了怡高远的胸前，轻轻地哼唱起：

> 在那东山顶上，
> 升起皎洁月亮。
> 年轻姑娘面容，
> 渐渐浮现心上。
> 啦咿呀啦嗦啊。
>
> 黄昏去会情人，
> 黎明大雪飞扬。
> 莫说瞒与不瞒，
> 脚印留在雪上。
> 啦咿呀啦嗦啊。
>
> 白日干活不累，
> 黑夜躺着不眠。
> 哥拉心中浮现，
> 是否阿妹容颜。
> 啦咿呀啦嗦啊。

# 章节十六　教育接力

　　格桑梅朵和大部分同学提前毕业进藏，参军或参加平叛和民主改革。另有几百名学员根据个人文化程度的提升情况分别转入北京、上海、成都、兰州等地的其他学校，经过预科学习后转入专业学习。热热闹闹的西藏公学一下子只剩下少量学生，显得空空荡荡。格桑德吉有些失落。留下的这批同学有的年龄太小，有的背景复杂。在学校里，老师们基本是一对一地对学生进行文化辅导、政治帮助。这使格桑德吉、伦珠、多布杰、巴鲁云丹、桑果嘉美等无论是在文化知识方面，还是在政治素质方面都取得了不小的进步。他们很快迎来了两批风格差异很大的新同学。

　　平叛和民主改革取得胜利后，西藏公学培养的第一批学员在民主改革工作中表现好，作用大，体现了西藏在内地培养的本土干部的优势。为了继续发挥西藏公学干部孵化器的作用，西藏公学设立藏文专修科，从陕西、四川、河南、河北四省的师范生、高考生中选调、招录了三百名风华正茂的优秀青年到西藏公学学习藏语文。此后不久，西藏工委又电示西藏公学分春季、秋季两次在西藏招收三千名学员，并提出了为西藏培养各类专业技术人才的要求。

巴鲁云丹知道新同学要进校的消息后，非常兴奋，拉着表弟桑果嘉美去找格桑德吉商量。巴鲁云丹说："学校要新来三百个其他省份的同学，人家可都是经过正规小学、初中、中师或者高中学习的，听说文化程度很高，主要是来学习藏语的。我们能不能组织一个志愿团，先帮助老师们迎接新同学进校，然后帮助他们学习藏语，再让他们帮助我们学习汉语。"

"这是个很不错的主意，我赞成，不过得把多布杰、伦珠那些藏语水平好的同学组织进来，决不能在新来的同学面前丢人！"格桑德吉不无担心地说。

"我这就去联络多布杰、伦珠，让他们再联系其他同学，好好地组织起来和新来的同学搞个学习藏语汉语互相促进的大比赛。"桑果嘉美自信地说。

"我们虽然汉语基础差，经过两年的学习，写汉字可能不如新来的外省同学，但是我们说汉语已经没有问题，新来的同学还一点不懂藏语，他们学习藏语等于和我们两年前刚来内地学习汉语一样，是从零开始，我们现在汉语藏语都会说，主要是要多识字多练写。我们帮助这些同学说藏语，也会促进我们自己的藏语水平，还会提高我们的汉语水平。我们积极主动去联系新同学是一件意义很大的事。"巴鲁云丹兴奋地说。

"我们做这件事，需要组织很多同学，应该先给老师汇报，最好分成一些小组，不然乱哄哄的，可能会形成不好的影响。我建议先去找李玉玲老师，让她给我们再出出主意。"在格桑德吉的心里，李玉玲老师永远是主心骨，大事必须问李老师。巴鲁云丹和桑果嘉美觉得格桑德吉说得在理，就一起找到了李玉玲老师。

李玉玲听了他们的想法，给予了充分肯定。建议他们先联系伦珠、多布杰这些文化基础较好、思想觉悟较高的同学，设立几个小组，确定好组长、副组长，每组十名同学为好，每组男女同学都要有，然后在老师带领下先迎接新同学进校，帮助他们安顿好宿舍，熟悉校园以后搞新老同学一对一互助学习。这样每个学习小组就变成了二十人，搞活动也比较方便。

按照李玉玲老师的意见，巴鲁云丹、格桑德吉他们先组成了十个小组配合老师迎接新同学，在迎接中分别联系了一批新同学结对子。随着这个方式的不断推扩，三百个外省同学每人都与一个藏族同学结对子一起学习语言。这些新同学和此前西藏来的汉族同学不一样，是没有到过西藏的，也没有和藏族同学相处过，穿衣打扮和藏族同学截然不同。虽然说巴鲁云丹他们都很喜欢中山装和军装，但是很多同学还都习惯穿藏装。一对一语言学习小组的形式使两年前进校的第一批藏族同学和第一批西藏以外地区的同学形成了紧密关系，在学校里形成了民族团结的新局面。巴鲁云丹、桑果嘉美、格桑德吉、伦珠、多布杰等同学被评为"民族团结先进个人"。

三百名学生进校后，在校生人数达到一千多人。按照西藏工委安排，1960年分春秋两批，从西藏各地要选拔三千名青少年到西藏公学学习。刚一开春，学校就迎来了一千五百多名新学员。巴鲁云丹、格桑德吉他们组建的学习互助组在徐西进、李玉玲、索朗仁青以及全校老师带领下，兴高采烈地投入别开生面的迎接新生活动中。

新入校的西藏新同学，文化程度和1957年陆续到内地的第一批学员一样，基本是一张白纸。他们不再是由教员老师分批带到内地，而是直接坐火车到咸阳。

学校大门口架起了巨大的拱形彩门，彩门上用藏汉两种文字书写了两行醒目的红底黄色广告大字："欢迎新学员到西藏公学学习"。大门的墙上和进校后的树干、墙面上贴满了彩色欢迎标语："西藏公学就是你的家！""学好本领建设西藏！""爱国爱藏爱校爱家！""全国各民族大团结万岁！"等。新生到达学校大门口时，师生们敲锣打鼓列队夹道欢迎。学校有线广播循环播放着热烈亲切的欢迎词和歌曲，播放的曲目有藏族乐曲《阿玛勒火》和歌曲《毛主席派人来》《社会主义好》《草原上升起不落的太阳》《社会主义放光芒》等。新同学进校，就是学校的节日，整个校园干净整洁，喜气洋洋。

在西藏各地区招生的老师已经提前发电报给学校，详细告知学员乘坐的车次、到达咸阳站的时间以及学员男女人数、身高，学校按照学员信息制作大中小号三个尺寸的统一校服。

新同学进入学校后不是去宿舍，而是被带到洗澡堂门前，先要完成洗澡、换新衣服、理发、旧衣服消毒等工作。这是接待新生最重要的一个环节。负责接待新同学的师生，在澡堂门前按新生男女人数、身高准备好了新衣服，摆好了脸盆、毛巾、洗漱用具。先由藏语老师和藏族学生代表格桑德吉、巴鲁云丹等人向新同学进行洗澡重要性的宣传动员，并向新同学说明洗澡、理发、旧衣服杀菌消毒的具体做法和安排。随后新同学在老师和老同学带领下走进澡堂，老师帮助同学们洗头、搓背，头上生虱子的，还要先喷药再包上毛巾进行灭除，避免再传染。每人换下的旧衣服，装进一个袋子，由老师和老同学写上名字，交由附属医院保健科大夫统一进行蒸汽消毒后，再发给学生。洗完澡都要换上学校发的新衣服新鞋袜。

在接待新生期间，除开水房正常供应开水外，澡堂、理发室对外不开放，专门为新生接待提供二十四小时服务。锅炉工日夜加班加点，确保开水、洗澡和理发室的热水不间断供应。新生洗澡换上新衣服后进入宿舍。宿舍早已由老师带领老同学打扫得窗明几净。每间宿舍住八人，睡上下铺，床上铺草垫子，上面再铺一床棉褥子和床单，每人一床棉被，一个枕头，一顶蚊帐。洗漱用品统一放在壁橱里。

学员入住后，班主任和教师要轮流和学生同吃、同住，真正做到每天二十四小时不离开学生，随时帮助学生解决可能遇到的困难和问题，了解他们想什么、需要什么。以班为单位领着学生熟悉宿舍楼内的环境，介绍电灯开关、厕所和盥洗室的使用等，并带领学生到食堂吃饭。

为了帮助新同学尽快适应学校新的生活，熟悉学校环境和学生生活，第二天早饭后，班主任老师带领学员参观校园熟悉环境、认识上课的教室，以及讲解上课时需要注意的事项等。此后接着进行入学教育。新生接待工作的整个过程，主要是向学生系统介绍学校为何要建在内地，成立的时代背景和历史原因，介绍学校的作息时间及规章制度、学生守则等，为开始学习做好思想准备。在入学教育的同时，还要向学生进行马克思主义民族观、宗教观、党的民族政策、民族团结以及西藏是祖国领土不可分割的一部分等的政治教育，进行以"谁养活谁""为谁学习"为主要内容的阶级教育、诉苦教育，控诉三大领主残酷剥削农奴的反动罪行。特别重要的一个环节，就是让新同学比较来到学校以后共产党和中央人民政府对西藏和西藏农牧民的关怀，比较新的学校生活和作为农奴生活的差别，比较在西藏原始落后的生活境遇和内地幸福生活的区别，揭露批判叛乱分子祸藏乱藏、残害人民、背叛祖国的罪恶行径，树立认真学习、积极进步后返藏建藏的决心。

格桑德吉最开心的一件事就是在这次迎新活动中见到了自己的弟弟格桑多吉，一个自己十年没有见过的小男孩。格桑梅朵让格桑多吉带着她和弟弟的照片，格桑德吉通过照片确信了那个虎头虎脑的十六岁男孩就是自己的亲弟弟。心酸和高兴让她不能自己。当一声"德吉阿佳"从格桑多吉口中喊出的时候，格桑德吉失声痛哭，紧紧地抱住了弟弟。可怜的亲姐弟，一个十八岁，一个十六岁了，却整整十年没有见过面了，怎么能认得出来对方？如果格桑德吉不是在巴鲁府当奴隶，如果他们有一点自由，爸爸也会把他们接在一起见个面、吃顿饭，可惜这在朗生家庭都是天方夜谭。这令人心酸的场面让一起来接新生的巴鲁云丹和桑果嘉美非常感慨，他们真正体会到了西藏旧制度给每个奴隶家庭造成的伤害以及西藏旧制度的残酷无情。这也坚定了他们对新社会制度的向往和崇敬。

新生进校后，仍然延续第一届学生进校后积累的灵活多样的教学方法，并且积极发动 1957 年、1959 年进校的同学，让他们参与到带领新同学学汉字、说普通话的工作当中。有了老师们的教育和老同学的传帮带，新同学充分展现了藏民族在语言学习上的灵敏天赋，进步很快。

为适应西藏革命和建设事业的新形势，西藏公学逐步实现从单一培养民族干部向培养民族干部和专业技术人才转变。1959 年成立的藏文专修科，成为西藏历史上最早的专科专业。1960 年 10 月，学校先后创办了农业、畜牧兽医、会计、邮电、卫生、机电、师范等七个专业和行政训练班。1963 年 10 月，学校按照专业教育发展的要求设置了藏语文系、卫生科、畜牧兽医科、师范科、会计科、农业科、预科，形成了"一系六科"的专业布局。学校转入专业教育后，改变了以往干部培训式的招生办法，从 1964 年实行逐年招收新生的办法，并开始从其他省份招收其他民族的高中毕业生。到 1964 年底，学校建成了生物、物理、化学、人体解剖、农业、卫生、畜牧兽医等实验室和陈列室，实践教学水平不断提高。

1959 年招录的三百名外省学生，除个别留校和转学外，基本上都于 1963 年春季毕业后陆续进藏工作，充实到西藏各条战线，缓解了各民族建设者的沟通难题。1960 年招录的三千名西藏学生，经过四年的文化课补习，1964 年转入专业课程的学习。

西藏公学第一批学员在 1964 年和 1965 年陆续进藏工作，加入建设新西藏的伟大征程。格桑德吉从卫生科毕业，巴鲁云丹、伦珠从师范科毕业，桑果嘉美从藏语文系毕业，多布杰从畜牧兽医科毕业。这批学员经过在西藏公学六年多的认真学习，成为西藏自己培养的第一批具有专门知识的民族高级知识分子。

1965 年，国务院批准西藏公学更名为"西藏民族学院"[①]，7 月 1 日，学校举行了隆重的更名仪式。时任中国科学院院长郭沫若为学校

---

① 西藏民族学院，简称"西藏民院"。

题写了校名。学校教学模式从干部培训转型到专业教育，成为西藏第一所名副其实的大学，更是西藏第一所培养专业人才的高等学府，也是西藏自治区成立的重大献礼。

西藏自治区成立前夕，格桑德吉成了自治区人民医院的医生，巴鲁云丹和伦珠成了师范学校的教师，多布杰进了自治区农牧局工作，桑果嘉美成了日报社的记者。

参加工作后，巴鲁云丹没有回巴鲁府居住，桑果嘉美没有回桑果府住，他们两个分别住在单位安排的宿舍里。

格桑德吉报到后就去了姐姐格桑梅朵和姐夫怡高远的家。知道德吉要回来上班了，梅朵把父亲和小弟格桑次旦接到了拉萨。

格桑梅朵留着大辫子，一身深蓝色制服，显得成熟干练。德吉则还穿着西藏民族学院的校服，显得很是清纯靓丽。听见敲门声，格桑梅朵就跑过去，一开门，姐妹俩紧紧地拥抱在一起。格桑梅朵伸直胳膊，扶着德吉的肩膀仔细端详着："长大了，真的长成大姑娘了，越来越漂亮了！"

"别只顾着你俩高兴了，快去见见阿爸和次旦吧！"站在他们身后的怡高远笑哈哈地说。"高远哥拉好，姐夫好！"因为怡高远回老家探亲时去学校看望过格桑德吉，德吉也知道原来的怡营长变成了怡主任，还变成了自己的姐夫，他们不陌生。德吉亲切地打了招呼就跑进屋去看老父亲。当看到父亲老迈的样子，她还是止不住哭了。从离开山南巴鲁黎卡到拉萨巴鲁府以后，德吉就再也没有和父亲见过面，她紧紧地抱住父亲："阿爸，我回来了，我再也不走了，再也不离开你了！"

"现在日子越来越好，你和梅朵都有工作！多吉也上学了，次旦也乖，现在在学习木匠手艺呢！"

格桑梅朵一把拉过格桑次旦，仔细看着，摸着他的头说："好好学技术，姐姐以后教你识字。"

"嗯嗯，德吉阿佳，你真漂亮！你们都上学了，都有文化了，我一定也要上学。我现在先学习木匠活！"格桑次旦腼腆地说。

"要上学是对的，找机会就送你到培训学校。"格桑梅朵笑着说。

"不，你们俩和多吉上的都是咸阳西藏民院，我也要去西藏民院上学。"

"好好，不过现在上西藏民院要考试的，你先工作。边工作边识字学习，有机会送你去西藏民院培训。"怡高远担心伤害小弟的自尊心和积极性，鼓励小弟。怡高远自己也多了一个心思，那就是他们一家人基本都有了学习工作的机会，也一定要考虑到其他家庭农牧民孩子的求学愿望。只有搞好基础教育，才能和内地一样，办好西藏民族学院。

格桑梅朵听了怡高远的话接着说："你姐夫说得对，他现在教育工委工作，考虑得比较全面。过去我们一家住在牛棚里，领主老爷们把我们当作会说话的牛马，但是我们不是牲口呀！牛儿被牵去屠宰的路上，只要看见有草料，就会不失时机吃一口，对死亡毫无知觉。我们不能和牛羊一样任人宰割，我们都要好好工作，好好努力，跟着党走，追求新的生活。"

"从雪山上下来的人最知道太阳的温暖，从黑暗中走过来的人最知道光明的可贵。阿佳，高远哥拉，你们现在都是领导干部，我在西藏民院这六年学到了很多知识，也懂得了很多的人生道理，一定会好好工作的，我今天还要告诉你们一件事。"德吉兴奋地说着，迟疑了一下接着说，"在西藏民院的六年里，巴鲁云丹变化很大，和我一样加入了中国共产党，现在以优秀的成绩毕业被分配到了师范学校当教师。他这几年对我很多好，我准备和他结婚！"

"啊，你要和欺负我们的领主家少爷结婚？"老阿爸吃惊地问道。

"阿爸，他现在不是什么少爷，和我一样是一名普普通通的干部，是一个本本分分的代课老师。"德吉怕阿爸不理解，赶忙解释。

"阿爸，巴鲁云丹这几年在西藏民院学习过程中变化很大，进步也很大。这个我和高远都是知道的，他会像高远对我一样对待德吉的，也再不会耍过去领主少爷那一套了，社会也不允许，现在人人都是平等的。你也不用担心！"格桑梅朵笑着给阿爸解释。

"那就好，那就好，我是担心他以后再欺负德吉。"老阿爸憨厚地笑着说。

"再也不会发生那些事了，再说，他敢的话，我们都不答应！应该说云丹自己也舍不得。对不对，德吉？"怡高远哈哈笑着说。

"阿爸，阿佳和高远哥净笑话我哩！"德吉害羞地抱住了梅朵的胳膊，梅朵笑嘻嘻地招呼大家吃饭。

# 章节十七　小权逆用

　　民主改革后的西藏，百废待兴，管理人员奇缺。根据工作需要，从部队上选调了一大批经过历练的藏族青年充实到地方管理岗位，同时在农牧民中新征青年入伍。洛丹因为作战英勇，藏语和普通话都能熟练表达，被选调到拉萨市八廓街街道管委会工作，担任副主任。

　　在这里，洛丹遇到了一个美丽的女子米玛曲吉。米玛曲吉出身小商人家庭，从小随母亲在八廓街开店摆摊。她白净的瓜子脸，大眼睛深嵌在高高的眉骨下，走起路来细腰提着阔臀，但凡过处，总会吸引周遭男人的目光。时常有一些醉鬼和闲散人员借口买东西纠缠米玛曲吉。负责街道管理的洛丹在几次危急情况下解救了她，下班后经常帮助米玛曲吉收拾货品，护送她回家。每每到了家门口，当洛丹要走时，米玛曲吉都会流露出不舍的神情。米玛曲吉的阿妈看在眼里，喜在心头。自己的闺女是一条街上最漂亮的，上门提亲的人不少，原来的领主贵族现在都失去了权势，肯定不考虑；再就是一些商家或有职没权的人家；像洛丹这样既有地位，又吃公家饭的，可是打着灯笼都难找。再说了，洛丹是孤儿，不仅没有家，也没有拖累，他当过解放军，经历丰富，英武健壮，还是个单身。如果女儿能跟洛丹副主任成为一家人，以后可就有了靠手。米玛曲吉的阿妈多了一份心思，每天早早做好饭，等洛丹送曲吉回家时，以感激为由留他在家吃饭。当看着两个年轻人开开心心开始吃饭后，老阿妈就会摇着法轮出门去转经。不出两个月，米玛曲吉怀上了洛丹的孩子，两个人组成了一个幸福的小家庭。

米玛曲吉的阿妈帮着他们照顾孩子，自家的摊位收入稳定，加上洛丹的工资，日子过得相当殷实。为了得到洛丹的照拂，很多商人要么在自家店里拿东西孝敬他，要么请他吃饭喝酒。一次下班后，洛丹路过尼泊尔女商人朗玉的商店，高挑摇曳的朗玉跑出来，在洛丹前面低头拱手说："洛丹主任好，请您到我的店里检查指导一下！"本来已经下班了，但是看着朗玉那一双充满期待和风情万种的眼睛，他一下子觉得连她鼻梁周边的几个雀斑都好像生动了许多，不由自主地走进了朗玉的商店。朗玉经营尼泊尔手工艺品，精致的铜盘、锡罐、银杯、木碗琳琅满目，整齐地摆放在柜子和货架上。店面干净整洁。洛丹夸赞着准备离开，熟料朗玉一挑店内后面货架边的帘子，只见整洁的尼泊尔毛毯上摆着一张精致的木制小条桌，条桌上摆着一盘卤牛肉、一盘蜜汁干果、一个酒壶，对摆着两个酒杯、两个银碗、两双银筷，旁边摆着一个冒着热气的甜茶壶。洛丹笑哈哈地问：

"朗玉阿佳，你这是要请我喝酒吗？"

"专门为您准备的，请您赏脸。"朗玉低着头，手拽裙摆，颔首说道。

已经到了傍晚，街上没有多少行人，洛丹略一迟疑，笑嘻嘻地说："那我就尝尝你们尼泊尔人的手艺。"

朗玉一阵惊喜，安顿洛丹坐到靠里面的卡垫上，自己走出去伸头在店外看了看，见没人注意，干脆关上了店门，回身坐到了洛丹对面，笑盈盈地给两个人斟上酒。洛丹盘腿坐在干净舒适的卡垫上，三杯酒下肚后，看着整洁干净的摆设，品尝着味道独特的牛肉、蜜果，时不时抿一口醇香的甜茶，面对精心打扮、脸色粉红、衣衫单薄的朗玉，心里不自觉地把这里的人和物与自己家里的陈设和米玛曲吉的丰腴比较起来，心里生出了一种异样的冲动。一壶酒下肚后，洛丹身体燥热，想脱掉外套，却笨拙地差一点栽倒。这时候朗玉靠过去帮他脱下外套，顺势坐在了他的旁边。朗玉端起酒杯递到洛丹嘴边嗲声嗲气地说："洛丹主任，洛丹哥拉，我一个人从尼泊尔过来做生意，很不容易，没有人关心，您以后可要多照顾我呀。"说着就势把酒喂进了洛丹嘴里。洛丹哪里见过这个阵势，本能地想躲闪，手却放在了朗玉的细腰上，朗玉趁势滚到了他的怀里。两个人面红耳热，紧紧地拥抱在了一起。

家里有漂亮的老婆，手握一定的权力，这使洛丹有了炫耀的资本。特别是有了和朗玉的第一次鱼水之欢后，他就成了朗玉店里家里的常客。此后到朗玉店里进货的商家越来越多。朗玉生意越来越红火，很多商户看在眼里，慌在心头。请洛丹去自己家里吃饭喝酒的人越来越多，洛丹得意地流连于各种饭局酒摊。酒足饭饱后的洛丹要么直接睡在别人家里，要么东窜西跑，趴在八廓街的各个店铺里或摊位旁找商贩逗乐子。

单位分给洛丹的房子是一个带院子的三房大开间，进门一个大厅，几个氆氇卡垫围着一个方正的茶桌，茶桌旁是火炉，上边没黑没明地烧着一壶奶茶。开间左手一个小门，揭帘子掀开屋门顺墙架起一溜大床铺，整齐地铺着氆氇和羊毛被，这是洛丹和米玛曲吉的卧室，整洁而温馨。右手一间屋是厨房和阿妈的床铺。

米玛曲吉已经从小摊贩变成了拥有一间店面的经营户，经营着日用小商品。那个时候物品相对紧缺，洛丹通过各种关系给她的小店里进盐巴、洋火、蜡烛、香烟、搪瓷碗盆、白糖、茶叶等，来店里买东西的人越来越多，很多觊觎米玛曲吉的美貌却慑于洛丹权势的男人只能靠多买东西来和米玛曲吉套近乎。常常醉酒的洛丹让苗条性感的米玛曲吉独守空房不说，即便是酒足饭饱之后回到家里也基本是呼噜震天，睡得像死猪一样。米玛曲吉看在眼里，毫无办法。

米玛曲吉姑妈的儿子格列平措小她三岁，浓眉大眼，嘴巴方正，鼻梁笔挺，特别是他的一头卷发和高挑的个子很是惹眼。格列平措打小就喜欢自己的表姐米玛曲吉，曲吉结婚时他伤心了好长一段时间。因为年龄小，也只好眼睁睁看着表姐被洛丹接走。格列平措也在八廓街开了一个小店，洛丹同样给予照顾。和米玛曲吉结婚后，洛丹的应酬越来越多，格列平措倒是经常在傍晚店铺关门后陪着表姐米玛曲吉回家，要么留在家里吃舅妈做的饭，要么陪米玛说话顺便帮助照看她的女儿维色曲珍，让舅妈早点休息。

一个风紧雨急的夜晚，吃过晚饭后，老人和孩子都睡了，窗外的雨却没有半点停息的意思，格列平措一时半会回不了家。这种天气洛丹肯定是不会回来的。转眼到了夜半，米玛曲吉一进屋门就开始收拾屋子，也没有换衣服，因为穿戴整齐受束缚不舒服，她起身走进内屋，脱掉了外套，穿着粉白麻织藏装，披了一个厚实的藏红色披肩，端来一盘葵花子，又给格列平措添满甜茶，紧挨着他坐了下来。两个人嗑着瓜子，喝着甜茶拉话。儿时的点点滴滴在每个人的心里都是不灭的记忆，说起儿时的故事，两个人的距离很快拉得更近了。本来就有亲情的两个人越说越兴奋，越说越亲近。昏黄的酥油灯随着窗外的雷声和风雨声闪烁着，在安静的屋子里散射出暧昧的光晕。生过孩子的米玛曲吉白净丰腴，浑圆的臀部明显又宽阔了一些，但却不显肥胖，反而比女儿身时更多了几分韵味。米玛曲吉一摇一晃地说笑着，硕大的胸部不时地碰撞一下格列平措的肩膀。格列平措的目光突然落到了米玛曲吉白皙的脖颈上，沿着脖颈往下是令人心旗摇荡的丰腴高傲的肉团子。瞬间，一股电流击穿了他的五脏六腑。格列平措呼吸加速，两眼迷离，完全被米玛曲吉身上散发出的成熟女人的味道迷醉了。

米玛曲吉看着表弟傻乎乎痴迷的样子，倒想起了洛丹对自己的冷淡。她管不了洛丹的行为，但是一直以来健康的身体内蓬勃的激素，还有白天来到店里那些男人大胆的玩笑、暧昧的眼神让她在深夜里禁不住浮想联翩，燥热失眠。在期望有人爱抚的时候，经常把手伸向旁边，但摸到的总是一个空枕头。刚刚结婚时，身强体壮的洛丹骁勇善战，米玛曲吉经常在白天和夜里或者吃饭的空档一次又一次被他掀翻，她也一次又一次地被男欢女爱陶醉。当别的男人对自己不断献殷勤的时候，自己的老公却常常与酒为伴，外边有不三不四的女人那一定是铁板钉钉的事。

米玛曲吉最不服气的是看到洛丹经常和巷子头住着的尼泊尔女商人朗玉打情骂俏，还有和开酱菜店的贡嘎喜珍眉来眼去。朗玉倒还将自己收拾得干干净净，但是长得像一根芦苇一样干瘪的女人能有什么好？更别说那个贡嘎喜珍了，她长得和自己售卖的酱菜一样黑不溜秋，死了丈夫的她凭借肥硕的胸部和案板一样结实的身体与一条街的男人都不清不楚。再说了，吃野食也得挑拣一下吧，这洛丹简直变得如同一条肮脏的不挑食的公狗。洛丹的品位怎么变得这么糟糕？他不断横向发展的身材，让米玛曲吉越发倒胃口，和整天照顾自己的高大俊气的表弟格列平措相比，简直一个是山顶的雪莲，一个是草地上的牛粪。端详着格列平措方正光洁的脸，棱角分明气色红润的嘴巴，对洛丹的一股怨气油然而生。米玛曲吉轻轻握住了格列平措五指修长的手，将他缓缓地拉向自己。突然一个炸雷好像要掀翻屋顶，昏黄的酥油灯战战兢兢地熄灭了，米玛曲吉吓了一跳，紧紧抱住了格列平措火热的躯体。格列平措热血沸腾，这正是他梦寐以求的，这也是他朝思暮想的，这一刻终于来到了。格列平措像一头雄狮，搂抱着米玛曲吉，亲吻着她的芳唇，撕扯着她的衣服；米玛曲吉迎合着他，引导着他，鼓励着他。电闪雷鸣，暴风骤雨完全掩盖了两个人的四肢纠缠、唇舌相吸、欢愉喘息。

此后，格列平措把更多的时间留在了洛丹家里。如果等到后半夜不见洛丹回家，格列平措就会坦然地留下来和米玛曲吉与孩子睡在一起。一次洛丹喝酒到了后半夜，明明已经醉得迷三倒四，却还说未尽兴，硬吆喝着几个狐朋狗友到自己家去继续畅饮。洛丹大小是个领导，几个朋友也就你情我不愿嘻嘻哈哈地随他进了家门。

大家一起走进洛丹家相对阔绰宽敞的屋子，洛丹神气地点亮几天前刚刚新买的汽灯，指着满屋子别的家庭很少有的卡坐氆氇垫，指着悬挂在屋顶上闪着亮光的汽灯，指着茶几上的青稞酒罐吹嘘着。他挑帘踢开卧室房门，吆喝着米玛曲吉起来招呼人。这时候大家都发现米玛曲吉右边躺着孩子，左边躺着一个男人。几个朋友站在洛丹身后直愣神，已经处于醉酒状态的洛丹哈哈大笑着说："你们看我的屋子漂亮吧，过来我给你们介绍一下，睡在中间的是我的老婆，睡在老婆右边的是我女儿，睡在我老婆左边的是我。"他的几个朋友听了都跟着哈哈大笑起来，觉得他家的环境无论如何是不能再待下去了，找各种借口硬拉着洛丹离开家去别的地方继续喝酒。

几个人走到巷子口，洛丹砸开了朗玉的门。朗玉紧裹着薄衣单衫，把门打开一道缝，问有什么事。听洛丹带着几个人吆喝着要喝酒，朗玉不敢怠慢，赶紧打开门，点上酥油灯，煮茶倒酒。这一夜，烂醉如泥的洛丹留在了朗玉的屋里。

洛丹酒后带朋友去家里介绍家人的故事成了大家一个时常提及的谈资。不过大家很快就见怪不怪。穷苦出身的洛丹对老婆和别人睡了好像根本不介意。不知道是因为他首先和风流的尼泊尔商人朗玉好上了，还是因为他睡过酱菜寡妇贡嘎喜珍，也可能他压根对男女之事就没有原则上的要求。

洛丹对男女之事没有原则，对贵族和农奴的区分却打骨子里有着明显的爱憎。他交往的基本是穷苦出身的朋友，打心里敌视贵族家庭出身的人。他心理失衡应该是管家老爷丢弃他那件事在心里留下了阴影。如果是穷苦出身的人在八廓街摆摊设点，他往往会网开一面，给予照顾。相反如果是原来的领主、大商人等，他就会严厉许多。这倒使他给大多数人留下了一个为人民群众办实事的好印象。穷困的商人围绕着他敬重他，富有的商人阿谀奉承他，一直以来很少被人重视的洛丹很快就飘飘然起来。他完全不控制自己的食欲，他的酒瘾越来越重，他的食量越来越大。香甜的酥油茶，醇香的青稞酒，诱人的咖喱饭，自然淳美的牛羊肉，无不刺激着洛丹发达的味蕾。修养的缺失，公职岗位带来的骄傲，使得洛丹的身材和面部肌肉慢慢横向发展，头发稀疏，腰围尺寸超过了腿长，皮带无可奈何地挂在肚脐眼下，努力地保障着他的裤子不要滑落到脚面。原来英姿勃勃帅气的那个小伙子完全不见了踪影，给人的视觉舒适度越来越差。

　　洛丹一点都不觉得自己变得越来越肥胖，越来越丑陋。相反，他把自己身体的横向发展当作骄傲到处炫耀，更可怕是他竟然盯上了老朋友、从西藏民族学院毕业后在西藏自治区人民医院工作的格桑德吉。在经常醉酒的洛丹的思维里，他觉得自己有职有权有工资，应该远比原来的领主老爷神气。无论米玛曲吉、格桑德吉这样的漂亮女人，还是朗玉、贡嘎喜珍一样的庸常妇女，只要自己喜欢，都应该属于自己。更何况，穷人早都翻身了，一个落魄少爷巴鲁云丹何德何能拥有娇艳如花的格桑德吉，拥有格桑德吉的应该是自己这种根红苗正的人才对。再说了，听说巴鲁云丹的妹妹巴鲁云芊是个美女，现在变天了，巴鲁云芊也应该让农奴出身的他骑在身下。洛丹经常这样胡思乱想，胡乱和过去比较，他原来在部队上受的教育早被酒精带到了九霄云外。


　　格桑德吉回到拉萨后，到医院来找她看病的人络绎不绝。一个方面的原因是格桑德吉医术好，性格好，耐心仔细；另一个原因是很多人冲着她的美貌去的。那些男人心里的想法其实很简单，见到美女医生，痛减三分，病轻一半。就连许多女人也去看她，学她穿衣服，学她走路的架势。实际在医院看到她的人一般只会看到一张明静如月的脸和一双清澈如潭的眼，再就是整洁不变的白大褂。即便看到她上下班穿的便装，很多人都会模仿去买去做去穿，但往往会适得其反，使自己的样子变得更加糟糕。格桑德吉的打扮随意而精妙，穿着总能在固定的程式中变出新意，于无声处呈现出别人无可比拟的贴切、自然、高雅。

洛丹第一次去自治区人民医院找格桑德吉，距离他们在西藏公学见面已经八年多了，已经完全成熟了的格桑德吉被岁月雕琢得愈发精致，而原本老实机灵的洛丹已经成了一个大腹便便满脸横肉的中年人。因为不修边幅，不得体的藏装和狐皮帽子使他更像一个老年人。洛丹走进德吉的诊室，直愣愣地看着这个自己驾车从当雄机场送到拉萨，又从拉萨送到咸阳的美女，脑海里都是和德吉在拉萨干部学校门口握手道别和在西藏公学李玉玲老师家吃饭的情景。洛丹经常将米玛曲吉幻化成格桑德吉，有一次自己酒醒后，米玛曲吉和他吵了一架，原因是洛丹酒后在米玛曲吉身上撒欢时却叫着格桑德吉的名字，这可能是促使米玛曲吉放弃对洛丹独一无二的情感转而投入格列平措怀抱的一个主要诱因。有人说无论男人还是女人酒醉后声声呼唤的人才是最喜欢的人，鬼知道是不是，但看来米玛曲吉却相信了。

等到了快下班的时间，看着医生办公室端庄、宁静、靓丽的格桑德吉，洛丹鼓起勇气走了过去，因为激动，几乎颤抖着声音喊道：

"德吉拉！"

"你好，大叔，坐在凳子上我给你检查。"格桑德吉把洛丹当成了病人。

"德吉拉，我是洛丹，我来看你，不是来看病的！"洛丹面红耳赤，没有想到自己变得连格桑德吉都不认识了。去年他还去看望过怡高远和格桑梅朵，他们劝自己少喝酒，限制食量，都怪自己管不住自己，吃喝到身体变形，他尴尬地解释道。

格桑德吉吃了一惊，仔细地打量着洛丹，一下子跳起来抓住他的手："哎呀，你是洛丹，对对，你是洛丹，我认出来了！你怎么会变成这个样子，是有什么毛病么？我给你好好检查一下！"

看着格桑德吉对自己这么热情，洛丹的自尊心得到了极大地满足，他开始变得大大咧咧："病倒没有什么大毛病，就是太胖，走路喘，睡觉打呼噜！"

"咯咯咯，"格桑德吉露出珍珠一样洁白的牙齿，大声笑着说，"看来你可是先人民群众一步富裕了，很多人还吃不饱饭呢，你倒把自己吃得和吹起来的一样！"

洛丹有些不好意思，自我解嘲道："也不知道为什么，就是饿，饿了就吃，越吃越饿，越吃越胖。"

"这是恶性循环，你必须限制食量，不然你的心脏会受不了，特别是高原上氧气稀少，很容易出问题的。"

"好的好的，我听你的，你是医生，是在内地学习回来的大医生，我听你的。"洛丹爽快地答应着。其实在家里、在单位谁也不敢劝他，谁劝他别喝酒，他就凶谁，厉害得像个罗刹，搞得大家都怕他，也懒得理他。见了格桑德吉，他又乖得像一只听话的羔羊。

"我给你开一些药，你回去后慢慢服用，对戒酒和打呼噜都有好处。"

"好的。好几年没有见过你了，也没什么好东西可以送给你，给你带了一斤白糖，现在市场上不好买到。"

"不用不用！"格桑德吉回过神来说，"你不用想给我送什么东西，我什么都不需要的。忘记告诉你了，我和巴鲁云丹一起从西藏民族学院毕业回拉萨工作，他在师范学校教书呢，我俩结婚了。有空请你去我们家吃饭！"

"哦，你和那个巴鲁少爷结婚了？"洛丹一个激灵，一种失落感穿透心肺，口不择言地说。

"再不能叫他巴鲁少爷，大家都叫他云丹老师呢！他们家族属于开明领主，政府对他们是优待和鼓励的。他现在和我一样，从学校学习回到西藏是靠自己的能力劳动，靠工资吃饭。"单纯善良的格桑德吉满脸幸福地说。

"那个家伙原来老欺负你，你怎么就嫁给他了？"

"那是过去，现在的云丹，积极上进，还加入了共产党，书也教得不赖，很受学生们欢迎。听说你也结婚了，还听说你的媳妇很漂亮，是八廓街的大美人呢。我和云丹说了几次，要找机会去看望你们呢。"

洛丹担心自己和米玛曲吉、格列平措的事传到格桑德吉耳朵里，打着哈哈道别了。他也不敢邀请格桑德吉去自己家里做客。洛丹没有在内地读过书，不会理解也想不明白经过六年的学习，格桑德吉和巴鲁云丹经过了怎样的淬炼。他更像许多人一样不能理解，在新社会一个奴隶出身的大学生怎么还会心甘情愿地嫁给原来的领主少爷。这些领主少爷实在是太可恶了，怎么解放了还能娶走我们奴隶出身的最漂亮的女人？他更不理解为何共产党没有吸收他这样穷苦出身的革命干部，却吸收了巴鲁云丹这个原来的领主少爷。他没有想到共产党吸收了罗布顿珠、巴桑次仁等大批的穷苦优秀青年，这些人的人生观都在发生着深刻变化，一心一意为了西藏的新生，在战斗，在奋斗，在奉献。而他却是小富则安，凭职务要挟，混吃混喝，生活不检点，管理失原则。洛丹怀着复杂的心情，放下白糖，惶恐地、恋恋不舍地离开了医院。

# 章节十八　公道人心

　　自治区成立的欢乐还没有从人们的脸上消退。从北京、成都、西安、兰州涌进拉萨一批又一批腰扎皮带、头戴绿军帽、臂戴红袖章的少男少女。拉萨的中学生和师范学校的学生也配合内地来的红卫兵，走上拉萨的大街小巷。

　　这时候，洛丹突然发觉自己老婆开小商店也属于"革命的对象"。他以自己根红苗正为由，纠集了一队农奴出身的人员，戴着红袖章开始揪斗原来的领主和富裕工商户。第一个就去捣毁了自己老婆的商店。米玛曲吉看着他领着一帮人走进商店，见东西就砸，指着洛丹未来得及说话一下子气昏了过去。洛丹理都没有理会昏死过去的米玛曲吉，带人又走进了格列平措的商店，照样进行了打砸。奋起抗争的格列平措被捆绑起来，戴上了报纸糊起的高帽，游街示众。

　　洛丹的"大义灭亲"使他一下子成了造反派里的"红旗手"，在他周围聚集了一大帮追随者。

　　等捣毁了自己的家庭和婚姻，洛丹得意扬扬地带人开进师范学校，揪斗巴鲁云丹。担心目标太明显，伦珠也被他们一并拉去游斗。

洛丹有着一个不可告人的想法，那就是打倒巴鲁云丹，逼迫他和格桑德吉离婚，然后自己再和格桑德吉结婚。为了达到目的，洛丹变得不择手段。

师范学校的学生开始都是在老师领导下"破四旧"，谁也没有想着去批斗自己的老师。洛丹带着校外造反工作队开进师范学校后，很快点燃了学生批斗老师的热情。那些平时学习吃力，受过老师批评的学生，一下子找到了不学习的借口，更找到了发泄的对象。经过严格学校训练的巴鲁云丹和伦珠因为教书认真，对学生要求较高，很快被自己的学生带上高帽子游街示众，开会批判。不过，批判他们的借口是贵族出身。伦珠从小出家做喇嘛就是想做活佛，欺压穷人，是典型的三大领主的代言人，必须批判；巴鲁云丹是西藏旧政府的职员，在干部学校带领管家鞭打革命群众学员格桑姐妹，那是不可饶恕的罪孽，必须批判。

这一天，巴鲁云丹被整整游斗了一天，有气无力地被送到了回家的巷子口，有人从他身后狠狠地踹上来一脚，巴鲁云丹一个重重的前摔，口鼻流血，昏了过去。

学校乱了，厂子乱了，商铺关了，只有医院还在正常运转。医院相对于以前显得更加忙碌。格桑德吉一直忙到下午六点才有了喘息的机会，想着这几天师范学校不正常的气氛和巴鲁云丹的消极情绪，她充满了担忧，急急忙忙向家奔去。

可最不想看到的事情还是发生了，在巷子口，她看着几个人围着摔倒的巴鲁云丹议论着，竟然没有一个人伸出援手。格桑德吉失声痛哭，跑上前紧紧抱住巴鲁云丹，用自己的围巾给他擦拭脸上的血迹和泥巴，用手指掐他的人中和印堂。巴鲁云丹"啊噗"吐出一口黏稠的血水，醒了过来。这时候，只见邻居曲美大姐推着平板车过来帮格桑德吉。

曲美的儿子和媳妇在距离拉萨几十里地的堆龙上班，政府给他们分配了自治区医院边上的房子，他们一般星期六的下午回来，星期天的下午再去单位，平时这个房子是曲美带着孙子住。格桑德吉和巴鲁云丹参加工作后，没有到巴鲁府去住，而是住在政府分给他俩的房子。曲美的儿子参加过解放军后转业到地方工作，职务比洛丹还要高，一家人根红苗正。她非常清楚巴鲁云丹和格桑德吉这两个大学生自从住到这里后，经常给巷子里的孩子们吃糖果，教识字，还免费给大家看病送药。她打心眼儿里佩服他们，有时候做了好吃的，还会给他们送一些。她无论如何不能把这两口子和反动派联系起来。她帮着格桑德吉把巴鲁云丹抬上板车，对围着看热闹的几个邻居吐着唾沫，骂着让那几个胆小鬼滚开，把巴鲁云丹拉回了家。

回到家后，格桑德吉赶紧用热水给巴鲁云丹擦洗，看着满脸肿胀、满身青紫的老公，格桑德吉直流眼泪，巴鲁云丹倒平静下来，他慢言慢语："德吉，不哭，我没死。我这点伤不算啥。自从去咸阳读书后，我就没有再干过一件坏事！回到拉萨教书，我更没有做对不起良心和学生的事，没有做过对不起国家的事，我现在还是共产党员，还没有谁说要开除我。他们抓住我的贵族出身，抓住我原来做过对不起你家人特别是你和梅朵的事不放。他们哪里知道我在公学、在西藏民院的学习情况。我觉得天总会晴，我不怕。你也不要太担心。"

"嗯，咱不怕。我明天就去找姐姐和姐夫，他们现在都是领导干部，我知道你自从进了西藏公学就改掉了原来的那些坏毛病，而且这几年你从来没有做过违规越界的事。我和姐姐都原谅了你，他们凭什么不依不饶？不行就找李玉玲老师的老公张副部长，他是军区的领导，总有办法的！"

"我发现这次揪斗我的幕后指使是洛丹，你要小心！他不怀好意。"

"什么？这怎么可能？绝对不会的！"

"真的是他，我没有看错，在巷子口从背后袭击我的就是他！"

"洛丹和我姐夫怡高远是老战友，和我们都是老朋友，他怎么可能做这些事？"

"今天他们批斗了我一天，不让吃不让喝，我的一个学生实在看不过去，悄悄给我喂了几口甜茶，说这一切都是洛丹带着工作队指使干的！不是这个学生，也许你就再也见不到活着的我了！洛丹是怡高远哥拉的老下级，也是你们几个人曾经的朋友，可是他从来就没有接受过我这个人。洛丹骨子里一直仇恨贵族，仇恨有钱人有权人，可是他内心又极度渴望自己有钱有权。因为他没有受过好的教育，不能正确理解党的政策，等他手里有了一点权力，他便变着法使用这些权力，并从中得到了自己所期望的，得到好处后他就更迷恋权力。现在，当他看到有机可乘，他更会不顾一切不择手段地去实现自己的目的。我早就发现他喜欢你，可是他见到漂亮的女人都会情不自禁，他压根就没有等你，见到米玛曲吉后，以自己的身份加以利诱，得逞后就迫不及待地结婚了。他娶到米玛曲吉那样的女人按道理是要烧高香的，可是他一点都不珍惜，八廓街谁不知道他一天在女商户中间混来混去。现在自己老婆和小表弟好上了，他心态扭曲，斗争自己老婆的表弟，斗争我们这些原来的领主少爷，下手极其狠毒。他见到你后，发现你比他原来记忆里的那个小姑娘更漂亮了，不仅仅是被你的美貌惊到，更是觉得我不该拥有你这样的娇妻。他对你贼心不死，明目张胆地策划着如何把你搞到手。你说他能不对我下毒手吗？"

"这个混蛋，一直看他老实巴交的，怎么变得这么残忍？不行，我得去找他，我要好好教训教训他！"

"你找他，等于是羊入虎口，坚决不能去！"

"谅他也不敢把我怎么样？"

格桑德吉气不过，给巴鲁云丹上了药，喂了吃的，嘱咐曲美阿佳照看巴鲁云丹，抓起外套就出了门。

"不能去！不要去！德吉，你不能去找那个家伙！"巴鲁云丹急火攻心，紧喊慢叫着，扶着床沿想起来拉住格桑德吉，一阵钻心的疼痛使他差一点跌倒。倔强的格桑德吉已经风风火火地走远了，巴鲁云丹眼睁睁地看着她急匆匆的背影消失在视线外。

曲美大姐牵着孙子坐在巴鲁云丹旁边说："不要劝她了,德吉有主见,她是医生,拉萨没有不认识她的人。她一家人原来都是受尽罪、吃尽苦的,再说她姐姐姐夫都是领导干部,都是走到天尽头也属于根红苗正的革命领导,没有人敢欺负她。你就安心养伤,好好休息着!"

巴鲁云丹还是不放心,期待格桑德吉早一点回来。

格桑德吉打听着找到洛丹的家,还没走到门口,老远就能听到屋里传出放肆的笑声和吆喝声。

洛丹带人批斗这个,批斗那个。对老婆米玛曲吉有时候爱得死去活来,有时候耍酒疯进行毒打。无可奈何的米玛曲吉和母亲带着女儿也离开了这个毫无人情味的家。

米玛曲吉不在家住了,洛丹几乎每次回家都会带一帮造反派,他们拿着抄家得到的羊腿、干肉、奶酪,还有打砸商店获取的糖果、烟酒,聚集在洛丹的屋子里庆贺。烟雾混合着酸臭的酒气从窗户飘出,几个家伙显然已经喝得半醉,正大呼小叫,炫耀着这些天来的"功绩"。

一个家伙兴奋地喊道:"洛丹队长是我们的大英雄,明天我们大家就推选洛丹做司令!"

"哈哈哈,做司令,做司令,我当过兵,只当过一个小小的班长,现在却能做革命造反派的司令了,这当然好!我一定带领大家大干一场!"洛丹不知天高地叫嚣着。

"明天继续揪斗巴鲁云丹,看他还能挺多久,只要他低头认罪,同意和格桑德吉离婚,我们就可放他一马。否则,只有死路一条!"一个喽啰迎合着说。

"哼,看这些原来的领主、少爷们谁还敢小瞧我?只要巴鲁云丹和格桑德吉离婚了,格桑德吉这个拉萨最漂亮的女人就会乖乖嫁给我这个司令,哈哈哈哈!"

"想得真美呀!也不照镜子看看!"洛丹正在兴头上,突然只听得一声娇呵，屋门被人踹开。一伙人看着平时温柔娇媚的格桑德吉这时候一脸寒霜，都是一愣，屋子突然安静下来。

洛丹强作镇静地说道："德吉来了，你可是稀客，先来喝一杯酒，坐下说话，坐下说话。"

"在你洛丹'司令'的面前，我哪有资格坐呀。还真没有看出来你洛丹的能耐，还真不敢小瞧你洛丹的本事。是你指使人批斗巴鲁云丹，你还要强迫巴鲁云丹和我离婚。你觉得只有你洛丹才配得上我是不是？你觉得你要当造反派的司令了，我就得嫁给你是不是？你有没有想过，如果你把巴鲁云丹害死了、整死了，那么我会杀了你，还是会嫁给你？我们可是一起从快要饿死的朗生变成了国家干部，你却这样糟蹋国家干部！你到底还有没有人性？"

格桑德吉的一顿呵斥，一连串的质问，让洛丹乱了方寸，他结结巴巴地说："德吉啦，你、你误会了，我怎么会害你呢！现在上级要求我们全面批斗贵族反动派。他们本身就没有好人，你怎么能心甘情愿地嫁给这样的人。原来的管家、领主和我们这些农奴阶级是天生的对立面，你必须离开巴鲁云丹才行，不然对你也没有好处！"

"放屁！没有好处，我离开了巴鲁云丹，对谁有好处？是不是这就是你的心愿？巴鲁云丹原来是有缺点，在去西藏公学学习前是旧政府教育的，没有教育好。但是他在咸阳学习了整整六年，他拿到了文凭，他加入了中国共产党，他一直在学好，一心向善。我想问一问，他加入共产党难道是党的错吗？据我了解，你洛丹到现在还不是共产党员。"

洛丹理屈词穷，他的几个喽啰一看自己的队长被问得哑口无言，觉得自己表现的机会到了，大声说道："德吉医生，看在你和我们一样是穷苦出身的份上，才没有批斗你！如果你不和巴鲁云丹划清界线，你也就该被批斗被教育咯，那时候可不要怪我们不讲情面！"

"就是，我们洛丹队长现在看上谁就是谁，他原来的老婆也不比你差多少，还不是说不要就不要，说让滚蛋就滚蛋。你不要这么不识抬举，洛丹队长看上你是你的福气，你就等着和我们洛丹队长享清福吧！"

"你既然来了，今晚就不要走了，我们现在就把你俩送进洞房。"另一个喽啰更是大胆，其他几个家伙邪恶地哈哈大笑。

"那要看洛丹队长的意思了？"格桑德吉故意冷冷地反问。

"我同意，我一百个愿意。他们瞎说的，我原来的老婆怎么能和你比，简直一个是天鹅，一个是乌鸦，你是天鹅，她是乌鸦。今晚你既然来了，就不要走了！"半醉半醒的洛丹已经听不懂人话，把大家的起哄和格桑德吉的质问当成了天意人愿，以为德吉乐意和自己相好，上前伸手企图把德吉拉进里屋。

格桑德吉对着满嘴喷着酒气臭味的洛丹甩手就是一个耳光。洛丹的酒醒了一半，挨打后的他恼羞成怒，这不仅是在下属跟前丢面子的事，这是对自己这个人见人怕、个个恭敬的"司令"的严重侮辱，既然你格桑德吉不识抬举，那就得让你长长见识。洛丹举起手对格桑德吉就是几巴掌。洛丹看到格桑德吉挨打后依然冷峻的目光时还是胆怯了几分。这时候他的几个喽啰大呼小叫，让洛丹现在就睡了格桑德吉。洛丹借着酒劲，豪气上涌，将格桑德吉拦腰抱起，根本不顾及她疯狂的踢打，扛在肩膀上向里屋走去。

这时候，一帮喽啰敲着桌子，大碗喝着酒，发出狼一样的嗷嗷叫喊声。这帮丧心病狂的家伙正在得意时，屋门再一次被踢开，谁也没有料到一队带枪的军人冲了进来，用手电筒照着几个醉鬼的脸，让他们睁不开眼。

原来，巴鲁云丹实在不放心，强忍着疼痛一瘸一拐地去找格桑梅朵和怡高远。怡高远一听情势不妙，就通知了军管会，他和格桑梅朵也跟着过来了。造反派再嚣张，在军人面前还是发怵。怡高远和格桑梅朵直接冲进里屋，大腹便便的洛丹的裤子早就褪到了脚面，暴露着肮脏的下体，正在撕扯格桑德吉的衣衫。格桑德吉的上衣已经被撕裂，她死死护着下体不肯屈服，拼命挣扎着，踢打着昏头昏脑的洛丹。怡高远照洛丹肥胖的屁股就是一脚，洛丹被裤脚绊着，一下子滚倒在地，摔了个狗吃屎。他破口大骂着，好不容易才笨拙地爬起来正待发作，看到怒气冲天的怡高远和格桑梅朵时，才回过神来，惊慌失措地跌坐在地，低着头连声赔礼道歉。

"你怎么变得这么猪狗不如？算我瞎了眼，带了你那么多年！"怡高远怒斥道。

"对不起，老领导；对不起，老领导，我不是要害德吉的，我是真的喜欢德吉，在当雄机场时就喜欢德吉。你是知道的呀！梅朵阿佳，你也是知道的，知道我一直喜欢德吉对不对？"洛丹带着哭腔狡辩着。

"有这样对待自己喜欢的女人的吗？你看你现在变成了什么样子？一个只知道饱口腹之欲，然后借造反之名满足自己淫欲的家伙。你可不要玷污了'革命'这两个字！"抱着格桑德吉的格桑梅朵一针见血地指出造反派洛丹的本质。

这时候，外边的战士已经控制了几个醉鬼，进来汇报。怡高远明令："将强奸犯洛丹和几个同伙全部带回去审讯！"

那些追随洛丹的人，经过解放军一顿训诫早都吓破了胆。在批评教育后，每个人写了一份保证书，保证再也不参加聚集活动，不为非作歹，不打砸抢摔，才被释放。洛丹因为有强奸事实，虽然属于强奸未遂，性质却很恶劣，一直被羁押着。

格桑德吉和巴鲁云丹被接到了格桑梅朵和怡高远的家里。德吉抱着姐姐放声大哭，边哭边说："你说洛丹原来那么善良，几年不见，怎么会变成一个恶魔？"

"西藏自治区政府刚刚成立不久，人们正想着要好好发展农牧业，促进经济进步，洛丹这类人完全忘记了历史，忘记了身份，忘记了恩情，只留下了仇恨。他们的脑子是糊涂的，穷怕了的他们在利益面前很容易犯错误，犯错误还打着革命的幌子。我明天去找张大明副部长，将巴鲁云丹送到林芝的干部学习班去，这样对他也是个保护。"怡高远忧心忡忡地说。

格桑德吉刚刚有了身孕，身为医生的她深知不能动怒，不能剧烈运动，否则就会动了胎气。可就是这时候偏偏遇到这样的倒霉事。自己上门责问洛丹动了怒，自己极力反抗洛丹用了力，事件平息后身子见了红。格桑德吉很紧张。自己年龄也不小了，好不容易怀上孩子，可不敢出现什么闪失。格桑梅朵非常着急，劝德吉安心休息，进行调理。

格桑梅朵和怡高远反复劝导格桑德吉，要心平气和，要经得起风浪，对已经发生的任何事情都要有平常心，要相信党和组织。从苦难中走来的格桑德吉知道姐姐和姐夫的苦心，也知道该承受的一定要承受。她慢慢调适自己的心态，在姐姐的细心照料下，稳住了身子。


周末的傍晚，风轻云淡，残阳如血。格桑梅朵陪着格桑德吉来到拉萨河边，两个人相对轻松地说笑着，享受着难得的清净。格桑梅朵警觉到有人一直跟着她们。她有意识地放慢脚步，等后边的人走上来。回过头一看是米玛曲吉带着女儿。米玛曲吉紧张地低着头，唯唯诺诺地说："梅朵阿佳拉，我找你们好多次了，一直没有勇气面对，我是来替洛丹给你们道歉的！"

格桑梅朵认得米玛曲吉，也知道他们家的情况，淡淡地说："洛丹不是还在关押中吗？你替他道什么歉？他的事还没有完。"

"您也知道我原来靠那个商店生存，现在个人开的商店都关门了，洛丹被关起来后家里很快就揭不开锅了，你看孩子都饿得皮包骨头了。"

格桑梅朵细细打量着这个女人。米玛曲吉原来丰腴的身子明显瘦了一圈，除过脸色苍白一点外，美人坯子的底子还在，穿着素净，显示着一种凄美。

维色曲珍认得格桑梅朵，甜甜地叫了一声："姨姨好！"怯怯地低下了头。这孩子随爸爸妈妈去年到自己家里来玩，那时候健康阳光，现在长了一岁，倒瘦弱胆怯了许多。格桑梅朵一阵心酸，走过去抱着维色曲珍说：

"你带孩子来找我到底有啥想法就说，别吓着孩子，孩子没有错。"

"我去见过洛丹，说他的罪过很严重，只有德吉妹妹不起诉她，原谅他，他才不会被判罪。我没有办法，只好来求你和德吉妹妹看在过去的情分上饶过他！"

听到这里，格桑德吉明白了，米玛曲吉和女儿因为洛丹被关押而出现了生计困难，精明的米玛曲吉反过来求她放过洛丹。德吉刚刚好起来的心情又有了起伏。格桑梅朵怕刺激到德吉，拉着维色曲珍对米玛曲吉说："你先带孩子回去，洛丹的事我们再商量一下，必须好好处理他，要让他重新做人！"

"谢谢阿佳拉！谢谢阿佳拉！"米玛曲吉合手致意后，带着女儿抹着眼泪走了。

格桑梅朵拉着德吉的手继续向前走，轻声说道："洛丹这个人的变化是我们谁都没有想到的，但是呢，洛丹和我们都是从苦难中走过来的，他个人本质应该是好的，最大的失误是教育没有跟上，如果把他派到西藏公学培训一年半载，他就不会那么糊涂。看在过去的情分上还是应该给他一次机会。不然他这个家，他的女儿就真没法活下去了！"

"洛丹变成现在这样我是根本不能接受的，回想起原来那个憨厚、可爱、坚强的小伙子，我心里是很喜欢的。因为我此前就有了云丹，所以就没有往别的地方想。洛丹的老婆看着还真是长得不错的，女儿也很乖巧，他也有份很不错的工作，怎么就不知足呢？"格桑德吉伤感地说，"阿佳拉，经历这么多风波，我也看清楚了，也想明白了很多事。再回过头来说，洛丹对你我姐妹有救命之恩，有照顾之情。不能因为他犯糊涂彻底放弃他，那样他就彻底毁掉了。那可爱的维色曲珍就太可怜了。阿佳拉，洛丹是喝醉酒对我犯浑的，也没有得逞，我不追究他责任。只要他悔过自新，好好做人就放了他吧。"

听了格桑德吉的话，格桑梅朵为妹妹的善良和明大义识大体所感动，紧紧地抱住了她。

在格桑梅朵和怡高远的教育批评下，洛丹深刻反省，悔过认错。因为格桑德吉放弃了追究洛丹的法律责任，给予了洛丹纪律处分后将其释放。

洛丹走出看守所大门时，原来的大腹便便有了一些收敛，就连个头也好像矮了一截。令他没有想到的是，米玛曲吉带着女儿维色曲珍在路边等他。

洛丹不知道米玛曲吉和女儿来接他，是格桑梅朵找到米玛曲吉做的安排。她希望这一家人经过磨难后能幸福平静地生活下去，她希望故人能恢复正常思维过上正常人的日子。

经过这次事件，洛丹彻底醒悟了，回想起从被人丢弃的奴才到当上管理干部的过程，回想起自己受蛊惑做出的打砸抢罪恶，回想起批斗别人的过头过分行径，回想起丢下老婆和别的女人鬼混的千万不该。他是该好好醒悟了，正如格桑梅朵说的，为人父，为人夫，就要做一个父亲一个丈夫应该做的；干管理，拿工资，就要替人民群众着想，为人民群众办事，不是为了自己作威作福，敛财享受。

天真烂漫不明世事的孩子叫着爸爸跑了过去。洛丹抱起女儿流下了羞愧的泪水。

最让大家没有想到的是，被释放的洛丹回到家里不到半年就病倒了，病因是肾衰竭。在他生命的最后关头，格桑梅朵、格桑德吉、张大明、怡高远一干老朋友都来看望他。他惊慌失措，流下了痛彻心扉的泪水。他已经没有什么遗憾，自从他病倒后，米玛曲吉对他也很好。只要是老朋友来看望他，洛丹不说多余话，只是指着女儿维色曲珍让她管男的叫伯伯，管女的叫姨姨。一个体重超过二百斤的胖子急剧瘦到皮包骨头而且疼得满头大汗，临终托孤的情景很是凄凉。

巴桑次仁已经调到林芝地区军分区任副政委，接到格桑梅朵捎的信，知道洛丹走到了人生的尽头，带着更果果赶到拉萨来看望。当他们急匆匆赶到洛丹家时，看到门头飘荡的白色经幡，米玛曲吉和小维色曲珍一身素色藏装，就知道这个糊涂的老友没有等到他们就离开了这个世界。巴桑次仁和更果果在洛丹的灵前上香鞠躬后，喃喃自语倒退着出了洛丹的家门。

巴桑次仁和更果果见到怡高远和格桑梅朵，不无伤感地说："我在林芝看望巴鲁云丹几个老朋友、老同学时知道了洛丹的事。你说他好端端一个经过部队锻炼的人，怎么就管不住嘴巴？是个牲口吃饱了也知道停嘴的，再说他把自己的人肾当驴肾用，能好到哪里去？"

"看着维色曲珍乖巧，念及故旧情义，德吉才放弃追究洛丹强奸未遂的罪责，我们想给他一条生路。可是他早先把自己身体不当一回事，彻底搞垮了。"格桑梅朵皱着眉头说。

"我有个想法，维色曲珍以后的教育由我来负责，不能让这个孩子受委屈！"

"谢谢梅朵主任啦！我和更果果在林芝，有点鞭长莫及。需要我们做什么，我们会随时听你吩咐！"

"我们的次仁将军也打官腔了。"

"没有没有！说的心里话。"听到格桑梅朵这么称呼自己，巴桑次仁知道梅朵反感老同学老朋友以官衔互相称呼，故意刺激自己，赶紧笑着打哈哈。

"好吧，需要的时候大家都要去看望维色曲珍这个孩子。对这个孩子不要提及洛丹的不堪过往，让她满心阳光地长大吧。"

"一定一定！"大家互相呼应着。

在经受了几年的鼓噪和折腾后，拉萨古城从狂热中冷静了下来。

1970 年初，西藏自治区革委会做出了撤销西藏民族学院的决定。学校西藏以外的干部和教职工请陕西省革委会安排，西藏的干部、教职工和学生第二季度组织进藏。学校被解散，人员、土地和物资严重流失。学校的大部分校舍很快被旁边的单位占用。一些教职工一时半会联系不到接收单位，非常着急。

在西藏民院停办期间，李玉玲没落实工作单位，就带着儿子张一飞和女儿张一鸣去拉萨探亲。李玉玲和两个孩子有两年时间没和张大明见面了。担任副部长十年后，张大明升任部长。看着日夜操劳面色憔悴的张大明，李玉玲很是心疼。两个孩子见到张大明明显有些生疏，但是见面后还都乖巧地叫着爸爸。张大明一把搂过两个孩子，久久没有松手，强忍着没让眼泪流出来。

张大明在军区的住房，是一出一进三间平房，里屋是两间套房，一间书房带卧室，一间客房带警卫室，客厅连接小厨房。屋里白色石灰墙加上简单的家具，显得干净整洁。木床木椅木饭桌，绿被绿单绿窗帘。就连吃饭的搪瓷碗碟，喝水的搪瓷缸子都是一水的绿色。唯独客厅的简易木沙发上铺着厚实的藏式氆氇垫子带着民族特色，给屋里增添了一些温馨的气息。屋外，塑料小棚里边种着几样青菜和小沙葱，活泼了一个院子。

李玉玲住下来后，就让张大明联系怡高远，说要请格桑姐妹来家里吃饭。也好让几个家庭的孩子熟悉熟悉，延续长辈的情义。

于是一个周末，怡高远、格桑梅朵带着儿子次旺久美、女儿次旺拉姆早早就到了张大明的家里。过了一会，因为巴鲁云丹在林芝"学习"，格桑德吉一个人带着女儿次旺白姆过来。一进门，格桑德吉抱住李玉玲忍不住泪水涟涟，一是见了老师高兴，二是家里出事心里难受，这老师和老朋友来拉萨了，自己的老公却不能一起来聚聚。李玉玲知道她的委屈，一边抱起次旺白姆，一边劝慰着格桑德吉。

格桑梅朵向李玉玲讲述了自己几年来的工作情况和心理历程："李老师，我从学校出来后，在自己的出生地乃东县工作了六年，组织把我从一个学习积极分子和劳动积极分子培养成了管理干部。随后我又调到琼结县。虽然对于工作调动我没有怨言，但是心里还是不太理解。为什么要把我从乃东调到琼结县，为什么要把我从一个已经熟悉了的环境调离？还是高远给我做工作，说你到了新的环境，接手了新工作，就会发现我们党员干部不仅仅应该干一个工作，不仅仅只应该熟悉一个地方的情况。到了琼结县后，我才领会了上级的意图，也明白了高远说的意思。我的阅历还是太浅，组织是在给我提供新的锻炼平台。虽说乃东条件比琼结好，可是乃东干部多，人才多，懂政策的人多，琼结则不同。琼结三面环山，只有东部的狭长谷地，适合种植庄稼。农牧民生活条件比乃东还要差。琼结有西藏唯一的藏王墓葬群，朝拜的群众很多，属于一个治理难度较大的地区，这里很需要经过党培养的干部来做群众工作。这一干又是两年，总算在农业上做出了点成绩。但我根本没有想到组织又把我调到拉萨工作。到拉萨这个大城市做革委会副主任，工作的跨度很大。但我只有一个心思，那就是无论走到哪里，都要干好自己的工作，不愧党的培养和信任。在拉萨，组织还让我兼任了自治区政协的一个主任职务。我一直觉得自己水平有限，经验不足。但是跟党走一定没错，不断学习、不徇私，认真干好工作。有毛主席，有共产党，我们中国就不会乱。我坚持抓农业生产，抓统战工作，绝不能在政治上犯糊涂。西藏目前已经基本稳定，是该把主要精力放到发展生产上来了。"

说起西藏民院的撤销决定，大家都很伤心。格桑德吉更是气愤。不过李玉玲和格桑梅朵微笑着劝她不要生气，说什么变化都可能发生的。

不出所料，戏剧性的一幕很快来到了。西藏自治区革委会发出撤销西藏民院的通知一年多，西藏自治区党的核心小组给西藏民院革委会打来一个电话，通知西藏民族学院不撤了，还要继续办；政治条件好的教职工，一律停止调动。

之后，西藏自治区革委会正式给陕西省革委会行文，沟通恢复停办一年多的西藏民族学院。行文容易，真正恢复办学可没那么简单。学校领导带着一批干部一个一个地去做调走的教职工的工作，请他们再调回学校。创办西藏公学的第一代教职工大多毫无怨言地又回来了，为着一个共同的革命目标聚拢，就这样又齐心协力开始了西藏民族学院的二次开办。

撤销西藏民族学院之初，学校就被相邻的单位占用。1971年秋季，从西藏招录的学生走进学校时，学校校舍面积减少了三百多亩。学校一方面排除干扰继续办好专业教学，同时组织师生走出校门深入西藏为有关部门举办农、牧、会计、医务等短训班，服务西藏发展。另一方面，着手进行迁校工作。在西藏民院恢复办学秩序后，成立了"西藏民族学院迁址筹建处"，学校师生白手起家在林芝的尼洋河畔乱石滩上开始建设西藏民族学院林芝分院，先后有计划地迁入了农学、畜牧兽医、林学、农机水利、财会等五个系九个专业及部分实验室。

1975年，西藏自治区确定西藏民族学院不再迁入西藏，两地同时办学。最后一批迁入西藏办学的机电系师生进藏并入林芝分院。至此，学校形成了以陕西咸阳为总院，以西藏林芝为分院，两地办学的特殊格局。从咸阳总院孵化出来的林芝分院，奠定了西藏高等教育理工人才培养的基础。1978年，经国务院批准，西藏民族学院林芝分院正式更名为"西藏农牧学院"，独立办学，成为西藏第一所高等理工学校。西藏农牧学院就如同西藏民族学院在林芝下的一个蛋，这个蛋在号称"西藏江南"的林芝孵化繁衍、生长壮大。西藏民族学院在咸阳继续发挥着西藏人才孵化器的作用。

# 章节十九　秦藏传奇

怡西平的民族成分比较特殊，父亲怡高远是解放初进藏部队中少有的汉族大学生之一，母亲格桑梅朵是农奴出身的藏族女干部。他平时一般用汉族名字叫怡西平，档案里备注着一个曾用名"次旺久美"。他妹妹怡西美，藏语名字叫次旺拉姆。怡西平和妹妹出生在西藏，少年时生长学习在西藏，大人和同学们都习惯叫他们久美和拉姆。长大后到内地读大学，同学们又都开始按照他们高考录取时的名字叫怡西平和怡西美。无论用怡西平、怡西美，还是次旺久美、次旺拉姆，民族成分一栏都写着"藏族"。其实他们这样出身的人在西藏还有不少，大都是西藏和平解放时期进藏部队战士和干部，因为长期在藏战斗和工作，与当地藏族姑娘联姻生的子女，也有汉族姑娘嫁给藏族小伙生的子女。这些人还有一个民族别称那就是"团结族"，虽然"团结族"没有列入国家民族大家庭序列里，但是却在西藏和内地与西藏相关的各单位间广为流传，这实际是人们对民族团结钟爱的表现。

从1966年停止招生，再到江青一嗓子叫停学校办学，西藏民族学院经历了太多的沧桑。恢复高考后，张一飞、怡西平、土登吉美、普琼、杨大贵、维色曲珍和很多年龄差距较大的同学通过高考先后成为西藏民族学院的学生。这其中也有西藏民院子弟杨金花、福元良等。当然也有从西藏录取的栗淑君、达瓦旦增等。经过连续几年的招生，学校就像花园里有了良种花木一样，一下子热闹了许多。

出发去咸阳读书前，阿妈给怡西平讲述了维色曲珍爸爸洛丹的事，希望怡西平要多照顾曲珍。怡西平就更加关注这个性格安静、懂事勤快的妹妹。维色曲珍的美是不用言表的，气质和怡西平的姨妈格桑德吉竟有几分神似。怡西平实际早就发现维色曲珍的妈妈米玛曲吉和姨妈格桑德吉有几分相像呢。这么想来维色曲珍的阿爸洛丹和阿妈米玛曲吉结合的缘由就有一个可能，那就是洛丹的骨子里在按照自己少年时就喜欢的格桑德吉的样子选择伴侣。令怡西平兴奋的是，只要自己指到哪里，维色曲珍就会开心地配合到哪里，不是她没有主见，而是她会把怡西平的主张配合完成到最好。普琼、维色曲珍、杨大贵、怡西平四个人因为父辈的战友和同事关系，加之父母的工作不停地变动，他们常常会被一起接到一个家里进行管带。从小一起上学，使他们亲如兄弟姐妹，当然还有经常跟着他们一起玩耍长大的怡西美。土登吉美是巴桑次仁与更果果的儿子，从林芝考学的，因为父辈的关系，原来就和怡西平认识，一进学校，大家就很快玩在了一起。

杨大贵的爸爸是十八军进藏军人杨万海，民主改革时在山南分工委工作，经格桑梅朵介绍，结识了她和更果果的同学与好友德千曲宗，相恋后结合。杨大贵与怡西平一样，在西藏长大，从小叫藏族名字米玛次仁，上大学时把米玛次仁改成了曾用名。

普琼的身份要复杂得多。他档案里有一个汉族名字叫岳风川，普琼的亲生父亲是岳汉山，但是普琼从不告诉同学们他的汉族名字，也不承认自己的父亲是岳汉山。只有怡高远、格桑梅朵等少数几人知道普琼的亲爹是和怡高远一起毕业于兰州大学的岳汉山。普琼到西藏民族学院读书了，岳汉山曾几次试图邀请普琼到家里吃饭都被拒绝。黯然神伤的岳汉山只好放弃了和这个儿子的相认。岳汉山已经和一个纺织女工重组了家庭，并且有了一个女儿。在普琼的档案中，家庭成员里填着父亲坚参、母亲色楞卓嘎。普琼的人生是凄苦的却也是幸福的。父亲内调，一个家庭就解体了。母亲色楞卓嘎一个人带着孩子艰难生活三年后，带着普琼嫁给了西藏公学的一期学员坚参。坚参对自己的老师岳汉山是熟悉和崇拜的。在坚参进藏平叛时，岳汉山叮嘱他回到西藏后一定要找到色楞卓嘎加以照顾。顶替领主家少爷到西藏公学学习的坚参，经过两年的学习，从一个被当作牲口的朗生，从一个连自己身份都不能做主的奴才，变成了一个平叛和民主改革的积极分子。在山南地区参与民主改革时，坚参找到了色楞卓嘎，见到了乖巧机灵的普琼。坚参本来想好好照顾色楞卓嘎，没想到色楞卓嘎是一个聪颖的积极分子，带领全村的妇女组成了女子劳动队，反而经常照顾起了刚刚参加工作的坚参。

当坚参告诉色楞卓嘎受老师岳汉山之托要照顾她的时候，坚参看到了她眼里放射出的一抹光彩，但是这抹光彩很快就消失了。她淡淡地对坚参说："该过去的都过去了，从奴才变成了有灵魂的人，应该知道感恩，知道积福，不应该留恋过去，就像大家都不愿意再回到过去当奴才一样。我敬慕岳汉山哥拉，当时我是勤杂工，他负责后勤文书工作，他会说藏语，我们有了工作上的交集。他文雅优秀，乐于助人，给我留下了美好的印象。在交流交往中慢慢有了感情，西藏公学筹建的时候，因为他是大学生，学校很需要他，我也想和他去内地，可是当时我的阿妈卧病在床，我根本走不开，加之我一句汉语也不会说，就打消了随他去内地的念头。他说他等我。他到咸阳后给我捎过两封信，因为我不识字，也就没有回信，后来我们就彻底断了联系。普琼是在他离开西藏大半年后出生的，我也没有告诉过岳汉山，他应该不知道在西藏还有一个儿子。记得我们相好的时候他说过，如果我们能有个孩子无论男孩女孩就起名'岳风川'，我只记得这几个字的读音，他告诉我自己老家是四川的，孩子应该知道四川的风采，代表四川的风采。岳汉山的出身和怡西平一样样的，所以我求怡高远和格桑梅朵在孩子户口上写上了别名'岳风川'。毕竟那是他爸爸给起的名字。"色楞卓嘎说得平淡无奇，坚参听得激动不已。他激动因为生活、语言和距离割断了一份感情，他激动于这种只爱不恨的平淡和超脱，他激动地说："卓嘎阿佳，因为距离和严酷的现实，你和岳老师分开了，我从西藏公学读书回来和大家一起搞民主改革，也看到了你的坚强和能干，还有你的善良和仁义，就让我来照顾你和普琼吧！""你们工作组带来了好政策，现在的日子就像糌粑加了蜂蜜，你有文化，有见识，不嫌弃我们母子的话，先往前走着一些时日再说吧！"卓嘎没有害羞，大方自然地把自己粗大的辫子甩在身后，明眼澄澈地看着坚参。

在坚参眼里，色楞卓嘎不仅通达善良，而且成熟充满魅力。他与色楞卓嘎的接触越多越欢喜，两个人在互相关怀中慢慢有了感情，坚参也越来越喜欢聪颖的小家伙普琼。在普琼的认知世界里，坚参就是他的阿爸。考上大学要到咸阳西藏民院去读书，坚参当着色楞卓嘎的面告诉了普琼他的身世，也希望他到学校后可以和自己的生父联系。普琼坚决摇头否定。色楞卓嘎淡淡地笑着说：

"普琼，你坚参阿爸告诉你的都是真的，因为你要上大学了，你是大人了，得让你知道你的身世！你有两个阿爸，一个是坚参，一个是岳汉山，你承认不承认，他们都在那里。"

"我不想姓岳，我的名字叫普琼。我也不想认那个岳汉山，他又没有养过我，没有管过我，为什么要认他为阿爸？"普琼幼稚倔强地说。

"不是养没养你的问题，你自己慢慢去体会吧，岳汉山老师不是坏人，这一点我和你阿妈都清楚。"听到坚参的话，色楞卓嘎感激地拍了拍坚参的肩膀，起身去做饭。

怡西平对到咸阳西藏民族学院上学是一百个不愿意，一千个不开心。按照他高考的分数，完全可以到北京、上海，至少也可以到成都的大学去读书。当时父亲怡高远给他填报的志愿只有一个，那就是西藏民族学院。看到几个比他成绩低的同学被北京、上海的高校录取，怡西平和父亲一周时间没有说话。

临离开拉萨时，妈妈格桑梅朵拉着他的手对他说："让你到咸阳西藏民院去上学，不只是你爸爸一个人的主意，也是我的意见，只不过是你爸爸填报的志愿而已。按照高考成绩，你是可以去北京和上海读大学的。我们为什么让你去咸阳西藏民院读书，你一定要知道这其中的缘由和情结。你已经十八岁了，是大人了。高考报名时你爸爸让你将名字从次旺久美改成怡西平，那时候就决定要让你去咸阳西藏民院上学。咸阳西藏民院是妈妈读书的地方，她为西藏培养了成千上万的工作人员，有良好的学风和校风，你到学校以后就会感受到。另外还有一个原因，你阿爸的老家也是你的老家就在咸阳，距离学校只有二十里地，你长这么大，还没有回过老家。你阿爸为了我，为了西藏，要把自己的一辈子都留给西藏。可是阿妈知道他心里从来没有忘记过咸阳的五陵原。让你到咸阳读书，实际就是让你回到故乡接受教育，让你去认识气势磅礴、开阔包容的陕西气概、关中风物。你要去认亲，认识老家的亲人。"

"五年前，你阿爸带着工作队去昌都调研，因为山洪和塌方，毁坏了道路，你阿爸就按照上级指示就地开展了其他工作。这一去就是半年。等回来发现桌头上有老家你大伯的两封来信。原来在你阿爸下乡期间，你的爷爷奶奶因病相继过世，你爸爸听到这一噩耗，受不住打击，当即就昏倒了。他一直念叨着等局势稳定了要和我带你和拉姆回老家看望你的爷爷奶奶和老家的亲人。这还没来得及，两位老人相继撒手人寰。我和你阿爸欠他们的，主要是阿妈欠你阿爸的。就算阿妈求你，求你不要伤你阿爸的心。阿妈最了解你阿爸，他心里再苦都自己忍着，天底下再也难找到你阿爸这么好的人了！你回老家不但能读书，还能见到老家的亲人，这难道不好吗？"说着说着，格桑梅朵情不自禁地掉下了眼泪。这下，怡西平有点慌了。在他的成长过程中，从来没有见过阿妈哭过，阿妈是能战胜任何困难的典范，是铁娘子。自己耍小性子，不和阿爸说话，哪里知道阿爸阿妈的心思？能惹得阿妈流眼泪，那一定是碰到她心底最深的痛处。

"和孩子说这些干什么？久美长大了，走出家门经过锻炼，长了见识，慢慢就会理解我们！"站在门外听他们娘俩谈话的怡高远牵着女儿怡西美轻轻推开房门，淡淡地说到。

"该给孩子讲的还是要讲！"格桑梅朵红着眼睛。

怡西平一阵内疚，自我解嘲地说："阿妈，你不用说了，我理解阿爸和你的心情与心意。我不是不想去陕西去咸阳。如果我在北京读书，每次路过陕西可以去老家看看，再说不是还有寒暑假嘛，我也可以寒暑假去老家看望亲戚呀。你们知道我长大了，为何不和我商量就替我做主？我的分数是可以去北京、上海的，为什么我没有选择的权利？我就是去咸阳的学校上学，心里也不痛快！"

"不用遗憾，只要你好好读书，以后还可以去北京深造，你德吉姨妈不是工作了以后又去北京进修学习的？再说咸阳紧靠西安，西安可是闻名世界的古都，其风采和人文底蕴不输北京的！"

怡西美喊叫："哥哥，听说维色曲珍姐姐、普琼哥哥、杨大贵哥哥都被录取到了咸阳西藏民院。我也要和你们去咸阳西藏民院读书！"

"爱去你自己去呀，反正我不去！"怡西平没好气地怼着妹妹。

"哼，你不去西藏民院，曲珍姐姐去了，到时候有你后悔的！"怡西美撅着嘴往外走。

"你个小毛丫头，净胡说！看我不打你！"

看着兄妹俩开玩笑，家里气氛不再那么凝固，怡高远和格桑梅朵才松了口气。


一到西藏民族学院，怡西平就得到李玉玲的热情管待。李玉玲是学校政治部主任，一到周末都会叫怡西平去家里吃饭。怡西平从小就常听大人提起李玉玲阿姨，家里有她和妈妈、姨妈的照片，李玉玲阿姨带着儿子张一飞和女儿张一鸣进藏探亲时，两家人经常一起吃饭。李玉玲的儿子张一飞长怡西平两岁，女儿张一鸣和怡西平同岁，他们早就成了好朋友。怡西平一直认为他的姨妈是世界上最漂亮的女人，因为她的美在拉萨是出了名的。来到学校真正和李玉玲阿姨接触中，怡西平被她欲语先笑、文雅脱俗的气质和处事的智慧方式折服。怡西平几乎改变了对漂亮女人的定义，但是他还是坚定地认为他的姨妈格桑德吉是最漂亮的藏族女人，李玉玲阿姨是最漂亮的汉族女人。

怡西平对李玉玲说："阿姨，我就是想不通我阿爸阿妈为什么一定要让我到西藏民院来读书。你看一鸣不是去北京读书了？"

"毕竟是隔代的人，想法不一样。但是无论如何，做父母的都不会害自己的孩子。你阿爸阿妈的心思阿姨懂，你在学校待一段时间，再回一趟老家就会理解你阿爸阿妈为何让你来咸阳西藏民院读书。你阿妈现在是党的干部，可从来没有忘记在咸阳上学时教自己的每一位老师呀。你一飞哥哥和一鸣妹妹是在西藏民院长大的，一飞已经在西藏民院读大三了，考虑到多去一个地方就会多一些见识，所以同意一鸣去外地读书。"李玉玲若有所思地开导着这个毛头小伙子。

"既然这样，我星期天就回老家去看看！"

"你这黝黑的皮肤、深陷的眼睛、高挺的鼻子和当地人长相还是有些差异。让你一飞哥哥带你一起去，或者我陪你去。你的老家我可是去过好几次的。"

"不用了阿姨，一飞哥哥是校学生会主席，星期天活动多，再说他好像也有女朋友了，不耽误他时间。您也忙，我走不丢的。我阿爸每次借出差回老家探亲都会带一张全家福给老家的伯父，说老家的人有我们一家四口的合影，见了面不说也能认出我。况且我还带着阿爸的信，还有一张阿爸、阿妈、妹妹和我的最新合影。谢谢阿姨，您放心。"怡西平考虑到第一次回老家指不定会碰到什么情况，他还是决定自己一个人先回老家看看情况。

"你个小鬼头，能开开心心在西藏民院读书阿姨才会放心。你爸爸想得真周到，那你自己星期天骑家里自行车去。"李玉玲爱怜地抚摸着怡西平的头。

到咸阳上学一个多月以来，怡西平虽说不痛快，可还是想着要早一点去一趟老家，对他来说，老家的村庄是神秘的，回到老家见到一大堆亲人也是令他期待的一件事。他已经留心熟悉了当地地理，很快就摸清了学校周边的路况，搞清楚了校园距离怡魏村约莫二十里地。这点路程对在西藏长大的他来说，根本就不算什么，有了李玉玲阿姨借给他的自行车，回老家就更便捷了。

星期天一早，在学校食堂垫巴了一下肚子，怡西平背着书包，骑着自行车出学校北门，沿着毕原路行一里地左拐朝北的大坡道上了咸阳原。等上了北原，满眼的开阔平坦使怡西平才真正领会了关中平原的意思，同时自我思忖着学校北边的路为什么叫毕原路，难道是咸阳原自北到南到学校后门口这条路就结束了，原毕了，所以叫毕原路？怡西平瞎琢磨着，感觉心情轻松了许多。

10月的咸阳原上，上千亩谷子和苞谷地一眼望不到头，大路边有一条水渠，沿着水渠有两行白杨树，高高的树干好像拥挤着要钻进天空，所以，老农人叫白杨树为"钻天杨"。树下渠岸上野草丛生，苜蓿连营。关中平原的富饶怡西平是第一次亲身体验，亲身走近，他被这咸阳原上的美景晃花了眼，一边骑着车东张西望地欣赏美景，一边见人就问路，用了一个小时左右的时间骑车到了怡魏村口。一块高大残破的大石头上刻着"长宜子孙"四个遒劲大字。这应该是村规祖训吧。怡西平知道伯父名字叫"怡志远"，可他不敢直接称呼老人家的名字，打问着堂弟怡西安的家。村里人一看到这个肤色黝黑的家伙找怡西安家，问他是什么人。怡西平知道不是怯生的时候，大着声说："我叫怡西平，怡西安是我的弟弟，我是从西藏回来找老家人的。"村口几个人一听怡西平的话一下子兴奋起来，只听见有人说："这准是高远的儿子，这娃咋这么黑的！""黑是黑，是本色，风吹日晒不褪色嘛，这娃有咱咸阳原上人的模色。"大家好像都知道有怡西平这么个人的存在，开着玩笑相拥着把他带到了大伯家。

正在院子里劈柴火的怡志远见村里一伙子人带着一个陌生小伙子进了院门，一下子就愣住了。大家喊着："志远，志远，你这家伙快看看，谁来看你了？"怡志远愣愣地看着怡西平说不出话来。怡西平听见村民叫志远，再一看他和爸爸很有几分相像，大声叫道："大伯，我是西平，我从西藏来在咸阳西藏民院读书，我阿爸让我回来看你们，让我认家门！""哦、哦！他妈、他妈你赶紧出来，西平娃回来了！"怡志远一边说着，一把就把怡西平抱住了，一个大老爷们竟然呜呜地哭了起来。怡志远的老婆闻声从房里出来，跑过来拉着怡西平的手，拍打着老伴的后背说道："西平娃回来了，你应该高兴，你这大老粗哭啥呢！"怡志远这才放开怡西平，又一下子笑出了声："我这是高兴地流眼泪呢，西平娃娃十八岁了，第一次回老家，这长得比照片上还英武呢么！娃回来了，这可太好了！太好了！"围观的乡邻都哈哈大笑起来。怡志远拉着怡西平一一介绍着旁边的乡邻。怡西平随着大伯的介绍，二爸三大爷六婶七婆挨着叫了一圈。太多的人，怡西平一下子根本搞不清楚关系，但是礼貌还要有的。村邻乡亲们说："这娃娃不错，虽然说着普通话，还像咱怡魏村后人一样懂礼数，看来高远在外边教子有方呢！"

怡西平从书包里掏出两包牦牛肉干，离开拉萨前的一张全家福照片和爸爸捎给大伯的信。信装在一个大信封里，信封是怡西平阿爸自己封起来的，嘱咐他给大伯前不要打开。怡志远接过信封，撕开发现信纸里夹着厚厚的一沓钱，都是十元面值的，应该有千把块。怡志远先拿起弟弟家的全家福仔细看，看着照片端详着怡西平说："西平回来了，啥时候让你爸、你妈把你妹子西美也带回来，到时候我们在老家照张全家福。"

怡西平听了觉得好像阿爸也说过类似的话，赶紧说："大伯，我阿爸说了，一定要找时间和阿妈、西美一起回来，咱照张一大家子的全家福。"

怡志远听了很高兴，他打开信慢慢看着，看着看着又落泪了。过了一会把那一沓钱塞进信封，交给怡西平说："孩子，现在不比从前了，实行包产到户后，老家人再也不愁吃不饱了。多年来，四时八节你爸总会寄一些钱回来，知道老家人口多，吃饱饭有难处，就连他自己的衣服都经常寄回来。这钱你自己拿着，你现在读书要花钱呢！"

"我不要，每个月学校发饭票，阿爸阿妈还给我零花钱，这个坚决不能要，这是阿爸阿妈对你们的心意。"

怡志远只好把信封交给了老伴，对着怡西平说："你现在要读几年书，距离家里近，有空就回来吃住，也要把你的同学们带回来玩，让他们知道你的老家就在这咸阳原上，就在怡魏村。不要只说你是西藏娃娃，你还是陕西娃，是咸阳原上的娃娃。咱这咸阳原上的故事多着呢，你要一点一点地了解。你妈是西藏人，咱村里人都知道，也都知道你妈和你爸现在都是领导干部呢。咱陕西人对西藏人亲，西藏民院就办在咱咸阳，唐朝就有两个公主嫁到了西藏，你妈妈一个藏族人嫁给你爸也是正常的么！这是西藏和陕西的亲上加亲。你看你和你妹子西美长得多帅多俊。"

怡西平被大伯说得有些不好意思，挠着自己的头发说："我从小就记着我阿爸说的，一直记着老家在咸阳，我有两个老家，一个在西藏，一个在陕西。我有两个名字，藏族名字叫次旺久美，汉族名字叫怡西平。同学们听说我的老家就在咸阳，很好奇，有几个人嚷嚷着要和我一起来看看。以后有时间我会带他们来玩。"

"好得很，你和你妹子的藏族名字咱村里人也都知道，你爸你妈有文化，给你和你妹子起的汉名和藏名都好听得很。老家你姐和你弟的名字都是你大伯写信让你爸起的。"旁边的一个叔叔说。

正说话间，怡志远拉着怡西平的手走到堂屋挂着的大相框前，给他一一介绍着照片上的人。怡西平在爸爸的相册里见过爷爷奶奶年轻时的照片，没有想到爷爷奶奶最后的照片显得那么衰弱。在相框里怡西平第一次看到了爸爸少年时的照片和刚参军时的照片，一个和现在迥然不同的英俊少年与飒爽男儿。相框里还有大伯一家的全家福和去年爸爸寄回老家的他们一家四口的合影。"这里是老家，这里有人在一直惦记着爸爸和他们一家人呀，这里的人和自己的血脉是相通的呀！"怡西平思想波动很大，觉得自己回来得晚了，他突然想起爸爸叮嘱自己一定要去给爷爷奶奶上坟，就说道："大伯，您带我去给爷爷奶奶上个坟！"怡志远心里一喜，觉得高远和梅朵真是心细，把孩子培养得知书达理，随即带着怡西平和怡西安来到屋后不远处爷爷奶奶的坟地。怡志远让西平、西安两个娃点上香和蜡烛，敬放进坟前的香垄里，一起烧了一刀纸钱，大声说："爸，妈，你的大孙子西平娃回来看你们了，娃乖得很，你们就放心吧！"说罢，带着怡西平和怡西安跪下磕了三个头。

回到村里，怡志远让怡西安带着怡西平在村里转了一大圈，把有亲戚关系的几家人都叫到了家里。就连住在二十里地外平陵村的姑妈、姑父和几个表兄妹，嫁到五里地外刘家沟的堂姐怡西元和姐夫都安排人去喊了回来。亲戚们在院子里围了两桌。怡西平的大妈和两个婶子张罗了不少菜，有凉拌黄瓜、凉拌豇豆、凉拌三丝、炒鸡蛋、青椒肉片等，还有蘸蒜汁吃的薄薄的煎饼和细面。怡志远不停地往怡西平碗里夹菜。怡西平也不再拘束，和他们笑着，拉着家常，说着一家人在西藏的生活，还喝了白酒。酒是太白酒，醉得诗仙流连忘返的太白酒。怡西平觉得在老家的这顿饭吃得太香了，这太白酒喝着真美。

吃过午饭，大伯让怡西平睡一觉，说等酒醒了送他回学校。下午，为了不让李玉玲阿姨担心，怡西平提议早一点回学校去，说自己以后会经常回来。大伯说应该的，但是坚持要和堂弟怡西安一起送他回学校。怡志远要骑着自行车带着怡西平，让堂弟怡西安骑着自行车跟着。怡西平觉得不妥当，就和怡西安两个人轮换着一个带着一个骑行一段，把大伯远远地甩在后边。其实他哪里知道，是大伯故意落在后边，看着他哥俩撒欢，在心里笑呢。

回到学校后，怡西平拿出伯母为他烙的锅盔馍和炒的绿辣子分给宿舍的兄弟们，教他们吃锅盔夹辣子这个老家的神名吃，给他们讲咸阳原上的美景。土登吉美、普琼和杨大贵几个人辣得满头大汗，吃得口水直流，直呼香辣过瘾，都喊着希望和他一起去怡魏村耍，上汉长陵观光游玩。

仲秋的关中平原，雨水充足，气温适中，是苞谷、谷子和各种水果成熟的季节，也是各种杂草疯长的季节。国庆节当天，怡西平和三个舍友，叫上和他在拉萨一起长大的女同学维色曲珍、仁丹翁姆，六个年轻人互相追打着、跳跃着、呼喊着，向怡魏村前进。艳阳高照，草长鸟鸣，路边的车前子、蒲公英、野蒺藜、狗尾巴草、锁沟草沿着河岸和小水沟疯长，空气里都是浓烈的青草味道。野麻雀和蜜蜂追着他们一起前行，几个年轻人在拉萨很少见到这么繁盛的绿色，捏一把都是绿汁的草，兴高采烈地跑着走着追逐着，不知不觉地就到了怡魏村。

离开西藏前，怡西平的母亲格桑梅朵一再叮嘱他不要炫耀家庭条件，一定要照顾好维色曲珍。现在有了借口，怡西平不用再费劲地解释自己是次旺久美，也不用再解释自己不是高干家的孩子。怡西平告诉同学们自己就是咸阳原上怡魏村的孩子怡西平。大家哈哈大笑都说他们相信了。对于维色曲珍，怡西平有一种难以言表的情愫，关爱是必须的，妈妈把她当作亲女儿一样关怀，自己必须把她当作妹妹看待。当怡西平看到平时郁郁寡欢的维色曲珍开心得和同学们一起奔跑、一起跳跃，看到她脸上露出灿烂的笑容时，怡西平只觉得大自然真神奇，它会治疗各种疑难杂症。人们呀，都应该爱护大自然，走进大自然，拥抱大自然。

伯父、大妈看到怡西平带着男男女女五个同学来家里，特别是还有两个藏族女娃娃，比第一次看到怡西平回家还要高兴。急忙吩咐怡西安给大家拿糖果吃，倒水喝。怡西平提议："大伯，大妈，我们早上出来时吃过饭的，现在不饿，我们想先去长陵玩，回来再吃饭。"

"这样也好，你们先去长陵登高望祖，回来饭菜也就准备停当咧。让你西安兄弟领着你们去，他路熟！"怡志远一边说着，一边给儿子怡西安交代要带好哥哥姐姐。

上次回老家，一是亲戚多，拉话多；二是没带同学，怡西平觉得和堂弟俩上长陵不够热闹，所以没有去。但是当他知道了怡姓人是从外地迁来看护汉长陵的时候，也就多了一份小心和急迫。几个年轻人在怡西安带领下奔向汉长陵。

长陵形如覆斗，经过两千年的风雨剥蚀，约莫五十米高的样子，在空旷平坦的田野里显得巍然庄重。几个年轻人陵上陵下地跑，陵左陵右地看，一个个头冒热气，有的将外套脱下来搭在肩膀上，有的将外衣扎在腰上，他们没有想到原来在电视里、书本里的王侯将相在咸阳原的地底下还聚集了一大堆。长陵的东南方向一里地处就是汉高祖刘邦的皇后吕雉的陵寝，站在长陵之上，脚下的野蒺藜、锁沟草严严实实地铺满陵寝周边，却无太大的树木遮挡，他们能够清楚地看见远处刘邦几个子孙的陵寝。也能看得清楚附近萧何、曹参、周勃、纪信的陵寝，这些人死后被埋葬在皇陵周边继续拱卫着原来的主子。

从长陵返回怡魏村时，怡西平的大妈已经张罗了一大桌饭菜。蒜香四季豆、蒸拌莜麦菜、香菜洋葱、尖椒三丝、西红柿炒鸡蛋、青椒炒咸菜加上油炸花生、凉拌搅团等摆得满满当当。看着这些平时在学校里吃不到的带有野味的时令鲜菜，怡西平和几个同学胃口大开，把二十多个油饼和一大笼煎饼风卷残云一样消灭掉了。大伯大妈看着他们喜欢吃农家饭，脸上乐开了花。因为都是学生，还有女孩子，怡志远没有让他们喝白酒，搬出一箱他们此前没有见过更没有喝过的"冰峰"汽水。玻璃瓶装的汽水饮料，一口吸进去，一下子消去了满身的热汗。这神奇的饮料成了怡高远和几个同学永远的惦记。

在吃饭过程中，怡志远给孩子们讲述古代曾有"渭阳十景"之说，"长陵天朗"就是十景之一。怡西平他们亲身体验了，感受了。站在长陵顶上，视野辽阔，天青气朗，向南俯瞰，西安城尽收眼底，渭河像一条丝带一样婉转飘动，让人心生静穆，感到一股苍劲的汉代大风迎面而来。这五陵原上本身就安葬着汉家五个皇帝，每个皇帝陵寝周边还有陪葬的王侯将相陵墓，这里有着讲不完的故事。

令怡西平没有想到的是，伯父怡志远话题一转："你们今天来的藏族娃娃多，我就给你们讲一个和西藏有关的故事，那就是'布达拉宫'名字的由来。在咸阳原上有个传说。话说松赞干布少年继位，成人后大志在胸，平定西藏各方势力的内乱，进行了大胆的革新，励精图治，完成了对西藏各部落的统一，定都拉萨，建立了吐蕃地方政权。他对大唐的强盛富庶和繁华早有耳闻，一直有心加强与唐朝的友好往来。所以就希望能和唐王朝周边的地方政权一样娶个唐朝的公主，也显示自己的高贵地位。松赞干布有了这个心思，就遣使向唐太宗请求赐婚，没有料到却被唐太宗拒绝了。自尊心受到伤害的松赞干布大怒，先举兵打败了迎娶过唐朝公主，在青海的吐谷浑。然后松赞干布又整兵二十万准备从四川进攻唐王朝逼婚。唐太宗大怒，派大将侯君集领精兵五万迎战。在装备精良、能征善战的唐军面前，吐蕃兵虽然人数占优，还是难以抵挡，很快大败而回。第一次请求赐婚不成，第二次带兵逼婚不成，松赞干布深感唐朝军事实力的强大，随即第三次派遣使者前往长安谢罪，同时带去金甲虫草等贵重财宝请求唐太宗赐婚。唐太宗是一世英主，不愿与吐蕃再起干戈，让百姓遭殃，也发现松赞干布一片诚心修好，于是同意了松赞干布的赐婚请求。再说唐王本身也没有那么多公主呀，即便有，他也不愿意将自己的亲生女儿嫁到蛮荒不堪的西藏高原去。唐太宗在唐王朝宗室中挑选了自己族弟江夏王李道宗的女儿，封为文成公主赐婚松赞干布。在强盛的唐王朝，在富庶繁华的长安城，别说皇帝一言九鼎，封自己的族人为公主郡主那是正常不过的事，那是族人最高的荣耀。就连皇帝赐给臣子'李'姓那也是臣子无上的荣光。唐太宗早就闻听自己的族弟李道宗家有一女，自小聪慧，才貌双全，深明大义。西藏路途遥远，居民远未开化，选她封为公主，一定能当大用。并命令李道宗作为钦差大人护送女儿进藏大婚。一队人马带着珍贵的嫁妆和大量精美的手工艺品、种子医药、能工巧匠浩浩荡荡地从长安出发。渡过渭河后第一站就是在你姐姐怡西元婆家的村子即现在的平陵村住了一夜，那时候叫平陵驿。一路向西，经凤翔、天水、临夏转进青海，几个月里走走停停，好不辛苦。每走到一个休息的地方，文成公主都会走下轿车观望外边的景观。随着一路向西，一路走高，绵延的坡岭，广袤的草原，呼号的狂风，空气中的沙土味道让她紧锁眉头，不住地问：这是哪达？这是哪达？侍从侍女就会如实回答。公主自己坐在轿车里，看着经过多日风吹日晒日渐憔悴的侍从侍女，禁不住落下热泪，经常喃喃自语：'不当啦！不当啦！'松赞干布非常重视与唐联姻，早早带领迎亲队伍在青海的柏海安营扎寨，迎候公主。松赞干布派往长安的迎亲将佐先前到达柏海向松赞干布汇报。松赞干布急切地问唐朝公主一路上都说了什么？这侍从也听不懂陕西话，只记得公主对着侍从说得最多的话是：不当啦！不当啦！松赞干布一听大喜，传下令去，为迎娶公主修建的新宫殿取名：布达拉！"

陕西话"不当啦"是不合适，可怜的意思。"布达拉"在藏语意思是菩萨住处，松赞干布把文成公主当作菩萨，才把为她修建的宫殿命名为"布达拉宫"。陕西人能如此巧妙地把其演绎成一个充满同情之心和爱怜之意的故事，实在是一大创造。这和日月山、倒流河等故事一样，折射出文成公主进藏联姻的巨大历史影响。怡志远把布达拉宫名字的由来说得神乎其神，这是在西藏长大的这些学生闻所未闻的，他们听得瞠目结舌又不得不信。

这时候，怡西平想起爸爸经常自称"老陕"，一些藏族伯伯叔叔经常喊爸爸为"老陕怡主任"。对于陕西他听到过太多的故事，就连在西藏为什么叫陕西人为"老陕"，爸爸都能给他引经据典。怡高远不止一次地在两个孩子面前讲："相传自唐以来，康藏地方土产出入，悉为陕人经营，成为巨商，以长安、泾阳、五陵原、户县人为多，相传于唐初侯君集出征康藏，随军营商谙于藏语，嗣后布满全藏。因陕人和蔼忠实，受土人爱护，呼为老陕，成为习惯。"自唐以来，泾阳人和咸阳原上人一起在西藏主要经营砖茶，他们把湖南的茶叶运到泾河边加工成砖茶，然后销往西藏各地，成为西藏人民的一种重要生活用品。西藏当地人把陕西商人称为"老陕"，包含着一丝可爱的意味。

听着伯父嘴里陕西人对西藏的种种传说，回忆着阿爸念念不忘的"老陕"情节，怡西平深深理解了这藏陕之间久久缠绕的亲情与连理。

午饭吃得时间很长，故事讲得人心旌摇曳。下午怡志远准备开手扶拖拉机送几个孩子回学校的时候，突然听到了门外传来嘹亮的吼唱声。回来几个月时间了，怡西平听到好多次用陕西话吼着唱歌，慢慢地逮住了调调和歌词：

> 不种麦子吃馍头，
> 不种高粱喝烧酒。
> 一次耙耙也没拿，
> 壮壮得上高血压。
> 不知天高地更厚，
> 看你还咋胡蹦跶？

几个同学都听得入迷了，转着脖子盯着那人看。怡西平问大伯："这人唱歌唱得挺好的，还押韵得很，好像骂谁呢？"

大伯笑着说："你娃娃还能听出个道道来，真不错。咱这咸阳原上的人眼睛里揉不得沙子，看到不顺眼的人和事就要说出来骂出来唱出来，这样才痛快！"

"那他这是骂谁呢？"

"骂村长呢！这几年搞包产到户，村长不公，做了些不服众的事，胡吃海喝，把自己吃成一个大胖子不说，昨天喝酒喝成了脑溢血，跌倒在酒桌子旁。人们不仅不惋惜，还笑话这个坏蛋是报应到了。"

怡西平听了以后，看了一眼维色曲珍。她和几个同学静静地听着怡西平和大伯用陕西话交流。估计没有听清楚具体在说些什么。可是怡西平的脑海里突然闪现出了维色曲珍爸爸的模糊样子，一个脏兮兮大腹便便的人。阿爸和阿妈曾经几次给他讲过维色曲珍爸爸洛丹的变化，说他从一个革命战士，变成了把自己身体吃坏喝坏，把自己老婆孩子丢给别人的，失去自我的男人，迷失在了权力和欲望之中。并教育自己说：秃鹫之所以形容丑陋，那是秃鹫的食物是腐肉甚至是人肉；人对食物一般都有好恶，常言道："和尚没有不高古的，酒鬼没有不丧德的。"凡是脾胃什么食物都能盛得的，必定是少悟性的平庸之人，这些人一般只会落得个脑满肠肥、肥头大耳的样子。所以呀，人需要有着坚定的信仰，为人和善，饮食有度，自制自省，非常重要。

陕西咸阳原上流淌的璀璨文明，秦汉先人的赳赳血脉，就这样将处事处世的道理以简单朴实的歌谣传诵，男女老少皆能吟唱，以此浸润教化千年百代的子子孙孙。这源自内心与生活的光芒与智慧，这歌颂善良和憎恨邪恶的勇敢与直白，让怡西平和几个同学在游玩中真真长了见识。

# 章节二十　二代接力

　　大学的时光是快乐的，因为快乐，时间就过得很快。一晃就要毕业了，按照分配计划，按照学习成绩，怡西平自信可以留校任教，最差也可以分配到拉萨的区直机关。等公布分配计划的时候，怡西平彻底傻眼了，他简直不敢相信自己的眼睛，更不敢相信自己的耳朵。凭什么那么多同学都分到了拉萨的区直机关和拉萨市有关单位，偏偏自己就被分到了山南地区？被分配到山南地区人事局，这并不是说他就会被留在人事局机关，有可能还会被二次分配到地区其他部门或者县级单位。要知道毕业分配是按照在校表现、学习成绩或者生源地考虑的。自己一直是学生干部，也入了党，咋就会和几个山南考生一起被分到山南地区呢？何况一般确定恋爱关系的同学都会分到一起，分不到一个单位至少要分到一个地区。这次自己被分配到山南，维色曲珍被分配到了拉萨。这里边有太多的不可思议。

　　怡西平越想越不对劲，叫上维色曲珍去找李玉玲阿姨问究竟。李玉玲告诉他们，按在学校的表现，怡西平完全可以留校或者留在区直机关，他的父亲为了锻炼他，也担心别人说他受照顾，给学校打招呼，让把他分到山南地区的。听到这里，怡西平热血上涌，拉着维色曲珍向邮电局跑去。

跑进邮电局，怡西平接通了妈妈办公室的电话。当秘书听出来是格桑梅朵副主席的儿子打的电话后，就把电话转了进去。一听到妈妈的声音，怡西平再也控制不住自己，因为是公用电话，他尽量克制自己的情绪，压低声音："阿妈，我想问一下，到底是什么原因学校把我分到了山南地区？四年来，我积极要求上进，没有因为您和爸爸的职务搞过特权，我也是凭自己的努力和学习成绩入了党。学校也有规定按照学习成绩和平时表现分配工作。为什么我的努力在你们这里得不到承认？别人托关系想留校或者进区直机关，你和阿爸倒好，还要求学校把我分到山南地区。我到底是不是你们的儿子？！"

"久美呀，你不要急躁，你的委屈妈妈完全理解。你在学校入了党，你表现很优秀，没有给爸爸和妈妈丢脸，我们都很欣慰。你积极要求入党，已经是一名光荣的共产党员。妈妈了解过，你们同学里有和你一样优秀的自愿申请到林芝、日喀则甚至到那曲去工作，就凭这一点，说明这些同学思想境界超过了你。让你去山南工作是我和你阿爸的共同意见。"

"阿妈，你和我阿爸不是总说在哪里工作都是给国家做贡献吗？为何我就不能留校或者到拉萨做贡献？"

"道理是这样的，但是你想一想，我们西藏培养的大学生都想留在内地，那让谁进藏搞建设？进藏的人都想留在拉萨，那各个地区谁去建设？你想一想，你阿爸和那么多叔叔阿姨为什么放弃内地优越的环境进军西藏、解放西藏、建设西藏？现在的条件比我们刚参加工作时候好得多了，你到地区去工作去锻炼有什么可怕的？妈妈不想给你讲大道理，一个人要成才，一定要经过磨炼。是金子一定会发光的！我相信我的儿子在任何工作岗位都会有出息！"

"哎呀，阿妈你就不要给我戴高帽子了，就算这样，你们为什么事先不和我沟通，因为我是你们大领导的儿子，所以没有自主选择的权利是吧？那为何把维色曲珍分到拉萨，这不是成心要拆散我们吗？"

"我和你阿爸都很喜欢曲珍，怎么可能要拆散你们？你是男孩子，要经历磨炼，曲珍这孩子从小就受人怜爱，按在校表现让她留在拉萨工作属于正常，如果这么一点距离就会影响你们的感情，那这段感情不要也罢！"

"我们俩可不想分开呀！"

"谁让你们分开了，你们可以先回来就结婚，等结婚后你老老实实去山南报到上班！两情若是长久时，又岂在朝朝暮暮。"

"这些道理我都懂，我可以去北京、上海上大学，你们让我到咸阳西藏民院，我听了你们的。现在凭自己的成绩可以有个好单位，你们却让我到艰苦的地方去，我怀疑我到底是不是阿爸阿妈亲生的！反正说不过你，挂了！"怡西平知道说不过母亲大人，气急败坏地挂了电话，直愣愣地看着维色曲珍。

维色曲珍拉着他有点发抖的手说："久美啦，不要这么激动嘛，叔叔阿姨这么安排，自有他们的道理，他们怎么可能害你，等回到拉萨再说吧！"

"哎，这从拉萨到山南坐车也得大半天，再说我可不想和你距离那么远，不过我阿妈同意咱们回去就结婚！"

"阿姨能同意我们一毕业就结婚，真的是太感谢她了！我原来一直想，如果梅朵阿姨、怡叔叔不同意我们相恋，我就做他们一辈子的女儿。我在内心把他们当作了自己的父母。"

"你不会没有听出来，他们喜欢的是你这个女儿，这个未来的儿媳妇，不是我。"

"别瞎说，叔叔阿姨怎么可能不喜欢你，在他们心里你一定是亮闪闪的金子呢！要不我也去山南工作？我也不想和你距离那么远。"

"还是算了吧，我阿妈舍不得让你去地区受苦，让她的儿子去受罪就够了！再说，我也舍不得你去艰苦的地方。"说着话，怡西平的情绪也慢慢稳定下来，无限爱怜地搂住了维色曲珍的肩膀。

"我没有那么娇气，我就是想和你去山南！"维色曲珍依偎着怡西平，摇晃着他的胳膊说。

万般无奈的怡西平，被维色曲珍牵着魂不守舍地回到了学校。他苦恼着，心里纠缠着一个执念：为什么总要接受自己不愿接受的事实，作为自治区副主席和副厅长的儿子到底是幸运呢，还是悲哀呢？

回到学校，怡西平还是想不通，在宿舍里蒙头大睡，饭也不吃。普琼、杨大贵等人怎么劝都无济于事，只好让维色曲珍去告诉李玉玲老师。李玉玲一听就知道这家伙上火啦，带着回家探亲的张大明来到学生宿舍。再大的臭架子也不敢在身为军区首长的张大明伯伯跟前摆谱，怡西平不好意思地从床上起来。张大明没有责怪他，拉着他的手说："孩子，你和我自己的孩子一样，伯伯不想看着你这样折磨自己，心里的疙瘩一定要解开。走吧，最近正好我休假，你一鸣妹妹也从北京回来了，叫上普琼、维色曲珍、杨大贵几个，你们马上都要进藏工作了，今天去伯伯家里，让李阿姨给你们做点好吃的。"

走进李玉玲和张大明的家，几个学生娃腼腆地站着不说话，张大明指着怡西平："快去卫生间洗把脸，这个家你是熟悉的，别在那像个女孩子一样腻腻歪歪，搞得同学们都不轻松。"

"我的次旺久美哥哥、西平哥哥，怎么了？听说为了分配工作的事连饭都不吃了，这可不像个男子汉，更不像我心中那个阳光潇洒的美少年了。"突然从房间里走出来的张一鸣嘻嘻哈哈地奚落着怡西平。

"一鸣，你西平哥哥正烦恼着，你别捣乱。赶紧给他们倒水喝。"李玉玲制止着女儿张一鸣，自己去厨房做饭去了。

"一鸣可是在北京读大学的高才生，我这个哥哥哪敢和你比！你就别损我了。"怡西平看着一年不见愈发青春靓丽的张一鸣，挠着头不好意思地走进卫生间去洗脸。

张一鸣走到维色曲珍身边，抱着她说："曲珍拉，西平哥连到地区工作都不敢去，是不是不像个男子汉，这样的男人你会喜欢吗？"

"哎哎哎，说什么呢？我这刚离开半步，你就挑拨曲珍和我的关系。"走出卫生间的怡西平有点着急。

这一下,土登吉美、普琼、杨大贵几个都被逗得笑出了声。

说笑间,李玉玲叫张一鸣进厨房端饭。维色曲珍跟着张一鸣一起跑进厨房去给李阿姨帮忙。李玉玲住在学校五一新村一个门前留着绿地菜畦、花砖矮墙围拢的小院子,三间平房套建着卫生间和厨房,整洁温馨。大家围坐在院落里的石桌旁。李玉玲烧了一大锅土豆炖鸡块,外置一盆白水面,一盆西红柿炒鸡蛋,一碗鲜红的油泼辣子挑动着这伙年轻人的味蕾。维色曲珍给大家盛饭,第一个端给了张大明。张大明笑哈哈说:"次旺久美先生应该是一天都没有吃饭了,就让他先来吧。"

"张伯伯,怎么说也应该是您和李阿姨先吃,我们晚辈怎么可以先动筷子。"怡西平红着脸说。

"快别推辞了,都有份,大家一人盛一碗面,就着土豆鸡块吃。"李玉玲看着怡西平已经不是那么纠结工作的事了,轻松了许多。

看着几个年轻人吃得差不多了,张大明幽幽地说:"孩子们,今天叫你们来,不单单是西平一个人心里有疙瘩的问题。我和你们李阿姨和你们的父母都是老战友、老朋友,就你们分配工作的事我们能不操心吗?但是把你们都分配到区直机关,或者留校,那让谁去地区、去基层工作呢?今天不搞忆苦思甜,也不搞一言堂,我说几个故事你们听一听,再说你们应该怎样选择工作单位和地方。"

"我是带兵的,西藏的很多沟沟坎坎我都去过。日喀则岗巴县平均海拔4800多米,这里常年驻守着一支被国防部授予'高原红色边防队'荣誉的英雄部队。他们担负着西西拉、曲登尼玛等九座海拔5000米以上雪山和十九个通外山口的边防任务。这里每年十个月大雪封山,有九个月吃不上新鲜蔬菜。在查果拉哨所的官兵每天都要进行一项独特的科目——'吼山',就是战士们早操后或巡逻回来都要到巴掌大的操场上面对群山放声吼叫,用回荡在雪峰之间年轻而高亢的声音对抗漫长的孤独与寂寞。一个战士因为生病去日喀则看病,当车子到达江孜看到一棵大树时，他跳下车不顾一切地跑过去抱着一棵枝繁叶茂的大树号啕大哭，对站在一旁惊诧不已的司机说他在查果拉站岗一千多天了，从来没有见过一片绿叶、一棵小草呀！"

听到这里几个年轻人都瞪大了眼睛，维色曲珍已经哭红了眼睛，紧紧地抓着怡西平的手。李玉玲接着说道："不仅在日喀则，在山南，在那曲，在阿里，都有许许多多的人民子弟兵守护着国家的安全，有很多军医、兽医、筑路工人在为西藏人民的安危奔波坚守。他们就像高原上的牧草一样，虽然低矮，但是年年岁岁度过严冬，挺出一片春光。世界上的痛苦和幸福都是相对的，这里拥有安逸，一定有人在远方艰辛付出。有的人看重安逸，习惯于安逸，就此度过碌碌无为的一生。有的人舍弃拥有，备尝艰辛，在忍耐中坚守，在失去中创造价值。正像你们的父辈一样，曾经一道筚路蓝缕，披荆斩棘，在西藏那片热土上献青春、洒汗水，甚至献出生命，把忍耐化作碧蓝天空中一道道绚丽的彩虹。相比于他们，你们大学毕业基本都会留在地区一级的单位工作，还有什么不满足的呢？我的儿子、你们的张一飞哥哥两年前毕业直接被派遣到昌都工作，现在不是干得好好的？今年你们的妹妹张一鸣也是要进藏工作的。我们这些干部子弟不带头进藏下基层，谁还会去建设西藏？"

这时候，怡西平已经面红耳赤，转身看着张一鸣，喘着粗气说："张伯伯、李阿姨，我想通了，我不是不懂道理，总觉得靠自己的努力应该分配个好单位，现在看来，是我目光短浅，这和建藏情怀相悖了。一飞哥哥已经在昌都工作两年了，怎么你们还要把一鸣安排到西藏工作呀，你们不在自己身边留一个孩子吗？"

"哼，留内地是我说了算的吗？这不和你一样，也要到西藏去工作，而且要到林芝电视台工作！"

"西平分在了山南，土登吉美分到了林芝，那我们几个分到了拉萨，算是很幸运的了！不过如果是搞特殊的话，我可以放弃这个机会，也到地区去工作。"普琼小声说着。

"不是说因为怡西平要去山南工作，土登吉美和张一鸣要去林芝工作，就让你们几个都去地区。既然学校已经公布了派遣方案，就不要再争了。"张大明解释着。

"不，我也要去山南工作，李阿姨你就帮帮我吧，让我和西平一起去山南地区。"维色曲珍焦急地说。

"傻孩子，分配计划已经公布，原则上不会变的。自治区机关每年都会从各地区遴选一批有基层工作经历，有一定文化水平的干部，西平在山南干上两年，如果愿意，是可以报考再回到拉萨工作的。"

"说不定我在山南干几年还不想回拉萨呢！"怡西平释然地说。

"你敢！"维色曲珍听罢一阵紧张，脱口说道。当发现大家都看着她哈哈大笑时，一下子羞红了脸。

这时候，张大明话题一转："普琼呀，到西藏民院学习四年了，这就又要返回西藏工作了，真的不想见一下你的阿爸岳汉山？"

见普琼低着头不说话，李玉玲走过去抚摸着他的头说："孩子，二十多年前西藏的环境非常恶劣，生存对于很多人都是困难，岳汉山老师是1951年大学毕业和我们一起进藏，冒着生命危险在藏战斗工作了六年调到学校来教书。大人之间的情感纠葛你不要去探究。他离开西藏时根本不知道你阿妈怀了你，当岳老师知道有你这个儿子后，别提有多高兴了。其实他多年来一直和你坚参阿爸联系着，你在拉萨上学时穿的一些衣服和学习用品还是岳老师寄过去的呢！你知道不知道，听说你一直不肯认他，岳汉山老师经常只能远远地看着你。天下哪有父母不爱孩子的，你要理解他当时的处境。你阿妈都不记恨他，你记恨什么呢？"

这时候的普琼已经满眼泪水，几个好伙伴都劝他和岳老师见个面。普琼抽噎着点着头，大家都长长出了一口气。

不久，怡西平被派遣到山南行署办公室，土登吉美被派遣到林芝教育局，维色曲珍被派遣到拉萨市旅游局，普琼进了自治区计划委员会，杨大贵到拉萨市公安局报到后被派到八廓街派出所工作。

虽然行署办公室是地区工作条件最好的几个部门之一，但是毕竟山南的生活条件不能和咸阳、拉萨比，住宿条件更不能和家里比。怡西平一直提着精神，希望用工作、忙碌来冲淡山南与咸阳、拉萨比较产生的失落感，冲淡对恋人的思念。

怡西平发现行署的多位领导竟然是西藏民族学院的毕业生，是他的学长，他们在基层一干就是几十年。同事中，西藏民院的毕业生就更多了。这无形中增加了亲切感。陪领导下乡调研，老同志们住帐篷，爬山沟，到了饭点，就是酥油拌糌粑。无论是谁，都用手指熟练地捏拌着糌粑，团成团后，大口大口地吃起来。说实在的，怡西平还很少这样吃过糌粑。他用酥油茶将糌粑调成糊，就着饼干，艰难地下咽。

在下乡途中，经常会看到岩羊在山崖峭壁间跳跃，一群又一群白唇鹿，一会聚集到河边饮水，一会欢腾到草地里赛跑，鹿群上空盘旋着飞鸟，这充满生机和活力的美景让人神清气爽，疲劳就会消失大半。

在下乡过程中，无论是在乃东县，还是琼结县，他都会听到老人们在念叨一个女人，一个一心扑在工作上的女人，一个带出铁姑娘生产组的女人，一个一心为了农牧民吃饱穿暖而奋斗的女人，这个女人叫格桑梅朵。说者无心，听者有意。怡西平终于明白了父母亲让他来山南工作的初衷。父母亲二十多年前就在这里工作，那时候，吃饭都是问题，他们带领人民群众走过了最艰难的时光，现在是彻底脱贫和奔小康的关键时刻，自己有什么理由留在大城市呢？怡西平的思想随着工作的深入，发生着深刻的变化。自己爱洗爱涮爱干净，在这里没有条件，改变不了大局，那就改变自己。既然留到了山南，那就要像父母一样，认定是这里的土地和人民需要自己。

下班时间和周末，怡西平和同学、同事，爬贡布日神山，探秘藏民族繁衍初地猴子洞；上雍布拉康，领略西藏最早宫殿的历史；蹚雅碣江，沐浴在藏民族母亲河中；过林卡，唱歌跳舞畅饮在密林草地上。怡西平不仅很快熟悉了办公室的文书工作，还被山南藏文化的深厚底蕴所吸引。泽当附近有众多的西藏第一：第一块农田，第一座佛堂，第一座宫殿，第一部经书……按照血缘关系，这里可有着他一半的生命根系。他觉得自己竟然很快适应，甚至喜欢上了山南这块神奇的土地。

# 章节二十一　师生情深

　　这一年李玉玲当选为自治区政协常委，接通知赴拉萨参加会议。会议报到的当天下午，当她走进酒店房间时，满屋的鲜花和欢迎李玉玲老师来拉萨的花牌映入眼帘。当她还在纳闷的时候，一下子涌出来十几号人，"李老师、李老师"地叫着，尼玛卓嘎跑过来就紧紧抱住了李玉玲。

　　端详着尼玛卓嘎，李玉玲一下子就叫出来她的名字，问她是不是农业厅的副厅长，尼玛卓嘎大声说："老师猜对了！"惹得大家哈哈大笑。

　　她一一端详着这一伙子藏族干部，都是五十岁左右的人了，但是无论是男同学还是女同学，每个人的笑脸上、眉目中都有着一种熟悉的信息。李玉玲笑哈哈地说："你们不要着急，看我能不能一个一个认出来。更果果、伦珠、毛拉、大萝卜、嘉美……躲在最后的是格桑德吉和巴鲁云丹，哈哈。"

　　李玉玲笑嘻嘻地看着每个同学，犹犹豫豫地叫着他们的名字，有的是真名，有的是在学校时大家给起外号代替了真名，李老师还清楚记得。巴鲁云丹招呼大家坐下来，一个一个围在李玉玲身边拉起了家常。

李玉玲已经有十五年没到过西藏了。上一次进藏是在 1971 年，这批学生都参加工作时间不长，又分配到了不同的地区，通讯交通都不方便，要见面是极其困难的，仅仅见到了格桑梅朵、格桑德吉姐妹，转眼都十五年了。这批同学有的是 1959 年提前进藏工作的，离开学校有二十五个年头了；有的是 1964 年和 1965 专业学习完成后毕业进藏工作的，到如今也都二十个年头了。让人忍不住唏嘘。大家都夸赞李玉玲老师不老，又都感叹着时光飞逝。

李玉玲笑着说："看看你们都是四十多奔五十岁的人了，我怎么能不老？现在政策好，你们正当年，都要好好建功立业。快都给我说说你们的工作和家庭。"

"我毕业后先到山南地区种子站工作，后来担任了山南农牧局局长，前几年调到了农牧厅任副厅长。无论走到哪里，心里一直惦记着西藏民院和学校的老师。"尼玛卓嘎先介绍自己。

"老师，我是你们说的那个'毛拉'，现在更像个老婆婆一样了，我在那曲地区农牧局干了二十年，组织觉得我老了，觉得我太辛苦，把我调到了自治区农科院做巡视员。不过我现在是有两个儿子的爸爸，大儿子参军了，小儿子在我们西藏民族学院正读书呢！"多布杰调皮的介绍惹得大家哈哈大笑，从他的语气里大家听得出多布杰工作、生活都很不错。

"李老师，我是大罗布，大个子罗布顿珠，同学常戏耍叫'大萝卜'。我先参军平叛，后到边防公安部队，这一干就是十八年啊，那个苦呀真是不能形容，现在被组织调到了公安厅。那个小罗布，小罗布顿珠，'小个萝卜'老师一定也还记得，他这么多年基本都和我在一起工作，哎呀，害得我罗布这名字就一直得加一个'大'字，人们把我叫了一辈子'大萝卜'，哈哈。不过嘛，我现在调公安厅了，他还留在边防公安部队。总算摆脱他了，哈哈。"大罗布扮着鬼脸说，

"不过呀，一定不能小看小罗布，那个小家伙已经是边防公安部队的政治委员了，正师级干部。李老师，学校里调皮捣蛋的大小'萝卜'没有给您丢人吧!"大罗布不改学校里的诙谐幽默，逗得李玉玲和同学们哈哈大笑。

"李老师，大罗布可牛了，他现在是公安厅的副厅长了! 你看他都看不起小罗布和我们!"格桑德吉嬉笑说，大家都一起起哄，"围攻"大罗布。

"李老师，你可别听他们的，他们净欺负我，同学聚会就属我买单快。这个是实话吧?"大罗布转着圈笑着问大家。

"这一点，我们可没人冤枉你，大罗布可是个实在的大方人!"大家嘻嘻哈哈地笑着。

这时候，李玉玲看到一直不说话的伦珠:

"伦珠呀，怎么一直在那里笑呢，也不说说你的情况?"

"李老师好! 我没事，听着同学们说就好。我没有什么的。"伦珠温和地说。

"李老师，伦珠'文革'中和云丹一起吃了苦头，还被强迫打土坯，种青稞呢!"格桑德吉为伦珠和云丹叫不平。

"那没什么的，不经磨炼怎么成才。李老师，那一段时间被批斗，被看管参加劳动，接受社会主义再教育，说是要从根子上改造我们，也让我体会到了农牧民的艰辛。从那以后我就感觉再也没有什么不能吃的苦了，所以干什么工作都觉得轻松自如。我毕业先和云丹一起被分配到师范学校教书，后来我被解放出来，日报社缺人，就将我调到了日报社做编辑。再后来我又读了研究生，现在是日报社的编辑!"伦珠慢条斯理地介绍着自己。

"伦珠谦虚啦，他可不是普通编辑，是日报社的总编辑。他还漏掉了一个更重要的身份，伦珠现在可是我们藏族的大作家。伦珠不仅报告报道出彩，还出版了小说集和散文集呢! 他是用汉语创作的现代藏族著名作家了。"巴鲁云丹和伦珠很熟悉，友好地补充着。

"经常在报纸上看到伦珠的名字，看到过你文采斐然的新闻报道和报告文学，也看到过你的优美散文，不过还真没看过你的小说。"李玉玲惊喜地感叹着。

这时候，伦珠腼腆地从挎包里拿出两本书，一本是他的短篇小说集《走出寺院的少年》，一本是他的散文集《西藏情天》，恭恭敬敬地送到李玉玲的面前："李老师，这是我近些年写的东西，整理出了两本书，里边还有我对西藏民院的深情记述呢！"

李玉玲欣喜地接过伦珠的书，拉着他的手，对着大家说："不错，真不错，你们看伦珠从一个小沙弥转变成大学生、教师、记者，再到总编辑、著名作家，从伦珠的身上最能看出我们原来的农牧民和普通僧众要想有发展，要想过上好日子，必须跟着党的政策走啊！"

"是的！是呀！共产党领导西藏人民都过上了好日子！"大罗布和几个同学一起应和着。

其实，从西藏民院毕业的同学们干得都不错，特别是最早几届毕业生，目前都在重要岗位从事着重要工作。桑果嘉美一毕业到日报社工作，在"文革"中受到了一些冲击，后来调到自治区社科院，现在是社会科学研究专家。更果果和巴桑次仁一直在林芝工作，更果果现在是林芝文联的副主席，这次也是作为政协常委来拉萨开会，她老公巴桑次仁已经是林芝军分区的政委了。把同学们吆喝在一起来看望老师，是格桑德吉和巴鲁云丹夫妇的功劳。格桑德吉一直在自治区人民医院工作，曾经去北京协和医院进修，现在是人民医院的内科专家、主任医师。巴鲁云丹恢复工作后留在西藏农牧学院工作，在学校评了副教授，后来调自治区政协工作，现在是政协办公室副主任。因为工作关系，巴鲁云丹最先得知李玉玲老师当选政协常委要来拉萨开会的消息，他和格桑德吉布置了迎接老师的这次聚会。

听着同学们一个比一个工作好，一个比一个工作成绩大，李玉玲露出了欣慰的笑容。

巴鲁云丹看见李玉玲有些疲倦，制止着大家嬉闹："各位厅长、各位委员、各位同学，李老师今天刚刚到拉萨，我给她准备了氧气瓶，下午我们让她好好休息一下。晚上七点，大家在拉萨饭店'藏乡情'包间和李玉玲老师共进晚餐。本次聚会由我和格桑德吉女士请客，大家不要抢着买单。今晚纯粹是师生聚会。还有一个好消息，大家的同学格桑梅朵会参加今晚的晚宴。她一再叮嘱我们要照顾好李老师！"

听到老同学、自治区政府副主席格桑梅朵晚上也来一起吃饭，大家叫好着，依依不舍地离开了李玉玲的房间。


晚饭前，格桑梅朵叫上格桑德吉，姐妹俩早早来到了李玉玲的房间。格桑梅朵和李玉玲两个人一见面拉着手互相把对方看来看去，露出了欣慰的笑容。李玉玲轻声说：

"梅朵还是那么精神！你现在是副主席了，工作忙，不用专门过来看望我的。"

"工作再忙也不能没有人情味，你这位老师、大姐来了我怎么能不见呢？必须过来！"

"张大明前两年调成都军区后一直希望我也能调到成都去，我思前想后离不开西藏民院，我算了一下，再有不到一年时间我就该退休了。你说人老了有时候总不服老。张大明快六十岁了，已经到二线了，我还是希望他能回到陕西来和我一起安度晚年。他知道我离不开西藏民院，也不愿意离开陕西。好在他是北方人，也不太适应成都的夏季闷热和冬季湿冷，作为部队高级干部，一下子也不好安置，我就说他别什么军级厅级处级的，回到西藏民院，不仅庭院舒适，小院子还能自己种菜种花，再说西藏西安办事处和学校里有很多在西藏干了几十年的老朋友、老革命，回到陕西也不寂寞。他一直让着我，看他怎么决定吧，呵呵。"

"那是张部长心疼你，一直在心里惦记着你，他这一退休彻底解放了，回到陕西好好陪陪你是对的！"

东山顶上

"别说这些羞人的话，我们都是把青春交给西藏的老革命了，到老来有这么好的待遇安度晚年很幸福了。想一想和我们一起进藏的多少人把自己的生命留在了西藏，我们怎么能不知足呀！"

"怡高远现在经常给我说年龄大了，实在撑不住就要内调，要内调就要调西藏民院呢，还不去内地省份的单位。你说久美和拉姆都在西藏工作，他自己一个人如果内调，我能不担心吗？"

"怎么，你还担心他距离你远了会找别的女人？"李玉玲盯着格桑梅朵，一本正经地问。

"李老师想到哪里去啦！高远他进藏三十多年了，我是担心他一下子回到内地身体更不适应呢！"格桑梅朵哈哈笑着说。

"就说嘛，有我们梅朵这么好的老婆，他怡高远怎么会怎么敢？"李玉玲拿着梅朵的手，两个人笑得前俯后仰。

"我骂他乌鸦嘴，怎么就撑不住了？他脑筋里还是你们陕西人叶落归根的旧观念，我还不了解他？哼！"

"高远到西藏民院工作是好事情呀，他比我小一点，既懂藏语又懂管理，还了解西藏的区情，调到西藏民院工作是最合适不过了。再说调西藏民院工作那不属于内调，西藏民院还是西藏的单位。他可是实在离不开西藏呢！"

"因为长期在藏工作，高原缺氧和满负荷工作，高远的心脏发出了警报。组织安排他到西安做进一步检查。出于对干部的关怀，也有将高远调到西藏民族学院工作的想法。他长期在西藏部队和地方工作，懂藏语，懂藏情，比较适宜到西藏民院从事教育管理工作。叶落归根是中华民族的传统，是所有中华儿女的心愿，因为我梅朵，高远有着'马革裹尸还'的心理准备。毕竟在保证身体健康的前提下，能回到出生地，回到家乡，又能在内地的西藏单位继续为西藏工作，这对于他来说是最好的结局。谁料到我和组织同意他调到西藏民族学院去工作，他却坚持说心脏没有大毛病，死活不去，说他已经完全适应了西藏的气候和生活。"

"看看，我就知道高远离不开你！"李玉玲若有所思地说，"西藏民院的发展的确需要怡高远这样的干部，于公于私都是好事情。他呀，为了你，为了西藏，一干就是三十多年，太不容易了！他身上的精神是值得宣扬的，这就是我们那批进藏军人、那批老西藏不能忘怀的精神！"

"你可别给他戴高帽子。不过呀，你说他代表了你们那批老西藏的精神我还是佩服的，认同的！老大姐你这么多年在西藏和西藏民院工作，即便是张部长调到成都了，也不随调过去，这还是离不开西藏呀！这也是丢不下老西藏的那个精气神。"

"你说得对，张大明调到成都军区工作那是组织的安排，他是军人就得服从。我可真不想在退休前离开西藏民院。等退休了和老张住在成都也罢，住在咸阳也罢，哪儿都成。"

"我看呀，张部长真退下来，还真有可能随你住在咸阳呢！"

格桑德吉看着她俩聊得没完没了，插话说："你看你俩一聊起来，就把我当作了空气，真是让人吃醋呢。赶紧去餐厅吧，一会边吃边聊，有的是时间。再说同学们等着呢，大家一定都等急了！"

格桑梅朵和李玉玲看了一眼表，发现时间不早了，笑哈哈地起身穿上外套，随德吉向餐厅走去。

"藏乡情"包间里，大家围坐一起，静等李玉玲老师的到来。除过中午到房间看望她的几个学生外，到拉萨工作的一些同学闻听李老师来拉萨开会，又来了一大帮。一张大桌子上紧紧围拢了二十多个人。大家你一声我一声地喊着李老师好。李玉玲非常感动，这些学生只比自己小几岁，其实都和自己的弟弟妹妹一样。两年到六年不等的相处，在每个人心里留下了太多的美好记忆。只要同学们问到哪一位老师，李玉玲都会仔细介绍老师在学校的情况。李玉玲欣慰地看着大家，告诉大家在学校里的王联芬、范亚平、张元坤、陈钦莆等老师都很好，都很想大家，经常看新闻找你们的影子，为你们自豪。

前来相聚的同学，有的带着鲜花，有的带着酥油茶，有的带着美酒，有的带着丝巾，有的带着披肩……共同点是每个人给李玉玲老师献上了洁白的或七彩的哈达。

第一代西藏民院人在拉萨相聚了，品茶话情谊，敬酒唱心声。这次相聚，将师生绵长的情谊熬进了浓浓的酥油茶里；这次相聚，将学生对母校的思恋浸泡在了醇香的青稞酒中；这次相聚，将兄弟姐妹的激情荡漾在了甜美的歌声里。

# 章节二十二　落实政策

1979年赛马节前夕，巴鲁云丹收到了从印度辗转发来的一封信。

云丹哥哥拉：

　　小妹与你和阿爸阿妈一别二十多年，非常想念你们。在国外媒体上看到的都是共产党对西藏落后和残暴的统治，我离开西藏到英国读书前见过共产党的队伍，好像叫"人民解放军"，家里的仆人悄悄叫他们"金珠玛米"。我就觉得这些人不会是坏人。如果他们是坏人的话，你应该看不到这封信。

　　我在英国学习过程中，突然发现来了很多咱们西藏的老爷夫人和少爷小姐，将共产党描述得非常可怕，我心里狐疑，也不大相信。可是来的人都这么说，我也就打消了回西藏的念头。后来，在这里遇到了在拉萨经常来咱们家找我玩耍的格列旺久，你知道他是喜欢我的，看到他们一大家人都来到英国，我一个人在这边举目无亲，就和格列旺久结婚了。我们生养了两个女儿。虽说我出来的时候带的钱不少，可是那也经不住只出不进地消费。格列旺久一家人也没有一点节省的习惯。近几年来，因为语言不通，而且好吃懒做，一大家子人已经陷入困顿状态。再说英国人也根本看不起我们。

随着国际形势的变化，从新闻里慢慢发现，西藏并不像他们宣传得那么可怕，相反好像比以前更加文明和富裕。我动员格列旺久先搬到印度，希望更多地了解西藏，看有没有回到拉萨的机会。

一个月后，拉萨就要过赛马节了。我特别想念你们，我特别想回到西藏和你们一起在白杨树下搭起帐篷，在绿草地上跳锅庄，在拉萨河畔洗个澡。再让你带着我去亲戚朋友家的帐篷里敬酒。在英国太压抑了，生活成本太高了，我们寄人篱下，受尽煎熬。印度太乱了，到处是疾病和瘟疫，让人心绪难宁。我热切地盼望回到圣洁的西藏和你们一起享受雪顿节的热闹和亲人团聚的欢乐。哥哥拉，还有这样的机会吗？

我是在国际儿童节这天给您写信，这里富人家的孩子都在庆祝节日，我们的孩子没有一点的欢乐气息。我在儿童节写这封信，因为儿童最想家最想阿爸阿妈，我少小离家，非常想念家乡的亲人，我想回到拉萨！

想你爱你的小妹：巴鲁云芊

1979 年 6 月 1 日


看着这封明显滴有泪渍的信，巴鲁云丹眼睛湿润了。妹妹二十一年前去英国读书，成了家也是颠沛流离，现在生活在印度，朝不保夕，这还是嫁给了贵族。那些被裹挟到印度的农牧民的生活该有多么凄惨？巴鲁云丹和格桑德吉带着妹妹的信，找到已是自治区领导的格桑梅朵寻求帮助。

格桑梅朵对巴鲁云丹的妹妹有印象，相对于巴鲁云丹，那时候在巴鲁府巴鲁云芊还是要和善许多。她对巴鲁云丹详细解释了自治区的政策：因参加 1959 年武装叛乱而出逃到国外或者早前去国外学习的上层人士及其子女纷纷提出回乡探亲、访友甚至定居的请求，1979 年 1 月，自治区成立了"接待藏族同胞归国和参观委员会"，欢迎回国探亲访友、参观和定居，不管什么时候来，都欢迎和热情接待。有的回来以后想再出去的，也会提供方便，礼送出境，并欢迎下次再来；对经过参观访问后愿意留下来的，人民政府将妥善安置他们，让他们各得其所，发挥一技之长。

巴鲁云芊不属于外逃人员，也没有叛国行为和言论，是政策中欢迎回国返藏的重点对象。请巴鲁云丹尽快给她回信，请她和家人放宽心，争取早日回来。

在格桑梅朵的善意帮助下，流落国外的贵族小姐巴鲁云芊一家人顺利回到了西藏。当看到哥哥与昔日自家的奴隶结为夫妻时惊诧不已；当看到昔日自家的奴隶变成气质高雅的医生时惊诧不已；当看到昔日自家的奴隶已经成为西藏领导集体的重要成员时惊诧不已；当看到欣欣向荣的新西藏生活远远好过自己外出求学时西藏的境况时惊诧不已；当看到在共产党领导下西藏人民的生活远远好于印度的时候惊诧不已；当看到共产党领导的人民政府善待归国藏胞时更是惊诧不已。不比不知道，一比惊掉头上帽！这一切强烈冲击着巴鲁云芊的灵魂，让她和丈夫感慨万千，激动得热泪盈眶。

巴鲁云芊在拉萨参观几天后，更期望见到阔别多年的阿爸阿妈。在组织的准许下，格桑德吉和巴鲁云丹陪同巴鲁云芊一家和几个归国藏胞一起去山南乃东县参观。

汽车行进在宽阔的大路上，路边的杨树挺拔，柳树婀娜。周边的田野里冬小麦和青稞长势喜人，就待收割。当看到自家原来的巴鲁庄园的碉楼时，巴鲁云芊眼睛湿润了，喊叫着"停车停车"，沿着小路向碉楼跑去。民主改革后，巴鲁老爷在山南只留下了这一座碉楼里的几间房子自己住，将在乃东和琼结的其他房产都交给了政府。

巴鲁云芊走进草甸，望着远处的雪山，看着身边的羊群，感觉随着自己的呼吸雪山忽远忽近，羊群如同云朵一样飘来飘去。她的手抓住了一只乖巧的小羊羔，小羊羔咩咩地叫着，一点都不惊慌。巴鲁云芊和她的家人朋友被眼前的美景陶醉着，在哥哥嫂子的带领下走进了大宅院。当看到健在的双亲时，巴鲁云芊再也控制不住，抱着老阿妈哭出了声。巴鲁顿珠和夫人突然见到了离别二十多年的女儿进了家门，惊喜万分，老泪纵横。他们反复打量着女儿、女婿和外孙女，激动地说："不该把你送到国外去，这一去差一点回不来了。你看现在西藏发展得多好。我们家虽然没有了仆人，可是生活得比原来还要好。你哥哥和嫂子在公家当职，工资高，住房好，孩子打小就上学了。我还被推选为政协常委，冬季住在拉萨，夏季回到这里住着休息。你看多好呀！你们回来了，可就不要再出去了！"

"再也不出去了，还是我们的祖国好，还是我们的家乡好！还是家乡的人亲呀！"巴鲁云芊和她的朋友看着巴鲁家整洁的房舍，崭新的家具，明亮的窗户玻璃和满桌的水果、酥油茶，齐声赞叹着。

和巴鲁顿珠一家一起住在碉楼里的几家群众，看到巴鲁云芊和朋友回来，招手致意，露出友善的笑脸。

因为先前在英国和印度多家媒体工作过，巴鲁云芊给英国和印度媒体的朋友写信、发图片、发文章，介绍西藏的巨大变化。这些在旧西藏走出国门，在新西藏回到家乡的人的宣传最有说服力。一大批原来流落国外的藏胞从开始的怀疑、观望，到逐渐相信国家的政策调整，越来越多藏胞申请回到西藏。同时也促使英、美、印等国家正视中国政府对西藏的成功管理和有效治理。

随着中央西藏工作座谈会的召开，西藏进一步落实对原来农奴主承诺的赎买政策和"文革"中侵占的房屋财产的赔偿。

于是，格桑德吉和巴鲁云丹搬家了，搬到了原来巴鲁府的一个偏院里。他们邀请姐姐格桑梅朵和姐夫怡高远周末带着孩子们一起到自己家里来吃饭。本来呢，格桑梅朵是有事不能来的，听说妹妹搬家的过程后，格桑梅朵和怡高远决定还是要来看看，要搞清楚他们搬家的来龙去脉。

原来的巴鲁府在1959年就被政府征用了，用于政府机关办公，而且给予了赎买金。当时留了三个偏院给巴鲁云丹的父母和几个亲戚住。偏院虽然没有原来巴鲁府雄奇高大，相比较拉萨公职人员和普通百姓的房屋还是要宽敞得多。"文革"中，巴鲁云丹的父母找机会躲到了山南乃东县庄园。留在拉萨的两个偏院闲置了一阵后被政府部门直接使用了，屋里的家具都堆在他父母住过的另外一个偏院里，常年日久，丢的丢，坏的坏，没剩下几件。老人家在乡下住习惯了，也知道回到拉萨的房子不好住，除了到拉萨参加政协会议，很少返城。现在政府要把原来巴鲁府主楼旁边的另外两个偏院交还给巴鲁云丹和妹妹住，还按照巴鲁云丹父母对原来家私的描绘以市场价给巴鲁云丹和妹妹巴鲁云芊一笔补偿金，让他们自行收拾屋子和购置家具。说实话，因为巴鲁云丹和格桑德吉比较忙，就让巴鲁云芊和丈夫负责收拾房屋，购置家具。补偿金的一半都没用到，里里外外就修葺一新，家具、厨具、卧具都已置办好。院落平整开阔，花圃郁郁葱葱，玻璃房温馨暖和，三间开的大房子中间是亮堂的大客厅，客厅里装着壁炉。这一切已经远远好过身为省级干部的格桑梅朵和厅级干部怡高远两口子的住房条件。巴鲁云丹和妹妹两个人还都落下了一大笔款子。这笔款子包括起初征用巴鲁府时对房屋丈量面积不准确和装潢、家具价值计算不全的补偿追加费用。

格桑德吉给姐姐姐夫解释说一开始她和巴鲁云丹坚决拒绝要这院房子，因为医院里给她分的两室一厅的房子完全够住，二来这院子不是自己喜欢的地方。说到这里德吉偷偷看了一眼姐姐，发现梅朵阴沉着脸不说话，这里毕竟是姐妹俩少年时经常做噩梦的地方。接着巴鲁云丹又解释说，因为妹妹巴鲁云芊回国后一直没有固定住房，他们一家早些天先搬进了旁边的院子。还有就是很多原来的上层人士及其子女都搬到了自家原来的府邸或者偏院，像他们这样不要求政府赔偿的没有几个人。看着别人都这么做了，也是政府的意见，再看看单位分的房子还是要小很多，所以巴鲁云丹也就搬回来住了。

德吉拉着梅朵的手说："阿佳，不是我们一定要拿到这两院房子的居住权，我和你从小在这里干活，这院房子是云丹家原来的亲戚住的，云丹的父母连进来都没进来过。后边我听说因为年久失修，政府征用后还对房屋进行过修缮。这次补偿时不提这些，完全按照市场造价进行赔偿，是有些过了。你现在是领导，只要你让我们搬出去，我和云丹就继续住我医院的宿舍。不会给你抹黑的。我记着你说过永远也不会再走进巴鲁府的话。"

"傻妹子呀，我说过永远不走进巴鲁府，那是不再回来做奴隶。现在我们成了主人，云丹也加入了党组织，和我们有共同的理想，没有什么不合适，没有什么不可以。原来的奴隶住进这些深宅大院无可厚非，住好房子不是三大领主的特权。很多原来的领主房屋不是都分给下人住了？这也是我们革命、民主改革和社会主义改造的目的。就是要让所有穷苦人都能有饭吃，有衣穿，有房住，过上好日子。你们搬回来住只要符合政策那没有什么问题。但是你们想一想，院落和房屋给了你们，又给了你们追加补偿。这原来的巴鲁府是按照赎买政策执行过的，不存在二次补偿的问题。但是有些人就是要给二次补偿。想一想近几年来把政府收入的百分之十到百分之二十用于落实政策给原来的上层人士进行补偿，这发展的后劲哪里来？再说了，毕竟上层人士不到全区人口的百分之三。落实政策用的钱太多了，不能让人民群众感觉到好像又要回到二十年前去了。我们不能走回头路，更不能给原来的上层人士留下高人一等、不劳而获的机会和幻想。"

巴鲁云丹夫妇和巴鲁云芊夫妇听着格桑梅朵的话，都觉得在理。

坐在一旁的巴鲁云芊悠悠地说道："梅朵阿佳拉，您是政府领导，我们感激政府同意我和老公回国，还给我们在文史馆和社科院安排了工作。现在又让我们回到原来府上的房子居住，实在是政策好。我原来在国外认识的很多藏胞听说我们西藏现在的好政策，都有回来的意愿。我联系劝说他们尽早回来。就你刚才说到的补偿过多问题，你是领导从全局考虑，我也是理解和同意的。说实话，我们现在居住条件，吃穿用度不仅比我阿爸阿妈原来在拉萨时的都好，也比我在英国和印度的时候好。共产党领导下的西藏真是大发展了。我看得很清楚，人们无论贵贱都过上了好日子，这比英美国家传说的好得太多了。我坚决拥护你的意见。只要我能工作，有房住就行。您看只要政府需要，我可以和哥哥腾出一院房子交给政府。我们两家一起住。或者我们把旁边阿爸阿妈原来住的那一院交给政府，什么补偿都不要。阿爸阿妈老了，到拉萨就和我们一起住，也好照顾他们!"

"姐姐拉，刚才云芊说了，如果为了你便于工作，我们还可以退回补偿的。"格桑德吉接过巴鲁云芊的话。

"云芊、云丹、德吉呀，我今天来是走亲戚，不是来和你们算账的。我是想通过你们了解落实政策的真实情况。你们没有错，你们也没有给政府提出非分的要求，住回这两个小院子也是政策允许的。只是你们想一想，我们算一个账就会知道落实政策走偏了，补偿得太过了。你们不仅装修住进了好房子，带院子的好房子，还结余了一大笔钱。这些事实在民间传闻很多，这会搞乱群众思想。我们的社会主义到底怎么发展? 路不能偏了呀。我不是反对你们住回来，是担心这样下去影响我们西藏的进步。因为有党的好政策才有了稳定祥和的生活。如果对党的政策落实出现偏差，引起群众的思想混乱，那么我们这些领导就成了历史的罪人。"格桑梅朵大度地笑着说。

"说到落实政策，我从入伍开始，到现在在西藏工作了三十多年，三十年的风风雨雨，三十年的政策变化，整体是在大乱大治中进步，进步的步伐非常艰难。现在的每一个政策，都应经过深入调查研究后再稳妥执行。我们清醒一点就应该感觉到，达赖集团在国外一直在诋毁我们的政策。实际是对我们领导西藏人民过上好日子的诋毁，为自己的原始愚蠢和落后的制度开脱。我们不得不防，不仅要防，还要狠狠打击。今天我和你姐也算是了解到了真实情况，只有从自己人嘴里才会听到真实的话语。今天我们三家人还是好好吃顿饭，说实话，不是你们邀请梅朵和我过来，她整天忙完白天忙晚上的，我也是好长时间没有和她好好一起吃一顿饭了。"怡高远笑呵呵地说。

听了怡高远的话，格桑梅朵歉意地说："你高远哥说的是实话，云芊妹妹也不要有什么想法，我不是要收回你们的房子。每个人安居乐业，才是我们工作的初衷。"

"不会不会，你是我们最信赖的阿佳！"巴鲁云芊摆着手拉起格桑德吉赶紧去厨房收拾饭菜。

经过深入的调查研究，格桑梅朵发现在落实政策上有些走偏，主要表现在补偿过多，因此格桑梅朵写了详细的报告交给上级。却不料一场突如其来的变故打破了拉萨的宁静。

# 章节二十三　螳臂当车

　　1987年10月1日清晨，洁净的蓝天上抛洒下来的阳光透过窗棂打在店铺的货架和沙发上。米玛曲吉身着簇新的金黄色镶边藏袍，头戴淡蓝色薄丝绢嵌发头巾，脚上一双恨天高软靴，神清气爽地给香炉煨上桑烟，招呼格列平措喝酥油茶。向五十岁靠近的米玛曲吉脸色红润，略微有些发福的身材被藏袍勾勒出迷人的韵味。格列平措下巴上蓄着修剪整齐的胡须，古铜色的脸庞显得安然闲静，深棕色斜襟上衣，胸前的小翻领露出处理精细的白色细绒，休闲裤腿随意地掖进鹅黄色皮靴里。店铺中央宽大的雕花藏几上摆放着奶酪、干肉，洁白的酸奶上堆着肥胖的人参果，满屋散发着诱人的酥油茶味。两个人穿着讲究，坐在纯羊毛卡垫上品尝着酥油茶，等待休假的女儿维色曲珍和姑爷怡西平来店里吃早饭。

　　米玛曲吉和格列平措落实政策后将八廓街的两家门店合并，形成了一溜四间的大店铺，在前厅作为售卖场的情况下，货柜后隔成了小茶室、休息室与仓库。休息室是雇佣的店员晚上看店休息用房。小茶室作用很大，经常用来和一些老顾客及批发商谈生意。随着改革开

东山顶上

放，拉萨旅游业逐年兴盛，两个人有经商经验，头脑灵活，生意非常红火，把店铺经营成了八廓街的品牌店，日子过得相当滋润。

商铺四周高大的货柜上整齐地摆放着琳琅满目的货品：金油灯、银如意、蜜蜡挂饰、玛瑙项链、镶嵌着绿松石的藏刀、扎囊氆氇、墨脱石锅、精美的藏戏面具等，还有货真价实的那曲虫草、尼木藏香、林芝松茸、南山藏红花等。店铺里飘荡着的桑烟在阳光的照射下似蓝色的飘带，与淡淡的酥油味混杂在一起向四周弥漫，一切都显得那么温馨吉祥。

维色曲珍在市旅游局上班，上班时间大多穿制服，节假日她更钟情于藏装。今天是国庆节，她穿着绛红色绲边的翠绿色藏式长袍，随意自在地外搭一个厚实的绛红色大披肩，掐腰的衣服将她高挑的身材衬托得修长婀娜。怡西平在山南地区工作三年后，通过遴选考录到了自治区政府办公厅工作。两个人一走进店铺，屋子一下子热闹了许多，维色曲珍和妈妈互相端详着，品评着各自的衣服。格列平措则与怡西平坐下来喝茶聊天。


随着太阳的升高，藏、汉、回、珞巴、门巴等各民族群众身着盛装，扶老携幼，在拉鲁湿地边的草地上，在拉萨河边的草甸中，在罗布林卡繁茂的树荫下，在布达拉宫广场的水池边，铺上卡垫、地毯、摆上果品、牛肉干，席地而坐，欢饮休闲。有人围绕着布达拉宫转经，有人在大昭寺门前广场上磕长头，有人给拉萨河边的玛尼堆上添加石头。

八廓街上的门店和铺位陆续开门迎客，来来往往的游人进茶馆、入饭店、逛商场。拉萨的大街小巷边上的电杆上挂着国旗，各家各户的门口插着国旗，布达拉宫广场上鲜花丛中四个金色的大字"欢度国庆"显得格外醒目。罗布林卡内红旗漫卷，游人如织，喜庆的游园活动早已开始。整个拉萨沐浴着祥和的阳光。

时间到了十点钟，格列平措和怡西平转移到小茶室聊天。维色曲珍帮着妈妈和店员开门招呼客人。正当她们给几个进店的客人介绍特产时，却感觉到店外街道上的气氛有些不大对劲。远处传来了野蛮嘈杂的声音，店铺的玻璃也被不知什么地方飞射过来的石头打烂。店内的人都吓了一跳，从店铺外突然跑进来很多人说街上乱了，寻求躲避。

格列平措和米玛曲吉扒拉开众人，走到店外，发现一伙僧人身穿绛红色喇嘛服，敲打着几面木鼓铜锣，呼喊着"西藏独立"的口号，举着反动旗子沿街串游。一些不明身份的人跟在后面高喊："达赖喇嘛号召搞西藏独立了，赶快跟我们走啊！"引来不少人围观，慢慢地有人开始挨家挨户敲门，他们狂喊："达赖喇嘛号召西藏独立，我们藏族人都要跟着他干，谁不上街游行，就砸谁的家！"煽动群众上街游行。

这时候，八廓街派出所的一队民警紧急出动，上前制止暴徒。没有想到暴徒却借机推搡攻击民警，竟然有人从玛尼堆上攫取石头，用"古尔朵"牛毛鞭抛掷石头，向民警射击。一些民警和群众被打得头破血流，许多店铺的玻璃被打碎。混乱在拉萨城里迅速蔓延。

"现在的社会这么好，达赖给了你们什么好处，让你们这些得了'失心疯'的家伙来捣乱？"格列平措看到这些作恶的人非常气愤，大声斥责着暴徒。突然跑过来几个人对着他棍棒相击、拳打脚踢，将格列平措打倒在地。米玛曲吉不顾一切地扑上去护着格列平措，大声斥责暴徒。几个暴徒竟然对米玛曲吉一个女人下手，推搡着几下子就撕扯烂了她的衣服。等怡西平和维色曲珍跑出来时，几个暴徒已经跑远。他们知道事态已经严重，搀扶着格列平措和米玛曲吉回到店里，关上店门，叮嘱躲进店铺里的游客不要外出。怡西平赶紧向单位值班室打电话汇报街上出现的反常情况，得到的反馈是已经收到情况报告，情势危急，请怡西平尽快回单位，有重要任务。

怡西平知道事态的紧迫性，他又拨通日报社伦珠叔叔的电话，让他多安排几个记者紧急赶赴八廓街掌握第一手资料。怡西平知道一分钟也不能再耽搁，留下维色曲珍照顾岳父岳母，冒着危险，冲过重重阻碍，顺着小巷子急急忙忙向单位奔去。

看到商店玻璃被砸得七零八落，维色曲珍心急如焚，给格列平措端上酥油茶说："阿爸不要害怕，这些坏蛋没有好下场，他们蹦跶不了多久。"

"我才不害怕这些得了'失心疯'的家伙，他们不知好歹，没有人性，他们的破坏不得人心。我真想和他们拼了！"格列平措躺在卡座上，虽然全身疼痛，还是气愤地咒骂着暴徒。

"杨大贵在八廓街派出所上班，我刚才看见他带着警察维持秩序，有他们这些警察收拾坏蛋，你就安心养伤，让身体快点好起来。"维色曲珍让阿妈进屋换衣服，给阿爸慢慢按摩受伤的腰腿。


实际上达赖及其追随者是在几次试探后，选择在国庆节当天再次制造骚乱。八廓街派出所指导员杨大贵和维持秩序的民警多人受伤，上级要求他们克制，尽量控制事态发展，在骚乱分子没有拿出枪支并首先开枪挑衅的情况下，绝对不能先开第一枪。

伦珠委派怡西美和三个记者带着高倍速相机和摄像机急匆匆赶往八廓街。到达骚乱现场时，发现混乱局面远远超出了他们的想象。一群暴徒呼啸着冲过来抢走了他们手中的摄像机、照相机，在砸不烂的情况下，竟然将摄像机、照相机扔进火堆里。有的歹徒甚至举起木棒企图殴打怡西美。怡西美和几个同事用藏语大声斥责他们是祸藏乱教的败类。当听到怡西美和同事纯正的藏语，看见他们与一帮群众手里举起水杯、砖块等怒目而视时，暴徒们胆怯起来，转身向别的地方奔去。

怡西美夹杂在人群里，在同事和群众的保护下，用藏起来的备用小相机记录下了暴徒的罪恶行径。这时候，她非常担心自己的爱人杨大贵的安危。作为八廓街派出所指导员，杨大贵承担着维持秩序的重任，处境是最危险的。

让怡西美没有想到的是，此前在整顿寺庙时发现的那个会说英语、藏语的漂亮女尼白玛央张是制造骚乱的带头人物之一。

在暴徒纵火焚烧八廓街派出所的时候，白玛央张在光天化日之下几乎脱光衣服，撅起屁股对着消防车扭摆拍打，并对消防战士进行谩骂，阻挡消防车前行灭火。刹那间，白玛央张的追随者如同疯狂的猴子一样嗷嗷叫着，从四面八方向消防车投掷石块。用屁股对着人的做法是对人极大的侮辱，如果脱掉衣服用屁股对着人那是更大的侮辱。一般是男人才会做出这些低俗的侮辱人的行径，白玛央张作为一个女尼姑，作为一个漂亮的年轻女子，赤身裸体，丧心病狂，毫无廉耻，实在是到了无以复加的地步。

同一时间，大昭寺一位喇嘛嚎叫着将自己赤裸的手臂伸进燃烧着的火堆，烧得皮肤直冒黑烟，大喊着自己愿意化作青烟守护达赖喇嘛。在白玛央张等人的鼓噪下，他们的追随者到处纵火，威胁普通群众加入游行队伍，拉萨的街头混乱进一步加剧。

为了防止被石头和其他器械打伤，杨大贵和其他公安干警急中生智，找来一批空汽油桶剪开，制作成盾牌向暴徒推进。那时候西藏输油管道没有完全通，汽油桶很多，把汽油桶弄开做成盾牌是一个发明创造。虽然这样简易的盾牌很沉重，使用起来很吃力，但是确实能起到自卫的作用。广大公安干警和武警战士步步为营，积极推进，骚乱分子被一举抓获。傍晚时分，拉萨街头恢复了平静。

怡西美在脸部和手腕受伤的情况下，面对凶残的歹徒，毫不示弱，用小相机抓拍下了拉萨骚乱的实况，结合她前期随工作队进寺庙采访时的资料，整理成翔实的材料报给了电视台和报社。通过电视与日报向千千万万人民群众公开了拉萨骚乱的真相，公开了这些假僧尼、真暴徒祸藏乱教的本来面目。

白玛央张是在印度学习过的女子，回到西藏后却削发为尼。作为一个尼姑，白马央张白日里身穿出家服，出入于各寺院之间。一到夜里，她就带着几个有几分姿色的女尼姑，戴上假发，乔装打扮后变成拉萨各朗玛厅的常客。

到朗玛厅去玩的人以年轻人为主，他们在欢快的踢踏舞引导下，纵情饮酒，尽情摇摆，豪迈放歌，台上台下激情互动，好像总有释放不完的激情。朗玛厅还是传说中的艳遇之地，很多人走进朗玛厅是抱着一种不可告人的目的，希望有所收获。

身材修长的白玛央张胸健臀阔，高鼻细目，加上超常的酒量，只要她一走进朗玛厅，就会引起剧烈的尖叫。很多人在朗玛厅老板处打听白玛央张来玩耍的时间，会为见她和她的同伴而等待在朗玛厅。许多朗玛厅的老板私底下与白玛央张勾兑好，放出消息，一时间白玛央张几乎成了许多朗玛厅招揽客人的王牌。一旦白玛央张走进朗玛厅，自然就会有人给她的桌前送上果盘、啤酒。只要有人走上前和她喝酒，她是来者不拒。只要有人给她献上果盘啤酒，她就会和她带的女伴陪着热舞。白玛央张摄人魂魄的狐媚细目、似醉非醉的豪放娇态，可碰可触的性感身躯，使她周围聚集了一大帮追求者，追求者在尝到白马央张和女伴给的甜头后，在她的点拨下，慢慢都变成了她的追随者。这些追随者对她言听计从、可疯可狂，愿意为她赴汤蹈火，愿意为她杀人放火。

近些年来，大学毕业后成为日报社记者的怡西美经常跑基层。在随寺庙整顿组进驻各寺庙时，令她惊异的是拉萨山谷里面的一些尼姑庙比常规寺庙更加混乱。工作组进寺庙时，发生了多起僧尼围攻工作人员或者将工作人员关到房间里不让出来的事件。特别是一些女僧人非常疯狂，白玛央张就是这些女僧尼中的领头人。她带领一帮女尼曾经把工作队员围困长达三天，不允许工作组成员上卫生间。

1988年3月5日，拉萨举行传召法会。蓄谋已久的分裂分子突然发难，多位领导干部被围困在大昭寺，暴徒冲击自治区佛协传召办公室，砸毁电视转播车，捣毁商店、餐馆、医疗诊所，残杀武警战士，在付出惨重代价后才平息了骚乱。

连续两年的骚乱后，西藏的工作逐步走上实事求是的道路，落实政策也变得客观理智。就是在此后的 1989 年 3 月 5 日至 7 日，少数分裂主义分子又在拉萨多处进行打、砸、抢、烧，给拉萨人民生命财产的安全构成严重威胁。3 月 7 日，国务院发布在西藏自治区拉萨市实行戒严的命令。

"蚂蚁缘槐夸大国，蚍蜉撼树谈何易。"经过治理整顿，拉萨和西藏重新恢复了宁静与繁荣。全国各地游客与世界各地的友人陆续进藏旅游观光，领略神奇的高原风光，感受西藏人民的幸福生活。

# 章节二十四　幸福当下

　　陕西咸阳五陵原上的怡魏村是怡西平的祖籍。怡姓不多见，却也有着深远的历史背景和渊源。怡魏村村民的先祖，相传是为守护长陵从外地征迁而来。

　　因为出生在西藏，学会的第一句话是藏语，一般人都认为怡西平是西藏人，是藏族。这一点他不含糊，在他的骨子里，他也一直认为自己是西藏人，是藏族。父母的工作性质和出身，使得怡西平非常了解西藏与内地的关系，他真真切切地见证了西藏这几十年来的蓬勃发展，他清楚没有中央和其他省份的支持，西藏绝对不会有今天的繁荣和进步。怡西平在父母身上发现了很多传奇，每每在自己人生选择的关键时候，他不得不违心地听命于父母，后来又都证明了父母的意见是有道理的、是正确的。

　　在西藏工作多年，也曾到北京挂职锻炼，怡西平和父亲一样，三十多年的工作基本没有脱离西藏。当两代人与西藏的情缘越来越紧密时，怡西平的儿子怡清风大学毕业后亦毫不犹豫地进藏工作。工作了四年，怡清风有两年是在山南琼结县驻村扶贫点村党支部第一书记任上度过的，他为村子的脱贫致富做出了不俗的成绩。

人如果上了年纪，寻根的思想就会逐渐浓烈。怡西平和爱人都是在西藏民族学院上的大学，随着退休年龄的临近，两人商量后在咸阳购买了住房，打算退休后在咸阳养老。他们的这个决定得到了父亲怡高远和母亲格桑梅朵的一致赞同。当然，回西藏是必不可少的。

2019年春节前，怡高远到内地治病，怡西平就将父母接到了咸阳。同时和杨大贵、怡西美商议，计划一家人在咸阳一起过年。听说怡高远和格桑梅朵住到了咸阳，西藏民族大学①和西藏人民政府驻西安办事处干休所的一帮老朋友经常来看望。来家里最多的要数怡西平的堂兄堂弟、堂姐堂妹，还有表兄表弟、表姐表妹，怡西平发现父亲见到老家亲戚时精神就会好很多，这一定是亲情的伟大力量。其实怡高远常年在西藏工作，他的这些晚辈在成长过程中基本没有得到他的照顾和帮扶，但是亲人就是亲人，他们经常做些小吃或带些土特产来探望两位老人。怡西平原来不知道在老家咸阳有这么多亲戚，也不知道亲戚中间有这么复杂的关系，只是每次一回到老家，就会感受到无论长辈里的伯父伯母、叔叔婶婶、姑姑姑父，还是同辈里的堂兄堂弟、堂姐堂妹、表兄表弟、表姐表妹，对他和妹妹怡西美都超乎寻常的热情。堂弟怡西安曾对怡西平说，怡魏村有祖上留下来的两个院落，按照爷爷在世时的规矩，只要他愿意，就会让出一院给他住。怡西平赶紧说那怎么可能，他坚决不要！但还是一下子被泪花蒙了眼。

怡西平把两位老人接到咸阳的新房里过年，一家人终于聚齐了，非常开心。刚刚从一场疾病中恢复的怡高远，看着电视上的迎春节目，轻轻拍打着格桑梅朵的手，乐得合不拢嘴。怡西平和怡西美笑着劝爸爸："您老人家可千万不要激动，您血压刚降下来，大过年的可不敢再上去了。我们的心脏可承受不起呀！"

"我懂你爸的意思。经过了那么多大风大浪，现在的生活越来越

---

① 西藏民族大学，简称"西藏民大"。

好，你爸这是高兴，他的意志坚强着呢，他的心态平和着呢，没事!"格桑梅朵接着话说。

维色曲珍笑嘻嘻地接过阿妈的话："阿爸已经康复，你们就别担心了。今天我们一家人是第一次在陕西过年、第一次在陕西团聚，今年的团圆饭就以陕西菜为主，当然阿妈、阿爸最喜欢的传统菜生焰折耳根、手撕牦牛肉不能少，我们喝芒康的葡萄酒，西藏特色菜、陕西精品菜都有了，全家好好庆贺一下!"

"曲珍说得对，你们都不要为我担心，不是说泄气话，生老病死是自然规律，我从来没有害怕过，马克思和毛主席想我了，我就去报到。看样子他们还想让我在这个幸福的世界上再多待几年哩!"怡高远笑呵呵地说。

"一家人聚在一起过年很不容易，特别是在陕西过这个团圆年。吃什么都不重要，不过曲珍很细心，准备得也很丰盛。你们年轻人呀，今天就好好吃好好喝!"格桑梅朵慈爱地看着一众晚辈说。

闻到香味的次仁央宗和哥哥怡清风嘻嘻哈哈地围拢到爷爷旁边。杨大贵刮着女儿次仁央宗的鼻子说："都快要大学毕业了，也不去帮舅妈和妈妈做饭!"

"亲爱的爷爷奶奶，亲爱的舅舅舅妈，亲爱的阿爸阿妈，大过年的，就让小女子好好享受几天吧! 不过我和哥哥也没有闲着，一会儿有惊喜送给你们!"

"哦，还有惊喜!" 全家人都把目光投向次仁央宗和怡清风。

怡清风看着大家都端起了酒杯，拿起遥控器按动着，轻声说："爷爷康复出院，我们一家人可要快快乐乐过年。刚才大家看了那么多精彩的节目，现在请欣赏我和央宗制作的专题片。"

遥控动处，清扬优美的背景音乐响起，却是《在那东山顶上》，投影上出现了"我的团结族家风"七个大字。随后是一幅幅配有文字的画面。画面从1951年开始，从怡高远参军的照片，格桑梅朵在西藏公学上学劳动、领奖的照片，两个人结婚照和共同建设西藏的照片，怡西平、怡西美小时候的照片，怡西平与维色曲珍一起读书相恋与工作的照片，怡西美与杨大贵相恋与工作的照片，还有怡清风在山南驻村担任村第一书记的工作写照和次仁央宗在西藏民族大学学习的写照。怡清风和次仁央宗两人对藏汉民族结合、团结族家庭好家风传承的配音，带着一家人沉醉于三代建设西藏的深深回忆里。一家人看着视频，有人喜笑颜开，有人流下了热泪。怡清风和次仁央宗喊着一家人举起酒杯共同哼唱起：

在那东山顶上，
升起白白的月亮；
年轻姑娘的面容，
浮现在我的心上。
年轻姑娘的面容，
浮现在我的心上。
啊哝呀哝呀啦呢，玛杰啊玛——
啊哝呀哝呀啦呢，玛杰啊玛——

如果不曾相见，
人们就不会相恋；
如果不曾相知，
怎会受这相思的熬煎。
如果不曾相知，
怎会受着相思的熬煎。
啊哝呀哝呀啦呢，玛杰啊玛——
啊哝呀哝呀啦呢，玛杰啊玛——
啊呀啊啦哩嗦，呀啊啦哩嗦——
呀啊啦哝啦呀，哝玛哝啦嗦——
玛杰啊玛，玛杰啊玛……

2019 年藏历春节晚会上，有两个特别的节目，那就是传唱和纪念西藏民族大学的办学历史。

西藏公学的学生仓姆拉，西藏民族学院的学生岳国红，西藏民族大学的学生王瑞、德吉扎西，深情地朗诵了诗歌《我们一起走过》，刷爆了朋友圈。西藏民族大学学子罗次的作品，勾起了几代人对母校的温暖记忆。

仓姆拉：

时间过得真快呀！

一晃，母校六十华诞了！

记得在六十年前，

我们这些翻身农奴的子女，

第一次走出家门，

走进了党中央为我们创办的这所新型的学校里。

在那里，

老师们像慈母般，

关怀、帮助、爱护、教育、培养我们。

我们这些目不识丁的孩子，

在 a o e b p m f 的诵读声中，

学会了一个又一个汉字。

我们在那时候所有的记忆，

都已经融在了这个小小的校徽上，

它的名字叫西藏公学！

岳国红：

我还记得，

我是乘着飞机到的古都咸阳，

我的校徽上写着：

西藏民族学院。

1965 年，
西藏公学更名为西藏民族学院，
传承着西藏公学的作风，
朝着一流民族大学的目标，
挺进！

王瑞

德吉扎西：

我们乘着青藏铁路来到古都咸阳，
我的校徽上写着：
西藏民族大学。
2015 年，
我们有了一个新的校名：
西藏民族大学。
2018 年的秋天，
在母校六十华诞之际，
我们收到了习总书记的来信。
殷殷嘱托，
像是春天的暖风，
滋润着、鼓励着，
我们年轻的心。
殷殷嘱托，
回荡在校园内外，
回荡在雪域高原。
到西藏去！
到祖国最需要的地方去！
在我们内心深处响起，
前方让我们期待，

远方让我们起航！

朗诵之后，一首《摇篮曲》，唱出了一代代西藏民大人的心声，唱出了西藏群众对西藏民大的深情：

> 妈妈的怀抱是我出生的摇篮，
>
> 美丽的校园是我成长的摇篮。
>
> 摇啊摇啊摇啊，
>
> 摇到了从前，
>
> 我看见老师慈祥的目光里，
>
> 有妈妈的笑脸。
>
> 高高的西藏是我梦想的摇篮，
>
> 奔腾的岁月是我青春的摇篮。
>
> 摇啊摇啊摇啊，
>
> 摇到了今天，
>
> 我看见高原明媚的朝阳里，
>
> 有父亲的等待，
>
> 不管飞得再高，走得再远，
>
> 我都要回到你的怀抱。
>
> 不管飞得再高，走得再远，
>
> 我都会思念我的故乡。
>
> 因为她的名字叫西藏！

一个自治区的春节晚会，将一个学校的历史这样传颂，不得不说她对于这片热土有着无可替代的作用。

2018 年 10 月，西藏民族大学六十岁生日的时候，收到了一份特别贵重的礼物，那就是习近平总书记的贺信。一年后，新华社记者走进西藏民族大学，走进西藏，发掘学校历史与西藏发展变化的关系。记者联系怡西美，希望她介绍一些老校友，让他们谈谈亲身感受。怡西美已经是日报社的副总编，因自己带队在阿里驻村扶贫，不能与新华社的朋友见面，针对采访主题，她建议记者去采访自己的父亲怡高远和母亲格桑梅朵。作为西藏民族大学成立的见证人和最早一批学生，他们会说清楚西藏民大的历史与成就，也更能说清楚一所学校与一个地区发展之间的特殊关系。

怡高远和格桑梅朵住在拉萨太阳岛拉萨河边一个宁静的小院里。南向而开的院门外两棵拉萨柳枝繁叶茂，似乎秋天与它们还有一段距离，在院门外静候着客人。走进院落，头顶可以开合的太阳棚留出了一尺来宽的缝隙，一畦菜地里韭菜、香菜郁郁葱葱，青红相间的西红柿既是风景树，又是绿色蔬菜，让人忍不住想去采撷。平房外的台阶上摆放着藤条编织的躺椅、座椅、茶几和藏式卡座，茶几上酥油茶冒着热气，一盘鲜艳的水果让人忘记了这里海拔有 3600 米。暖棚良好的保温功能使小院里暖融融的。两位老人斜躺在藤椅上晒着太阳，一个看报纸，一个听广播，闲适惬意。

新华社记者走进了两位老人的家。看见记者进门，老人慢慢起身招呼他们坐下来吃水果，让阿姨斟上醇香的酥油茶。当记者说明来意时，老人爽朗地笑出了声。"这一定是西美给我们揽的差事，我们退下来多年了，不该再发表什么意见，免得误导年轻人。不过要说西藏民族大学的历史我们还是有话语权的，哈哈。"格桑梅朵说着将头扭过来看着怡高远，"那就让老怡同志先说吧。"

"怡老呀，那就请您先说说！"记者接过了格桑梅朵的话，看着怡高远说。

"我不是西藏公学的学生，就是护送西藏公学第一届部分学员去咸阳读书的一个卫兵。还是让梅朵说吧，她是西藏公学第一批学员，后边因公因私又去过学校多次，比我掌握的信息多！"怡高远微笑着慢言慢语。

两位满头银发的老人谈笑自如，一下子就感染了三个记者："您二老说得都对，那还是阿姨先说吧！"

"好吧，那我这个老太婆就摆摆龙门阵，你们可不要嫌啰唆啊。"格桑梅朵乐呵呵地说：

"西藏公学建立的历史背景和近些年的发展情况你们都是清楚的，我就不说了。谈谈近些年的一些见闻和想法吧。2008年五十周年校庆时，学校还叫西藏民族学院，胡锦涛同志给学校写了贺信，校友和师生可是高兴坏了。胡锦涛同志在西藏主政四年，对西藏各族人民感情很深。

"学校五十周年校庆时，西藏派出了五大班子领导带领的代表团到学校，中央几个部委也派了领导，陕西省也非常重视。校庆当日夜晚，学校体育场里，彩灯高悬，灯火通明，一万多名各族师生身穿盛装，与嘉宾、校友共同观赏大型文艺晚会。我和老怡头坐在看台上，关注着每一个节目。老校友、著名歌唱家才旦卓玛登台演唱了自己的成名曲《唱支山歌给党听》，当时呀，一下子就将庆祝晚会推向高潮。看到这里，我的眼泪就止不住流了下来。这首歌，西藏各族群众唱了几十年，是真正从人们心里飞出来的歌谣。我们的儿子怡西平、儿媳维色曲珍、女婿杨大贵都是西藏民大的校友，他们在西藏工作都超过三十个年头。时间过得真快呀，我的外孙女正在这所学校里读书，想一想都是让人高兴的事！

"五十年前，学校举行第一次开学典礼，那时候，没有标准化操场，没有舞台灯光，没有投影，没有环绕立体声，只有一个简易的木台子。我们登台演出却格外卖劲，我觉得那是我人生最快乐的时刻。这些年来，因为工作关系，我多次往来于西藏和北京之间，也经常去西藏民族大学，总觉得把我叫杰出校友不太舒适，都是校友嘛，不过是自己的职位比一般人高一些而已。再说了，西藏民大培养的省级干部已经超过了四十人。母校培养的那些在西藏各地区工作的教师、医生、兽医、农技员才是西藏发展的中流砥柱，他们才是母校真正的杰出校友。学校宣传我，让我觉得很不好意思。我后来告诉学校领导，希望多宣传在西藏农牧区工作的校友，学校培养了那么多用得上、靠得住、下得去、留得住的好娃娃、好人才，才是应该好好宣传的，宣传我一个老太婆干什么？

"当学校大学生文艺队演出《洗衣歌》时，我可高兴了。你们知道吗？领唱领舞的次仁央宗可是我的外孙女！这个歌舞剧，在西藏是唱不衰、演不够的。这个歌舞剧是对西藏军民情义的贴切传承。要想把这个节目演好，必须有真情实感。我自己在学校读书时也跳过这支舞，每一个动作，每一句歌词我还都记得清清楚楚。不怕你们笑话，那时候我跳着舞唱着歌，就想着他怡高远能看见该多好？"

这时候，记者被这蓝天一样纯净的表白深深打动，怡高远懂得老伴的心情，会意地笑着，礼让记者吃水果，喝茶，一边吃，一边聊。格桑梅朵继续说：

"大家看到次仁央宗的表演，都为她鼓掌。像我们一家三代人在西藏民族大学接续读书的家庭，在西藏有很多很多，很多老一代西藏人给子女推荐大学时，情不自禁地首选西藏民大。那是老师手把手教出来的感情，那是比父子恩、母女爱还要亲的师生情留在心底的条件反射。

"你们都知道，2018年，西藏民族大学六十周年校庆时，习近平总书记给学校发了贺信，这是连续两任中共中央总书记、国家主席、中央军委主席给学校发来贺信。哎呀，这可不得了，说明党中央对西藏工作是非常重视的，对西藏的教育事业是非常重视的，对西藏民族大学在内地办学是非常重视的。

"学校六十周年庆典活动简朴而隆重。作为垂暮之人，我和老怡、李玉玲老师坚持不去现场，希望把更多的荣光留给年富力强的西藏民大人。但是我们可都是抱着茶杯，带着花镜，围拢在电视机前，观看庆祝大会的实况转播，指点着屏幕上的一个个画面。不到现场，却愈发关心着西藏民大的一点一滴呢！

"习近平同志说了，学校六十年来取得的成绩是西藏各项事业发展的生动体现。你们也看到了学校在总书记的贺信鼓励下，快速发展，正在为西藏培养更多的人才。"

听着格桑梅朵娓娓道来，记者被老人对西藏民大深厚的情谊深深感动。这时候，她抿了一口酥油茶，指着老伴让他说几句。

怡高远接过话头："建设西藏公学，恢复西藏民族学院办学，西藏民族大学这些年的发展，都离不开老西藏人的'老西藏精神'，西藏民族大学是靠'老西藏精神'鼓舞建设起来的，也正在用'老西藏精神'教育培养着一批又一批新人！"

听完老人的讲述，记者随老人走进了屋内。家里陈设非常简单，宽敞的客厅里一排藏式雕花卡座，铺着毛织卡垫，卡座前摆放着两个藏式长条几，对面靠墙一圈低矮的藏式雕花柜子，上边摆着电视等几样老旧的电器，整个屋子干净整洁。条几和藏柜上堆放着书本、相册和报纸。在客厅朝南的窗户下，在藏柜拐角处，记者发现了一摞笔记本和一支软头笔，摊开来的一页纸上简单记着年月日，以及咸阳天气、拉萨天气、北京天气。记者好奇地问道：

"怡老好，我可以看一下您的这个笔记本吗？"

"当然可以了！"

笔记本实际是一个日记本，一天不落地记录着多年来咸阳、拉萨、山南、阿里、北京等不同地方每天的天气情况。记者满脸疑惑地问道：

"怡老，您每天记录这是什么意思……"

"过去我的老伴经常在拉萨、北京等地之间奔忙，我的儿孙有的在拉萨工作，有的在山南工作，还有去阿里驻村蹲点扶贫的。北京是首都，咸阳是我的故乡呀。我们一家大部分人在西藏生活工作，儿行千里思故乡，故乡是一刻也不该忘记的。我每天记录这些不同地方的天气，那是因为这几个地方都有家人呀！"

老人说得很平静，几个记者却都明白了什么是大爱无疆。说话间，怡老拉开桌头的一个木匣子，里边整齐摆放着一摞笔记本，老人继续说道：

"我们这些老家伙，都有记日记的习惯。过去眼睛好，在记录几个地方天气情况的同时，就会记录下来与西藏有关的大小事件，记录下自己的看法想法。你看这一摞笔记本，都是我多年的日记。现在眼睛不行了，不能写太多的字，也只能用粗一点的软头笔把亲人待着的地方的天气记录下来。也就能想象他们在那些地方大概穿什么衣服，正在什么环境下工作生活。现在社会发达，打电话很方便，但是怕他们烦，我一般不给他们打电话。倒是儿子儿媳、女儿女婿和孙子孙女隔三岔五会给我们打电话，我就会按照天气情况提醒他们增减衣服。孩子们经常说我是个神奇的老大爷，哈哈。"

说着说着，怡高远发出了爽朗的笑声。看着精神矍铄的老人，看着老人一天不落地对亲人工作地、对家乡、对首都天气情况的记录，他们一家三代在藏工作，接力建设西藏，对党忠诚的情怀让人肃然起敬。

新华社发往世界各地的报道里有一句感人肺腑的话语：作为西藏和平解放后党中央在祖国内地为西藏创办的第一所高等院校，西藏民族大学历经甲子巨变，从"农奴大学"到"干部摇篮"，蕴藏着西藏巨变的密码。

2019 年是西藏民主改革六十周年，西藏自治区七十四个贫困县区实现摘帽，全体建档立卡贫困人口实现脱贫，三百多万西藏各族人民正朝着小康幸福生活迈进。许多人没有想到，充满艰难的全民脱贫，在有些省份还在继续努力的情况下，高寒缺氧、生产资料稀缺、生存环境恶劣的西藏地区率先完成。这是翻天覆地的大事，这是让全区沸腾的壮举，这是西藏人民献给祖国的厚礼。

# 后 记

　　不用说西藏，就连地处关中平原腹地古城咸阳的西藏民族大学对于许多人来说都是神秘的。西藏公学一年内招收三千名以上新生这样的招生规模，仅有 1957 年和 1960 年两次。第一批的大部分学生因为进藏参与平叛和民主改革提前毕业，1960 年的第二批藏族学员经过三年的汉语速成突击学习，汉语文水平基本达到相当于初中水平，思想政治觉悟也大大提高，即转入学校各科（系）学习中等专业。1965 年毕业，全部走上工作岗位，成为西藏各条战线上的业务骨干。从 1961 年开始每年按计划正常招生，直到 20 世纪 80 年代末，在校生人数一直保持在一千至一千五百人之间。现在的西藏民族大学，在校生人数已达到一万人以上。一个省属普通高校六十年里培养出超过四十三名省部级以上干部，这还不包括成千上万的在西藏用得上、靠得住、下得去、留得住的各行业骨干。不能不说西藏民族大学地位特殊、使命光荣、贡献巨大。

　　20 世纪 90 年代初，我大学一毕业就进入西藏民族学院工作，这注定了我一生与西藏结缘。因为工作关系，经常出入西藏高原，使我有机会得以遍览世界屋脊雄奇美丽的风光和充满灵性的藏地风情。每次进藏起初几天都会因缺氧高原反应头疼胸闷，需要休息几天慢慢适应，一般刚刚适应了高原气候，也就是会议结束或者公干完成，就得返回学校；回到咸阳又醉氧，瞌睡打盹，还得再适应一两天身体才会正常。但是因为工作需要，因为扶贫安排，我仍然会义无反顾地再次走进西藏，走近世界屋脊。

2009年、2010年和2016年在西藏腹地羌塘草原挂职扶贫的经历，给我留下了太多宝贵的记忆，也使我更深刻地认识到了在藏生存的严酷和进藏干部的不易。对进藏部队故事的深度探询，对"老西藏精神"的真切感受，对农牧民生活变化的耳闻目睹，就自然生出了写一部西藏题材小说的冲动。我参编过校史，太了解这所学校对西藏的重要意义。我总觉得写西藏题材的小说很难绕开西藏民族大学，很多小说故事会不自觉地出现西藏民族大学走出来的学生的故事，哪怕是一星半点。这就和在拉萨街头常常会看见"西藏民院十字麻辣烫""西藏民院面馆""西藏民院烧菜馆"一样，这是西藏公学、西藏民族学院、西藏民族大学在西藏影响深远的民间佐证。更不要说，走到西藏的任何一个机关单位、街市饭馆都会听到有关西藏民院的谈资。这些谈资很亲切，虽然有些人会说出一些"爱情的摇篮""啤酒的海洋"等诙谐称谓，但是现在西藏民族大学全校禁酒，培养的人才绝对不输其他高校，更彰显着"西藏干部摇篮"的作用。所以这部小说把西藏民族大学作为一个主阵地那是太应该了。

"在一所大学，我们所希望的不是说老师有多牛，同学们有多聪明绝顶，硬件设施有多了不起，食堂饭菜有多好吃，关键是一种弥漫在整个校园里、每一个角落中的，人人都努力上进的氛围，以及精益求精做好每一件事的标准。只要你在这样一种环境中成长，以这样一种标准要求自己，这种标准就会一点一滴的渗入你们的血液中，并升华为一种做人的标准，从而影响你们的一生。"这是西藏民族大学一个学生的感言，我觉得西藏民族大学就是这样的一所大学。

教育部本科教学评估专家在西藏民族大学考核时惊叹道："中国可以没有其他大学，但是绝对不能没有西藏民族大学。"西藏民族大学能有今天，得益于中央的关心厚爱，得益于学校的历史足够荣光，得益于各族师生的担当奉献。应该让人们知道"西藏民大之生，于西藏之重"！我希望这本书能起到这样的作用。

　　把这些记录下来，只有一个意思，那就是想说明，西藏民族大学培养了建设西藏的千千万万的学子，这一批批学子配合进藏官兵和几代进藏干部职工，一起创造了"老西藏精神"，发扬了"老西藏精神"，并以"老西藏精神"为指南，在西藏高原雄奇的大地上继续奋斗着、建设着、开拓着，书写着前无古人后有来者的壮丽诗篇。

　　忠于历史和忠于事实，就很容易把小说写成报告文学的样式，或者把故事写成流水账，但是无论如何，我觉得写得实一些，心里才踏实一些。但太实一定是本书的不足。借历史大背景虚构了一些人物，形成一个又一个故事，请大家千万不要对号入座。

周伟团<br>2020 年大雪